유대인 극장

유대인 극장

이성아 소설집

강

차 례

유대인 극장 _ 7

소울 키친 _ 41

스와니강 _ 63

천국의 난민 _ 89

그림자 그리기 _ 127

리영광 씨가 오늘도 걷는 까닭은 _ 157

베이비시터 _ 191

삼합닭곰집에서 _ 221

해설 부재와 오인, 그리고 연결의 상상력 | 정홍수 _ 250

작가의 말 _ 269

수록 작품 발표 지면 _ 273

유대인 극장

쇼팽 공항 게시판에 언니가 타고 온 항공기의 랜딩 알람이 떴다. 캐리어를 끌고 나오는 한 무리의 사람들이 가족과 지인 들을 만나 포옹하고 볼키스를 나누며 흩어지는 광경을 물끄 러미 바라본 지도 한참이 지났다. 그들을 보면서 나는 언니와 어떻게 인사를 나눠야 하나 고민에 빠졌다. 포옹을 하는 건 겸연쩍을 것 같았고 그렇다고 악수를 할 사이는 아닌 것 같았 다. 최근에 언니를 만난 게 언제였던가 헤아려보니, 벌써 일 년이 다 되어가고 있었다. 그날 본 언니는, 그동안 내가 알고 있던 언니와 어딘지 좀 달라 보였다. 무엇보다 언니가 이혼했 다는 걸 엄마 아버지조차 모르고 있었다는 게 충격적이었다. 그러나 내막을 듣고 보니, 언니가 이혼을 했다가 아니라 이혼을 당했다는 게 맞는 것 같았다. 형부에게 여자가 생겼다고 했다. 언니는 담담하게 그동안의 일을 말했는데, 엄마 아버지는 마치 자기들이 이혼 당사자라도 되는 듯 과도하게 흥분했다. 아버지는 소박데기 꼴은 두 번 다시 보고 싶지 않다고 소리치며 방문을 쾅 닫고 들어갔고 엄마는 이마를 질끈 동여매고 누워버렸다. 준재벌 사위가 들고 올 선물을 잔뜩 기대하고 있던 엄마의 생일날이었으니, 타이밍이 부적절하긴 했다. 그러나 식어버린 음식들을 치우면서 다시 생각해보니, 이보다 기막힌 타이밍이 있을까 싶었다. 해서 설거지하는 언니를 슬쩍 곁눈질로 쳐다보았다. 기름기가 범벅된 접시와 김칫국물이 묻은 빈 그릇들이 개수대 옆 싱크대 선반에까지 수북하게 쌓여 있는데, 언니는 앞치마도 고무장갑도 없이 물방울이 튀는 것도 아랑곳하지 않고 설거지에 몰두하고 있었다. 자기 때문에 생일 모임이 엉망이 되었는데 자기와는 아무 상관없는 일이라는 듯 초연하게, 마치 물놀이라도 하는 것처럼 보였다.

나의 눈동자가 빠르게 열리고 닫히는 자동문에 붙박여 있었으나, 언니는 나타나지 않았다. 사람들이 어느새 다 흩어지고 자동문도 더 이상 열리지 않았다. 언니에게 전화를 해보았으나 연결이 되지 않았다. 문 너머에 있을 언니와 소통할 방법이 없었다. 저 너머에 있기는 한 걸까. 나는 거기에 무슨 해답이라도 있는 듯, 나도 모르게 손바닥을 펴고 들여다보았다. 항로처럼 이리저리 얽힌 손금이 손가락 사이로 흘러내렸다.

어느새 입국장 앞에는 나 혼자 남았다.

내가 너 있는 데 좀 가 있으면 민폐일까?

이유 같은 건 없었다. 그냥 바람을 좀 쐬고 싶다는 게 다였다. 민폐라는 말이 묘하게 걸렸다. 언니가 왜 그런 말을 하는지 짐작은 갔다. 바르샤바에 오기 한 달 전쯤, 집에 들렀을 때 엄마는 아버지가 자리를 비운 틈을 타서 속삭이듯 말했다. 느그 언니 말이다. 시향에서 짤렸단다. 지휘자랑 불미스러운 일이 있었다는 소문이 그 바닥에 좍 퍼졌다 카더라. 하이고 마, 최 사장 사모님이 그 소문을 들려주는데, 내사 마 남세스러바서 고개를 몬 들겠더라. 불미스러운 일이 뭐냐고 내가 묻자 엄마는 새삼스러운 걸 다 묻는다는 듯이 눈을 홀겼다. 뭐겠노? 남녀 사이에, 뻔하지. 그러니까 뻔한 그게 뭐냐고. 야가 와 이라노? 엄마는 징그럽고 불미스러운 뭔가를 떨쳐내려는 것처럼 흠칫 몸을 떨면서 쏘아붙였다. 인자 그 바닥에서 밥 벌어먹기도 힘들게 됐는데, 그거보다 더 불미스러운 일이 어딨겠노? 이혼까지 당한 주제에. 엄마는 아버지 방 쪽을 살피며 덧붙였다. 아버지한테는 입도 뻥긋하지 마라. 졸도하실까 봐 겁난다. 누가 봤으면 남의 집 딸의 가십을 옮기는 줄 알았을 것이다. 나는 한 오라기의 자의식도 없이 말간 엄마 얼굴을 뚫어지게 쳐다보았다. 그렇다고 내가 언니를 걱정하며 연락을 하는 곰살맞은 짓을 한 것도 아니었다.

언니와 나는 자매 사이에 나눌법한 시시콜콜한 이야기 같은 걸 나누어본 기억이 없었다. 언니가 대학을 졸업하고 결혼과 이혼을 하는 사이, 나는 대학을 졸업하는 동시에 집을 나와 독립해서 살았다. 그사이에 우리가 만난 건 명절이나 집안 대소사가 있을 때가 고작이었다. 아무리 궁리를 해봐도 언니가 무슨 생각으로 그 먼 길을 오겠다는 건지 알 수 없었다. 내가 이곳에 있는 동안 숙소비를 절약하려는 속셈, 그 이상의 이유를 나는 찾지 못했다. 같은 서울 하늘에서도 따로 만나 밥을 먹거나 차를 마시는 일도 없던 사이였는데, 설마 내가 보고 싶어서 올 거란 생각은 손톱만큼도 들지 않았다. 그랬으므로 언니도 민폐라는 말을 썼는지 몰랐다.

오고 싶으면 와.

삐딱한 생각과 달리 나의 대답은 선선했다.

잠깐 혼이 나갔던가. 휴대폰을 들여다보다가 고개를 드니, 언니가 유령처럼 서 있어서 깜짝 놀랐다. 그런데 여행 가방조차 없어서 더욱 놀랐다. 간단한 백팩을 메고 있는 언니는 잠깐 화장실에라도 다녀온 듯했다.

가방을 잃어버렸대.

누가?

항공사에서.

어디서 잃어버렸다는 거야?

경유지에서 옮겨 실을 때 빠뜨린 것 같대.

그럼 어떡해?

찾는 대로 연락을 주겠대.

우리는 포옹도 악수도 없이 공항을 빠져나와 택시를 탔다. 가방도 없이 단출한 언니 모습을 보니 실소가 터졌다. 언니도 머쓱했는지 나를 보며 피식 웃었다. 웃다 보니 더 우스워져서 나는 소리를 내어 웃었다. 언니도 어깨를 으쓱하면서 킥킥거렸다. 이렇게 서로를 바라보며 웃는 게 낯설기도 하고 한편으로는 이런 게 자매 사이인가 싶었다.

가방은 돌아오지 않았다. 이틀이 지나고 사흘째로 접어드는데도 소식이 없는 게 이상해서 보니, 언니의 전화기가 꺼져 있었다. 다시 보면 또 꺼져 있어서 결국은 내가 항공사로 전화를 걸게 만들었다. 전화기 속 직원은 이리저리 전화를 바꾸었고 그때마다 처음부터 다시 사정 얘기를 하면서 간신히 알아낸 것이, 경유지였던 프랑크푸르트 공항을 다 뒤지고 있는데 아직 못 찾았다는 말이 전부였다. 가방을 잃어버린 건 언니인데, 내가 더 초조해하고 있었다.

가방을 갖고 오기는 한 거야?

언니는 야단맞는 어린아이처럼 시무룩하게 고개만 끄덕였다.

가방 잃어버린 사람은 내가 아니고 언니야. 그런데 왜 이렇게 태평해?

그러면 어떡해? 내가 할 수 있는 게 없잖아.

아무런 감정이 실려 있지 않은 말투였다. 빛바랜 초상화처럼 말간 얼굴을 보고 있으려니, 언젠가 꼭 비슷한 상황을 맞닥뜨린 적이 있는 것만 같았다.

가방에 뭐 중요한 건 없어?

중요한 거? 밑반찬들.

아니, 그런 거 말고, 돈이나 노트북 같은 거라도 들어 있냐고.

옷가지 몇 개가 다야.

*

나는 작가들을 지원하는 예술위의 도움으로 바르샤바에 머물던 중이었다. 바르샤바는 사랑스러운 도시였다. 그러나 석 달의 레지던스 기간 중 두 달가량이 지날 무렵부터는 공기 중에 시취가 떠도는 것 같았다. 숙소로 사용하고 있는 아파트에서 비스와 강변에 있는 대학도서관까지 걸어가는 그다지 멀지도 않은 거리에서 나는 추모비를 숱하게 마주쳐야 했다. 나치에 저항해서 싸운 파르티잔의 추모비이거나 유대인 학살 현장이었다. 마침 폴란드 독립 백 주년이 되는 해여서, 거리 곳곳에서 관련 사진전 부스나 설치작품들을 마주쳤다. 브리스톨 호텔 옆 광장에는 유대인을 태우고 아우슈비츠로 향하던 기차를 상징하는 철로를 형상화한 작품이 전시 중이었는데, 언제나 초와 꽃이 놓여 있었다. 추모의 분위기만 있는 건 아니었다. 극우단체들의 유대인 혐오 시위나 발언에 대한 보도도 적지 않았다. 유럽에서 나치와 아우슈비츠를 겪으며 받은 충격과 처절한 반성의 시간을 생각하면 그런 보도가 믿어지지 않았다. 내가 그 일을 겪기 전까지는.

트램에서 내려 아파트로 돌아가던 길이었다. 건널목을 건너 막 골목으로 접어들었는데 맞은편에서 걸어오는 할머니가 눈에 띄었다. 통통하고 자그마한 키에 머릿수건을 쓴 모습이 동화 속에서 튀어나온 듯 귀여운 할머니가 나를 마주 보며 걸어왔다. 마치 나를 잘 알고 있거나 내게 용건이라도 있는 듯 보여 나도 모르게 주위를 두리번거렸다. 거리에는 할머니와 나 둘뿐이었다. 다정하게 인사라도 건네야 할 것 같아서 나는 얼굴 가득 미소를 띠었다.

할머니는 내가 미처 인사를 건네기도 전에 무슨 말인가를 하고는 빠르게 나를 스쳐 지나갔다. 동시에 나의 온몸이 차갑게 식어 내렸다. 나는 폴란드 말을 알아듣지 못했다. 하지만 그게 인종차별적 발언이라는 걸 단박에 알아챘다. 그건 말을 걸었다기보다는 투척하는 것에 가까웠다. 휙, 스쳐 지나가는 짧은 순간 할머니의 작은 몸에서 독기가 뿜어져 나오는 듯했다. 단지 몇 마디 말일 뿐이었지만, 순식간에 피가 빠져나가는 듯 다리가 풀렸다.

게토 표지판을 발견한 것도 그즈음이었다. 바르샤바에 온 초기에 나는 유대인 관련 흔적들을 열심히 찾아다녔는데, 유독 게토의 흔적은 찾기 어려웠다. 구글링을 해서 찾아가본 곳도 그저 낙후된 지역일 뿐 이렇다 할 기념물 같은 건 없었다.

하긴 그게 언제 적 일인데, 굳이 왜 그런 걸 찾아다니나 싶었다. 그걸 내가 머물던 아파트 앞에서 발견했다. 두 달 가까이 지나다니면서도 보지 못한 것이었다. 가로 오십 센티 세로 십 센티 정도 크기의 동판으로 만든 표지가 보도 사이에 박혀 있었는데, 그게 아파트 주변으로 죽 이어져 있었다. 히브리어가 양각된 가운데 별 모양이 선명했다.

언니가 오는 날이 가까워 오면서 우울하게 침잠해 있던 나의 생활에 조금씩 생기가 돌기 시작했다. 함께 가면 좋겠다 싶은 식당과 공연 정보를 챙기고, 뮤지엄이나 폴란드 그릇가게 쇼핑 같은 걸 언니와 같이 가려고 미뤄두었다. 데면데면하게 지내던 언니와 낯선 여행지에서 잠깐 같이 지내는 게 우리 자매에게 좋은 추억거리가 될 것 같았다. 언니에게는 큰 위로가 될 터였다. 그렇게 생각하자 가난하고 외로운 여행자를 나의 거처에 받아주는 것 같았고, 내가 언니의 보호자라도 된 듯 뿌듯했다.

바르샤바의 가을 날씨는 변덕스러웠다. 어떤 날은 하루에 사계절을 다 보여주기도 했다. 아침에 눈을 떠 침대에 누운 채 보는 창밖 하늘은 이루 말할 수 없이 우울한 잿빛이다. 그러나 이 하늘이 그날 하루의 날씨라고 생각하면 안 된다. 오후가 되면 구름은 사라지고 푸른 하늘이 나타난다. 한낮에는 반팔을 입어야 할 정도로 기온이 올라갔다가 해만 지면 코트를 입거나 부츠 신은 사람이 보일 정도로 쌀쌀해졌다. 11월로 접어들면서부터는 기온차가 더 심해졌다. 그러나 나도 최소한의 옷만 챙겨 왔기 때문에 내가 패딩을 입고 나면 언니에게 빌려줄 만한 겉옷은 울 카디건밖에 없었다.

언니가 내 옷을 입고 걸어가는 뒷모습을 보노라면 기분이 야릇했다. 못 보는 사이 언니가 너무 말라서인지, 내 옷이 커서인지 옷과 따로 노는 게 허수아비처럼 보였다. 한편으로는 내가 유체 이탈을 해서 나의 뒷모습을 보는 것만 같아 기분이 좋지 않았다. 나는 겉옷을 하나 사자고 했다.

뭐 하러.

마트에서 옷 매장으로 향하려는 나를 가로막을 때만 해도 이상하다는 생각이 들진 않았다. 다음 날이라도 가방이 돌아올지 모른다고 생각했으니까. 그런데 하루 이틀이 지나면서 언니가 유난히 먹는 것에 집착한다는 걸 깨달았다. 그날도 언니는 겉옷 사는 건 아깝다더니, 먹을 건 카트가 가득 차도록 장을 봤다. 스테이크용 소고기와 연어, 치킨에 다양한 채소류를 잔뜩 챙기더니 각종 소스와 스톡까지 종류별로 쓸어 담았다.

이걸 언제 다 먹으려고 이렇게 많이 사는 거야?

가방만 있었어도 안 샀을 건데.

가방에 중요한 게 없냐고 물었을 때, 밑반찬이라고 했던 언니의 대답은 사실이었다. 언니는 멸치조림, 깻잎장아찌와 고추찜 같은 밑반찬에다가 된장, 고추장, 고춧가루와 액젓까지 챙겼다고 했다.

액젓?

김치를 못 담더라도 양배추 겉절이 정도는 할 수 있잖아.

언니가 그 정도로 살뜰하게 챙겨 먹는 사람이었던가. 우리가 서로에 대해 얼마나 모르는지, 그것만으로도 증명이 되는 것 같았다. 나는 장기간 해외 체류를 할 때도 비행기에서 주는 튜브 고추장 하나 챙기지 않았고, 다른 사람들이 질색을 하며 진저리치는 이국의 향신료를 오히려 찾아 먹는 쪽이었다. 집에서 독립한 후 나는 김치를 담근 적도 없었다.

아파트는 침실 하나에 거실과 주방이 연결된 형태였는데 나는 손님 대접을 한답시고 언니에게 침실을 내주었다. 나는 주방 식탁을 책상으로 쓰고 있었고 늦게까지 원고를 쓸 때도 있었다. 언니가 거실 소파에게 자겠다고 우겼지만 내가 침실로 밀어 넣자 별수 없이 침대에 누웠다. 그런데 다음 날 아침 일찍 일어난 언니는 살금살금 주방을 걸어 다니며 뭔가를 씻고 끓이기 시작했다. 내가 깰까 봐 조심하고 있었지만 그게 오히려 신경을 긁었다. 나는 소파에서 일어나 침실로 들어갔다. 늦잠을 자고 나오니 어느새 감자와 양파, 당근, 브로콜리를 넣은 치킨수프가 뭉근하게 끓고 있었고, 치즈를 올린 샐러드에 냄비밥까지 해놓았다.

그러나 나는 커피부터 마셔야 했다. 아침을 먹지 않는다고 말했는데도, 언니는 내 몫까지 식탁에 차려놓았다. 나는 식탁에 앉았지만 커피만 마셨다. 내가 일어날 때까지 기다리느라 배가 고팠던지, 언니는 샐러드를 우적우적 씹어먹고 수프를 후룩거리며 떠먹었다. 너도 좀 먹어봐. 유럽 쌀인데도 밥맛이 괜찮아. 갓 지은 냄비밥은 윤기가 흘렀고 치킨수프 냄새도 구수했지만, 참 잘 먹네, 라는 생각밖에 들지 않았다. 나는 긴 세월 아침에 뭘 먹어본 적이 없었다. 그걸 언니 때문에 하루아침에 바꾸기는 어려운 것이다.

바르샤바에 와서 바뀐 게 하나 있긴 했다. 나는 음악을 싫어해, 라고 하면 지인들은 마치 살기 싫다는 말이라도 들은 것처럼 눈을 동그랗게 뜨고는 어떻게든 나를 어르고 달래 음악 속으로 끌어들이려고 했다. 음악을 싫어한다고? 그냥 내가 싫다고 해라. 자기가 좋아하는 음악이라면서 자신의 플레이리스트를 보내준 남자와는 그것 때문에 오해가 깊어져서 작별 인사도 없이 헤어졌다. 스트리밍 서비스 회비까지 대신 내줬는데 어떻게 그럴 수 있냐면서 무시당한 기분이라고 했다. 음악을 자신의 인격과 동일시하는 그 남자 덕분에, 음악이 더욱 싫어졌다.

집을 떠올리면 피아노 소리가 환청처럼 따라왔다. 피아노 소리가 들리지 않는 집은 상상이 되지 않았다. 언니가 집에 없을 때조차 피아노가 저 혼자 연주하고 있는 것 같았다. 내가 막 초등학생이 되었을 때 우리가 살던 건물 일층에 피아노 교습소가 생겼다. 처음에는 언니와 내가 레슨을 받기 시작했으나 여름방학이 끝날 무렵 무슨 이유에서인지 언니만 레슨을 받고 있었다. 우리 집에 피아노가 들어온 건 삼 년 후였다. 그리고 이듬해에 공채직원으로 입사한 아버지가 계열사 사장에 취임했다. 중소기업이지만 아버지에게 회사 차가 배정되었고, 아버지는 출근길에 큰길 하나만 건너면 되는 학교까지 굳이 우리 자매를 등교시켜주었다. 언니의 피아노 교습도 본격화되었다. 피아노학원에 다니던 것은 교사가 집에 오는 것으로 바뀌었다.

강남의 고급빌라로 이사를 가면서부터는 더욱 많은 것이 달라졌다. 아버지는 손님들 초대하는 걸 즐겼다. 대부분 회사의 간부들이거나 바이어들이었다. 엄마는 가구나 조명으로 집안을 꾸미는 일에 열심이었고 수영과 마사지로 몸매와 피부를 가꾸고 요리학원에 다니기 시작했다. 손님들의 술자리가 길어지면 빠지지 않는 절차가 있었다. 피아노 연주였다. 아버지는 언니가 자고 있으면 깨워서라도 피아노를 치게 했다. 잠이 덜 깬 언니가 투덜거리면 엄마는 언니의 등짝을 찰싹 때렸다. 양볼을 꼬집거나 찬 물수건으로 얼굴을 문지르기도 했다. 언니가 예고에 진학한 후에는 피아노과에 가기 위해 거액의 레슨비를 지불하며 대학교수들에게 레슨을 받았고, 엄마는 승용차로 언니를 실어날랐다. 언니의 피아노는 아버지의 자랑거리였고, 중산층에 진입한 상징 같은 거였다. 나는 언니를 가엽게 바라보면서 피아노를 배우지 않아서 다행이라고 안도의 한숨을 내쉬었다.

그러나 세월이 흘러 그때를 돌이켜보면, 가여운 건 나였다. 아버지는 유독 언니를 편애했다. 아버지의 편애와 거기에 편승해서 엄마가 무신경하게 내뱉는 말은 나의 무의식에 깊은 상흔을 남겼다. 야는 누구를 닮아서 가시나가 이래 섬머스마처럼 천방지축이고? 아버지의 질책이 이어질 때마다 나는 숨을 쉴 수가 없었다. 나도 언니처럼 잘할 수 있어요. 그러나 나는 뭔가를 잘하려고 하면 할수록 사고만 치는 아이였다. 잔뜩 주눅이 든 꼬마는 말 한마디 못하고 애정을 갈구하는 눈빛으로 아버지를 쳐다보기만 했다. 가시나가 어데 아버지를 빤히 꼴셔보노, 으이? '누구를 닮아서'라는 말은 아버지가 입에 달고 사는 말이었고, 우리 가족을 둘로 나누는 말이었다. 호리호리한 몸매와 가늘고 긴 손가락을 가진 아버지와 언니, 펑퍼짐한 몸에 짧은 손가락의 엄마와 나. '누구를 닮아서'라는 말로 아버지가 나를 질책할 때마다 엄마는 아버지의 눈치를 보면서 덩달아 나를 비아냥거리는 것으로 은근히 아버지 쪽에 붙어 섰다. 뭘 해도 언니의 반도 못 따라가는데다 순한 언니와 달리 못된 눈빛을 가진 아이는 아버지의 눈 밖에 났다. 피아노 레슨도 아버지가 그만두게 했다는 건 나중에 알게 되었다. 이 손가락에 피아노는 개 발에 편자다.

아버지가 회사에서 징계를 받고 해고된 건 언니가 대학 입학을 앞두고 있던 때였다. 엄마와 아버지가 다투는 중에, 바이어들에게 뇌물을 받았다느니 횡령이니 하는 말이 오고 간 것으로 미루어 퇴직금조차 받지 못한 것 같았다. 대출을 끼고 산 빌라를 팔고 연립주택으로 이사를 가야 할 정도로 집안 사정이 악화되었지만 언니의 레슨은 멈출 수 없었다. 언니를 곤두박질치는 집안을 잡아줄 동아줄로 생각한 엄마는 언니가 대학을 졸업하기도 전에 중매쟁이들에게 선을 대더니, 요식업 프랜차이즈로 급성장한 집안과 혼사에 성공했다. 지방 도시에서 제법 소문난 해장국집이 경영컨설팅을 받고 도시마다 체인점을 내면서 부자가 된 집안이었다. 사돈 집안과 우리 집은 그런 점에서 쌍생아처럼 죽이 잘 맞았다. 나는 아버지의 편애로 괴로워하던 시기를 진작에 지나 순종적인 언니를 비웃거나 가여워하던 시절도 지나, 그즈음에는 차라리 고마워하고 있었다. 언니에게 집중된 관심 덕에 나는 마음껏 자유를 구가하고 있었다. 나는 이미 고등학생 때부터 친구들과 어울려 술 담배를 했고, 취한 채 집 앞에 널브러져 있기도 했다. 그때마다 엄마는 이런 내 모습을 아버지에게 들킬까 봐 전전긍긍했다. 물론 나를 걱정해서 그런 건 아니었다.

바르샤바에서는 추모비를 피해서 다니는 것도 어려웠지만, 피아노 소리를 피하는 건 더 어려웠다. 내가 매일 걸어 다니는 로얄로드를 따라서 까만 화강암 상판의 벤치가 놓여 있었는데, 벤치의 버튼을 누르면 쇼팽의 음악이 흘러나왔다. 쇼팽의 심장이 안치되어 있는 성십자가 성당에서는 쇼팽 서거일에 그의 장례식 때 연주되었던 모차르트의 레퀴엠이 울려 퍼졌다. 주말에는 쇼팽의 동상이 있는 와지엔키 공원에서 피아노 연주회가 열렸다. 볕이 좋은 주말 공원의 풀밭에는 사람들이 가득했다. 파란 가을 하늘 아래 가족과 연인들이 비스듬히 눕거나 엎드려서 여유 있게 음악을 즐기는 모습을 나는 부러운 눈길로 바라보았다. 그들 머리 위로 흐르는 피아노 선율은 천상의 소리처럼 아름다웠다. 그걸 부정할 수는 없었다. 수많은 악기들 중 단지 피아노일 뿐이다. 그렇게 생각하려고 했다. 그러나 현을 두드리는 건반이 내 속의 연약한 어떤 지점을 자꾸만 건드렸고 어느 순간 항아리가 깨지듯 와르르 터져버릴 것 같아 주체할 수가 없었다. 나는 벌떡 일어나 공원을 나와버렸다.

나는 언니의 피아노 연주회에 한 번도 간 적이 없었다. 배가 아프다고 숙제가 많다고 갖은 핑계를 끌어대며 가지 않았다. 엄마 아버지가 한껏 갖추어 입고 연주회에 가고 나면 정말로 머리가 깨질 듯 아프고 배가 아팠다. 와지엔키 공원에서 피아노 연주를 듣다 보면, 어린 시절의 나 자신이 비루하고 초라하게 느껴졌다. 지금까지 나는 피해자 의식에 사로잡혀 나를 한껏 가여워하며 살았는데, 그런 나를 누군가 비웃는 것 같았다. 심지어는 가해자라고 비난하는 것만 같았다. 그러나 그건 어딘지 억울하고 분했다. 그랬음에도 다음 주말이면, 나는 다시 그곳에 앉아 있었다. 릴케가 파리에 처음 갔을 때 지인들에게 보내는 편지에 '나는 지금 보는 법을 배우고 있습니다'고 했다지. 나는 친구들에게 '나는 듣는 법을 배우고 있다'고 써 보냈다.

언니가 항공권을 티켓팅했다는 연락을 받은 후, 내가 제일 먼저 한 건 피아노 연주회 티켓 예매였다. 조성진이라는 피아니스트를 나는 그때 처음 알았다. 그가 몇 해 전 쇼팽 콩쿠르에서 우승을 한 첫 한국인 연주자라는 것도. 거리 곳곳에 그의 연주회 포스터가 도배하듯이 붙어 있었지만, 언니가 아니었다면 거기에 가는 일은 없었을 것이다.

*

그날, 나는 내가 갖고 있던 옷 중 유일한 원피스를 언니에게 건넸다. 울 소재의 짙은 와인색 원피스는 살구색 카디건과 잘 어울렸다. 연주회는 서프라이즈를 위해 비밀에 부치고 저녁을 사겠다는 말만 했다.

소울 키친은 바르샤바에서 꽤 유명하고 값비싼 스테이크 전문점인데, 혼자 가는 게 어색해서 눈도장만 찍고 있던 곳이었다. 역시 혼자 갔더라면 미운 오리 새끼처럼 꽤나 청승맞아 보였을 것 같았다. 식당은 인테리어나 서비스 매너가 격조

높고 중후했으며 손님들은 소소하게라도 기념할 만한 무엇이 있는 듯 화사하고 고양된 표정으로 웃고 떠들며 먹고 마셨다. 요리도 훌륭해서 스테이크는 내 평생 먹어본 것 중 최고라고 할 만했다.

그런데 언니는 엉뚱하게 식전 샐러드와 곁들여 나온 홈무스에 관심을 보였다. 홈무스는 처음 먹어보는데, 올리브유와 너무 잘 어울리고 풍미가 좋다면서 만들어보겠다고 했다. 내가 완제품을 마트에서 살 수 있으니 힘들게 만들 필요가 없다고 하자, 언니는 직접 만들어보고 싶다고 했다.

언니가 요리에 관심이 많은지 몰랐네.

나의 말투에는 은근한 비아냥과 짜증이 배어 있었다. 나의 심사는 그때부터 조금씩 뒤틀리고 있었다. 빵이나 스파게티 정도로 때우던 나의 식비를 감안하면 엄청난 출혈이었고 사치였다. 그런데 고작 홈무스라니······

우리는 모르는 게 더 많지 않아?

뭐, 하긴 그렇지.

어쩐지 언니의 말 속에서도 가시가 느껴졌다. 하지만 언니와 함께 있으면서, 나는 언니가 이토록 둔감한 사람이었나 싶어 내심 놀랐다. 어쩌면 늘 결핍과 갈등을 느끼던 나의 어린 시절이 나를 너무 예민하게 만들어놓은 건지도 몰랐다.

집에 혼자 있으려니 시간이 흘러넘치더라. 이것저것 다 해봤는데, 요리프로그램 보면서 요리하는 게 제일 좋았어. 어딘지 명상의 분위기 같은 것도 있고. 다만 한 가지 문제가 있는데, 요리라는 거, 자기 혼자 먹겠다고 하는 게 아니더라. 그때 네 생각이 났어. 외국에서 먹는 것 때문에 고생할 것 같아서. 그래서 양념들을 챙겨온 건데……

아쉬운 표정으로 웃는 언니를 보면서 나는, 그러니까 혼자 먹기 싫어서 여기까지 온 거구나 생각했다.

내셔널 필하모닉 홀 앞에 도착하자 언니가 멈칫하며 나를 쳐다봤다. 홀 입구에는 조성진의 포스터가 도배하듯이 붙어 있었다.

언니를 위한 서프라이즈 선물이야. 내가 티켓을 예매해뒀어.

아무리 둔감해도 이렇게 대놓고 말하면 고맙다는 말 정도는 할 거라고 생각했다. 그러나 이번에도 보기 좋게 빗나갔다. 언니는 공포에 질린 듯 안절부절못하더니 몸을 획 돌려 걷기 시작했다. 나는 놀라서 언니 팔을 붙잡아 세웠다.

어딜 가는 거야?

집에.

언니!

몸이 좋지 않아.

갑자기? 어디가 아픈데?

너 혼자 보고 와. 나는 아무래도.

언니는 자기 두 손을 내려다보다가 손바닥을 옷에 닦으며 나를 바라보았다.

아, 그 표정은 나를 순식간에 이십여 년 전으로 데려갔다. 안색이 종잇장처럼 하얘지고 두 눈알이 양쪽으로 벌어지면서 눈꼬리가 축 늘어지는 표정은 곤란한 상황에 부닥쳤을 때 언니가 짓곤 하던 표정이었다. 자다가도 불려 나와 피아노를 쳐야 했던, 아버지의 액세서리처럼 살았던 언니의 사춘기 시절과 의붓자식처럼 연주회 뒤치다꺼리를 하며 화려한 스포트라이트를 받는 언니에 대한 질투에 눈이 멀어서 술 담배를 하고 몸을 함부로 놀리던 나의 사춘기. 이제는 다 잊어버렸다고 생각했던 그 시절이 돌연 눈앞에 펼쳐졌다. 자신을 툭 놓아버리듯 마치 줄이 끊어진 마리오네트처럼 멍청한 표정은, 정나미가 뚝 떨어지는 것이었다. 그것 때문에 엄마에게 등짝을 맞는 모습을 여러 번 보았다. 정작 언니는 자신의 그런 표정을 전혀 모르는지, 울면서 엄마에게 용서를 빌었다. 언니는 자신의 얼굴을 멍청하게 일그러뜨렸지만, 묘하게도 언니를 보고 있는 상대방이 조롱당하는 기분이 들게 만들었다. 나는 언니의 등짝을 확 떠밀며 돌아섰다.

피아노 연주 소리가 불협화음처럼 신경을 긁어댔다. 불시에 봉변을 당한 듯 뛰는 가슴이 진정되지 않았다. 솔직히 고백하자면, 고맙다고 눈물이라도 글썽일 줄 알았다. 사회적으로 매장당한 이혼녀를, 부모조차 내친 언니를, 언니 때문에 편애의 상처를 안고 살아온 동생이 이렇게 극진히 대접할 때는, 그 정도는 기대할 수 있는 거 아닌가. 그런데 이런 모욕을 당할 줄은 미처 몰랐다. 비어 있는 옆자리마저 나를 조롱하는 기분이었다. 도대체 어디서부터 무엇이 잘못된 건가. 우리가 처음 만났던 공항까지 거슬러 가봤지만 이유를 찾을 수 없었다. 결국 나는 인터미션 때 연주회장을 나와버렸다.

언니는 발코니 창 앞에 앉아 와인을 마시고 있었다. 연주회 좋았어? 물어보는 언니 말을 무시하고 방으로 들어가려는데 언니가 소리치듯 말했다.

피아노가 무서워.

취한 목소리가 마치 내게 화를 내는 것처럼 들렸다. 적반하장이네. 나는 화를 지그시 누르며 언니 앞에 앉아 따지듯이 말했다.

뭐라는 거야? 지금까지 피아노만 치면서 살아온 사람이 피아노가 무섭다니. 그래, 그건 내가 상관할 문제가 아니니까. 하지만 그걸 꼭 오늘 같은 날 표시를 내야 했어? 우리가 한 공간에서 지내는 게 아마 십 년쯤 됐지? 그런데 동생이 기껏 생각해서 준비한 선물을 그런 식으로 무시해?

나, 더 이상 피아노를 칠 수 없어. 피아노만 보면 손가락이 마비가 돼버려. 피아노 소리만 들려도 머리가 터져버릴 것 같아.

언니는 자신의 두 손을 들여다보면서 독백을 하듯이 천천히 말했다.

피아노가 나에게 뭐지? 음악은? 난 그런 생각조차 해보지 못한 채 피아니스트가 되어버렸어.

몽롱한 목소리와 표정은 일인극이라도 하는 것 같았다. 등짝을 후려치고 싶은 걸 꾹 누르며 목소리를 높였다.

동문서답 좀 하지 말고, 알아듣게 말해.

언니는 퍼뜩 정신을 차린 듯 자세를 고쳐 앉았다.

난 꽃다발 같은 장식품이야. 그런데 시든 꽃다발이지. 남편이란 사람은 나를 자랑하고 과시하려고 독주회를 열고 티켓을 뿌려대는데, 정작 음악에 대해서는 하나도 몰라. 그런데 그게 너무 익숙해서 이상한지도 몰랐어. 아버지도 그랬잖아. 그건 너도 알잖아.

내게 동의를 구하듯 언니는 말을 멈추고 나를 바라보았다. 나는 입을 꾹 다물고 팔짱을 꼈다.

엄마 아빠한테는 차마 말하지 못했지만, 나 이혼하고 나서 얼마나 좋았는지 몰라. 이런 게 해방감이구나. 자유의 느낌, 그런 걸 처음 안 거야. 아버지까지 나를 내치니까 춤을 추고 싶더라.

나는 갑자기 이 모든 상황이 지겨워졌다. 무엇보다 자기가 피해자인 듯 말하는 게 어이없었다. 나는 회심의 일격을 가하듯 언니의 말을 끊고 물었다.

그 사람하고는 어떻게 된 거야?

그 사람?

불미스러운 일이 있었다는 그 지휘자 말이야.

불미스러운? 누가 그래?

언니의 눈빛이 불안하게 흔들렸다. 나는 물러나지 않았다. 이번에도 언니가 사팔뜨기가 된다면 당장 집에서 쫓아내겠다는 생각까지 하면서 상처를 후벼 파듯이 잔인하게 말했다.

엄마가 그러더라. 소문이 파다하게 퍼졌다던데?

언니는 그럴 줄 알았다는 듯 짧게 탄식을 내뱉었다.

엄마가 그렇게 말했구나. 그래, 맞아. 그와 음악 얘기를 하던 시간은 너무 좋았는데, 끝이 불미해졌어.

남 얘기하듯이 말하지 마.

자꾸만 연습실로 찾아와서 도와주겠다는데 거절할 수 없잖아. 그랬더니 자꾸 선을 넘더라.

거절했어야지.

그게, 쉽지 않았어.

왜? 좋아서?

생각해보니까 거절이라는 걸 한 번도 해본 적이 없더라. 내가 뭐라고…… 그러면 그 사람은 얼마나 자존심이 상할까, 그게 더 걱정이 되는 거야.

언니가 우물쭈물하는 사이, 악단 사람들이 눈치를 챘고 이상한 소문이 무성해졌는데 소문이라는 것의 속성이 그렇듯이 당사자인 언니만 모르고 있었다. 어느 순간 지휘자의 태도가 달라진 거 같아 고개를 갸웃하던 즈음, 리허설 때나 연습 때 피아노를 치는 언니의 손가락을 지휘봉으로 톡톡 치면서 지적질을 해대기 시작했다. 재단 이사인 아내를 의식하고 소문을 잠재우기 위한 행동이라는 걸, 그런 일을 겪은 사람이 한두 사람이 아니란 걸 언니만 모르고 있었다. 영문도 모른 채 모욕적인 지적질을 당하던 언니는 악보를 까먹거나 틀리고 급기야는 손가락에 쥐가 나고 마비가 오기 시작했다.

사연은 거기에서 끝이 아니었다. 언니가 해고되자 차라리 맘 편하게 잘되었다는 듯이 지휘자가 언니 집으로 찾아오기 시작했다. 언니는 전화를 받지 않고 만나주지도 않았다. 그러던 어느 날, 외출하는 언니 앞에 그가 나타났다. 그의 손에서 칼날이 반짝 빛났다.

그런데 이상하지? 칼이 하나도 무섭지 않더라. 그 사람이 막 나가니까, 차라리 마음이 편한 거야. 나도 막 나가면 되니까. 자존심이 상할까 봐 걱정하지 않아도 되니까. 그래서 찌르라고 했어. 너 같은 사람이 찌르는 것은 그다지 불명예가 아니다, 불미스럽기는 하지만. 막상 찌르라니까, 아무 짓도 못하고 비칠비칠 도망치더라. 그런데 그다음이 더 무서운 거야. 무서워서 집에 갈 수가 없었어. 그래서 호텔을 전전하다가, 너한테 온 거야.

경찰에 신고를 했어야지, 여기로 오면 어떻해?

내가 그런 거 잘 못하는 거 너가 더 잘 알지 않아?

나는 미간을 찌푸리며 언니를 쏘아보았다.

내가 뭘 더 잘 안다는 거야?

내가 첫 콩쿠르에서 상 탔을 때 말이야, 내가 열세 살 때니까 너는 열한 살이었다, 그치?

그랬지. 천재 났다고 아주 난리가 아니었지.

그때 기억 안 나?

뭘 말이야? 난 거기 가지도 않았는데. 몇 날 며칠 집에서 잔치한다고, 언니가 맨날 드레스 입고 피아노 쳐댈 동안 나는 하루 종일 심부름한다고 다리가 퉁퉁 부었던 건 기억나?

내가 신들린 연주를 했다더라. 정작 나는 머리가 하얗게 돼서 어떻게 연주를 하고 내려왔는지, 기억이 하나도 나지 않는데. 그때 말이야, 무대에 올라가서 악보를 폈는데……

언니는 자꾸만 말꼬리를 돌렸고 우리의 대화는 어딘가로 미끄러지고 있었다.

폈는데?

악보에 실뱀장어가 잔뜩 뒤엉켜서……

실뱀장어?

진짜 실뱀장어는 아니고, 날카로운 면도칼로 그어댄 거였어.

면도칼? 악보에? 누가 그런 건데?

언니가 씨익, 웃으면서 나를 돌아보는데 눈동자가 돌아가 있었다.

언니를 참아내는 게 점점 힘겨워지고 있었다. 언니는 무슨 일이 있었냐는 듯 수프를 끓이고 샐러드를 만들고 밥을 해서, 지치지도 않고 내게 권했다. 오후에는 마트에 가서 장을 보고 저녁을 차렸다. 처음에는 나를 위해서 그러는 것 같았으나, 갈수록 내가 언니 집에 얹혀 있는 기분이 들었다. 멍청한 그 표정을 또 보게 될까 봐 얼굴을 마주치기도 싫었다. 아무 일도 없었다는 듯 여전한 그 태도가 가증스러웠다. 나는 좁고 어두컴컴한 침실에 눕거나 엎드려서 책을 보았다. 악보를 면도날로 그은 게 나란 거야?

다음 날 오후, 나는 배낭에 노트북과 책을 넣고 방을 나왔다.

나 도서관에 갈 거야.

콘서트 이후, 우리는 어차피 함께 외출하는 일이 없었다.

언니가 샌드위치를 만들어주겠다고 조금만 기다리라고 했지만 나는 그대로 아파트를 나와버렸다. 찬바람 부는 거리에는 플라타너스 이파리가 굴러다녔다. 마치 내 집에서 쫓겨난 듯 기분이 더러웠다. 도서관에 앉았지만 한 글자도 쓸 수 없었다. 악보에 면도날을 그은 게 정말 나라는 거야? 아무리 돌이켜봐도 내 기억 속에는 없는 일이었다. 언니는 지금까지 그게 나라고 생각하고 있었던 걸까? 그랬으면서 한마디도 하지 않았다는 건가? 그걸 따지러 온 건가? 언니가 여기까지 온 진짜 이유가 그거였나? 어디서부터 무엇이 잘못되었는지, 알 것 같았다. 평소에 가깝게 지내지도 않던 자매가 갑자기 무슨 추억을 쌓겠다는 생각부터 잘못이었다.

게다가 서프라이즈라니…… 한순간에 나락으로 떨어진 언니에 대한 연민. 있었다. 그러나 그게 다는 아니었을지 모른다. 거기에는 편애로, 더 정확하게는 부모의 전폭적인 지원을 받으며 곱게 자라 성공한 언니의 그늘에서 상처받던 미운 오리 새끼의 비상을 과시하고 싶은 욕망도 있었을 것이다. 더욱 은밀하게는 언니의 실패를 고소해하는 심리가 없었다고도 못하겠다. 설사 그랬다 치더라도, 마치 나의 숨은 의도를 까발리듯이 깡그리 무시하고 모욕해도 되는 건가. 한술 더 떠서 내 기억 속에도 없는 일을 끄집어내서 나를 공격하더니, 맹한 표정으로 나를 조롱했다.

아파트 현관문이 열리는 것과 동시에 소파에 누워 있던 언니가 벌떡 일어나더니, 주방으로 가서 가스레인지를 켰다. 식탁에는 와인 잔과 빈 접시, 포크 나이프가 두 세트 세팅되어 있었다.

나는 식탁은 본체만체하고 물었다.

귀국 날짜가 며칠이야?

어?

한국으로 돌아가는 날이 언제냐고.

벌떡 일어나서 가스 불을 켜던 민첩함은 어디로 사라지고 무슨 소리냐는 듯 고개를 갸웃거리며 서 있는 언니를 보자 또 짜증이 치밀었다. 험한 말이 나올 것 같아 그대로 방문을 쾅

닫고 들어가버렸다. 그러나 부글거리는 속을 진정하지 못한 나는 침대에 엎드려 소리쳤다.

가버려. 그 멍청한 사팔뜨기, 꼴도 보기 싫으니까 꺼져버리라고. 다시는 내 앞에 나타나지도 말라고.

*

다음 날 눈을 뜬 건 정오가 한참 지나서였다. 바깥이 조용했다. 나가보니 언니가 보이지 않았다. 늘 메고 다니던 작은 백팩도 보이지 않았다. 소파 팔걸이에 언니가 입고 다니던 나의 카디건이 걸려 있었다. 갔나? 무의식의 수초를 헤집고 불쑥 떠오른 생각에 나는 흠칫 놀랐지만, 놀람 속에는 바라던 거잖아, 갔다면 차라리 잘된 거지, 맹한 주제에 용케도 내 말을 알아먹었네, 하는 복잡한 심사가 뒤엉켜 있었다. 그대로 갔다고 해도 이상할 건 없었다. 어차피 여행 가방도 없으니 백팩 하나만 들고 가면 되는 것이다. 하지만 아무리 그래도 그렇지. 말 한마디 없이 가면 안 되는 거 아닌가? 그때만 해도 설마 그럴 리가 없다고, 그래서는 안 된다는 확신에 차 있었다. 그러나 도서관에 갔다가 밤에 돌아왔을 때도 언니는 없었다. 카디건도 그대로였다. 잠깐 들어왔던 흔적도 없었다. 정말 이대로 간 걸까? 전화를 걸어보았으나 휴대폰은 여전히 꺼진 채였다. 밤이 깊어가고 있었다. 좁은 거실을 서성거리던 나는 밖으로 나갔다. 그동안 언니와 다녔던 카페와 성당, 광장까지 텅 빈 거리를 돌아다니다가 돌아온 나는 밤새 뒤척였다.

다음 날 오후에 눈을 뜬 나는 주위를 두리번거렸다. 언니가 오기는 왔었던가? 나는 뭔가에 홀린 듯 다시 밖으로 나갔다. 시간이 흐를수록 언니를 찾을 수 없을 거란 생각만 점점 짙어가더니 언니가 왔었다는 사실도 미심쩍었다. 나중에는 내가 뭘 찾아 헤매는지도 알 수 없는 지경이었다.

정신을 차리고 보니 중앙역이었다. 언니와 유대인 뮤지엄에 다녀오면서 튤립을 샀던 꽃 가판대에는 어느새 각양각색의 가을 꽃과 하얀 국화가 수북하게 꽂혀 있었다. 언니가 식탁 물병에 꽂아둔 튤립이 아직 있는지 기억이 나지 않았다. 가판대를 지나 어느 빌딩 앞에서 낯익은 포스터를 부착한 버스를 발견했다. 연극 「유대인 극장」의 포스터였다. 바르샤바 공연 정보를 검색하다가 발견한 연극이었다. 중앙역 부근에서 극장이 있는 스튜디오까지 셔틀버스를 운행한다는 공지를 본 기억이 났다. 기진맥진한 상태에 다리도 아팠던 나는 그대로 셔틀버스에 타버렸다.

버스는 도심을 벗어나 다리를 건너더니 비스와 강변을 따라 달렸다. 십여 분 정도 달렸을 뿐인데, 주변은 이렇다 할 만한 건물도 없이 황량했다. 버스가 닿은 곳은 예술회관 같은 건물이었다. 안으로 들어가니 로비가 나왔고 카운터에서 티켓을 구입하자 옆으로 난 입구를 가리켰다. 문을 열고 두꺼운

암막 커튼을 들치자 매캐한 먼지 냄새가 났다. 천장이 높은 대형 창고처럼 휑뎅그렁하고 어둑한 실내에 스모그가 희뿌옇게 퍼져 있었다. 커튼을 걷고 들어선 곳이 곧바로 연극무대였다. 무대가 따로 없는 연극이었다. 넓은 공간 한쪽 끝에 완전 나체의 젊은 여자가, 반대쪽 끝에는 양복을 입은 젊은 남자가 마주 보며 서 있었다.

유대인의 골렘 신화를 토대로 기획된 홀로코스트에 대한 색다른 실험극이란 것이 내가 알고 있는 사전 정보의 전부였다. 그렇다면 알아듣지 못해도 상관없겠다고, 막연히 그렇게 짐작했었다. 그러나 그 어느 연극보다 대사가 많았다. 스토리라인도, 상대도 없는 독백이 대부분이어서 맥락을 따라잡을 수 없으니 더욱 난해했다. 양복을 입은 남자가 나체의 여자에게 다가갔다. 남자가 여자의 팔을 건드리면 팔을 들어 올리고, 다리를 건들면 다리를 들어 올리더니 이윽고 달리기 시작했다. 진흙으로 빚은 골렘에게 숨결을 불어넣는 걸 의미하는 것 같았다. 여자가 달리는 걸 바라보고 있는데 내 등 뒤에서 누군가 몽유병 환자처럼 걸어 다녔다. 뒤뿐 아니라 앞에서도 옆에서도, 유령처럼 걸어 다녔다.

연극판은 여기저기에서 동시다발적으로 벌어졌다. 테이블을 사이에 두고 심각한 표정으로 떠들고 있는 노인들, 단상에서 판토마임을 하는 남자들, 갑자기 벽을 타고 뛰어오르더니 분필로 이디시어 같은 걸 쓰고는 촛농처럼 흘러내리는 여자,

빨래처럼 축 늘어져 있는 여자, 산소마스크를 쓰고 누워 있는 환자…… 어디를 봐야 할지 정신을 차릴 수가 없었다. 무대가 따로 없듯 객석도 따로 없었다. 관객들은 자기가 보고 싶은 곳으로 다가가기도 하고, 돌아서서 뒤에서 벌어지는 장면을 바라보거나, 멀찌감치 떨어져서 전체를 조망하기도 했다. 시간이 지날수록 배우와 관객이 뒤섞였다. 연극은 그런 상황을 오히려 유도하는 것 같았다.

유독 눈에 띄는 이들이 있었다. 그들은 머리부터 발끝까지 하얀 방제복을 입고 사람들의 귀에 대고 뭔가를 속삭이며 돌아다녔다. 속삭임을 들은 이들이 마치 감염이라도 된 듯 방제복을 입은 이들과 똑같은 짓을 하는 모습은 내게 혐오 발언을 했던 폴란드 할머니를 떠올리게 했다. 뱀의 혀처럼 날름거리는 그들의 혀에서 독기가 뿜어져 나오는 것 같았다. 그때쯤에는 그들이 속삭이는 상대가 배우인지 관객인지 분간할 수 없었고, 나조차 좀비처럼 이리저리 돌아다니고 있었다.

묘한 기시감에 어리둥절해졌을 때는, 처음 내가 무대에 입장했을 때와 똑같은 장면이 반복된 지 한참 지난 후였다. 연극은 처음과 끝이 따로 없으며, 관객들은 언제든지 들어가고 나갈 수 있다는 공지문이 그제야 기억났다. 아무런 사인도 없이 처음 장면으로 돌아갈 줄은 몰랐다. 정신을 차리고 밖으로 나갔더니, 방금 셔틀버스가 떠났다고 했다. 다음 버스는 다시 시작한 공연이 끝나는 두 시간 후쯤 있을 거라고 했다.

바깥은 칠흑처럼 어두웠다. 스튜디오 건물만 덜렁 있는 시 외곽의 사차선 도로에는 트럭들이 쌩쌩 바람을 일으키며 달렸다. 도로 너머로 강둑이 보였고 강 건너 아스라이 도시의 불빛이 반짝거렸다. 강을 사이에 두고 차안과 피안처럼 다른 세상이었다. 사람은 보이지 않았다. 어디로 가야 할지 몰라 두리번거리다가, 내가 왔던 방향으로 걷기 시작했다. 밤새 걸어야 되는 걸까 체념할 즈음, 희미하게 불빛이 보이고 신기루처럼 버스 정류장이 나타났다. 과연 이곳에 버스가 서기나 할지, 이 시간에 지나가는 버스가 있기나 한지 막막했다.

항공사 직원이 언니의 가방을 들고 나타난 건 내가 막 아파트를 나서려고 할 때였다. 네임카드를 넣게 되어 있는 자그마한 비닐 커버 안에 언니의 이름이 적혀 있었다. 가방에서 역한 냄새가 풍겼다. 감색 천으로 된 캐리어에 손바닥 넓이의 얼룩이 번져 있었다. 가방 안의 내용물에서 뭔가 흘러나온 것 같았다. 가방의 지퍼를 열던 나의 손이 멈칫했다. 언니가 말했던 반찬류들이 오래 방치되면서 부패하고 포장이 찢어져서 생긴 얼룩일 테지만, 역한 냄새는 이 도시에 퍼져 있는 냄새를 떠올리게 했다. 불길한 상상에 진저리를 치며 나는 가방을 거실 구석으로 밀어놓고 아파트를 나와버렸다.

연극을 보는 내내 그 가방이 머릿속에서 떠나지 않았다. 실은 언니 생각으로 가득했다. 저기 서 있는 여자가 언니 같았고, 엎드려서 울고 있는 여자가 언니 같았고, 벽을 타고 오르는 미친 여자가 언니 같아서, 마치 조리돌림이라도 당하듯이 이 여자 저 여자를 쫓아다녔다. 방제복을 입은 이들이 출현했을 때는 숨이 턱 막혔다. 폴란드 할머니를 떠올린 순간 내가 폴란드 할머니와 무엇이 다른가 싶은 자책이 명치를 찔러댔다. 여자들의 어깨며 팔을 붙잡고 얼굴을 들여다보던 나는 섬뜩하도록 차가운 그들의 표정에 그만 다리가 풀려버렸다. 주저앉아 있는 내게 나체의 여자 배우가 다가오더니 어깨를 감싸며 무슨 말을 했다. 알아들을 수 없었지만, 나를 위로하고 있다는 건 느껴졌다. 아니야, 내가 아니야. 나는 그녀를 바라보며 천천히 고개를 저으며 중얼거렸다. 아니라니, 나는 무슨 의미로 그런 말을 한 걸까. 나는 언니를 비웃고 가여워했을지언정 미워한 적은 없었다. 내가 미워한 건 아버지였고, 아무 생각 없는 엄마였다. 그건 진실일까? 언니의 악보에 면도날을 그어댄 게 정말로 나였을까? 그게 사실이라면 어린 나는 무엇에 감염되었던 걸까.

어둠 속 불빛 아래 서 있으려니 여전히 유대인 극장에 있는 것 같았다.

소울 키친

눈이 부셨다. 제방 둑이 무너지면서 강물이 범람하듯 빛이 쏟아졌다. 그는 그 빛 무더기에 둥실 떠올라 어디론가 빨려 들어가는 듯 어지러웠다. 눈을 감고 있는데도 눈이 부셨다. 마치 임사체험의 한 장면 같다는 생각과 동시에 그는 벌떡 일어나 앉았다. 머리맡 창으로 햇살이 쏟아지고 있었다. 눈을 비비며 주위를 둘러보았다. 낯설면서도 익숙하고 익숙하면서도 어딘지 낯선, 뭐라 표현하기 어려운 감정이 소용돌이쳤다.

시계를 보니 정오가 가까웠다. 전날 해 질 무렵 도착해서 기절하듯이 잠에 떨어졌으니 스무 시간 가까이 잔 것이다. 그는 이부자리에서 일어나 툇마루를 지나 입식으로 개조한 주방을 거쳐 마당으로 나갔다. 어제는 미처 인식하지 못했으나 빈집의 느낌이 물씬 풍겼다. 텃밭에 무성한 잡초나 처마를 점령하고 있는 거미줄 때문만은 아니었다. 인기척에 굶주린 듯한 허기가 공기 중에 떠도는 것 같았다.

그러나 그건 너의 선입견 탓이라는 듯, 햇살 가득한 마당에는 봄꽃들이 지천이었다. 하얗고 노란 민들레, 고들빼기, 하늘색 봄까치꽃, 연보랏빛 제비꽃, 그리고 담쟁이에는 쌀알만 한 흰 꽃까지 피어 벌을 부르고 있었다.

'풀밭에 요것들이 피어나믄 꽃무늬 광목천이 생각나. 나 어릴 때 엄니가 그것 한 감 끊어다가 내리닫이를 맹글어줬거든. 요 마당도 한 마 끊어서 곱게 해 입고 잡다.'

이웃집들이 나락 말리고 콩 털기 좋다면서 마당을 시멘트로 '공구리' 칠 때 어머니는 들꽃도 못 보고 흙이 숨을 쉬지 못한다면서 한사코 '공구리'를 거부했다. 덕분에 비만 오면 낙질을 멈출 수가 없었다. 마당을 보고 있으려니, 그는 자신이 중학생 시절부터 마흔이 넘은 이 순간까지 고향에 돌아오기 싫었던 게 모두 이놈의 잡초 때문인 것 같았고, 동시에 맹렬하게 허기가 졌다.

박스에는 이 주일은 너끈히 먹고도 남을 분량의 레토르트 식품이 들어 있었다. 그는 가스 불에 물부터 올리고 컵라면을 뜯었다. 냉장고를 열어본 건 조건반사적인 습관 같은 거였다. 셰프로서의 직업병이랄까, 퇴근 후 해방감의 데시벨을 올리기 위해 캔 맥주를 꺼내듯이. 아무 기대 없이 냉장고 문을 열어본 그는 깜짝 놀랐다. 냉장고에는 마치 어제까지 누군가 살림을 산 것처럼 갓 담근 것이 분명한 김치가 들어 있었다. 고들빼기와 갓김치는, 그가 좋아하는 김치였다.

어머니가 요양원으로 간 게 지난해 봄 끝물이었고 그 후 집은 비어 있었다고 알고 있었다. 서울 누님은 관절염 때문에, 부산 누님은 고3 조카 때문에 자유롭지 못한 처지인데다 빈집까지 챙길 성정도 아니었다. 그렇다면 우렁각시라도 있단 말인가. 그는 새삼스럽게 집 안을 둘러보았다.

'남편이 죽었다는데 시신조차 찾을 수가 없어. 이건 지옥이야. 식구들 먹여 살리려고 바이러스가 득실대는 병원에서 시신을 치워댔는데, 정작 남편의 시신조차 찾을 길이 없다는 게 말이 돼? 어디 섬에 갖다 묻었다는 사람도 있고 벌써 화장을 했다는 소문도 떠돌고 있어. 하지만 가족들에게 알리지도 않고, 그럴 수가 있어? 개돼지도 이렇게 취급하지는 않아.'

로쟈는 비통하게 비어져 나오는 울음 사이로 간신히 말을 이었고, 그 말끝에 제발 돈을 좀 빌려달라고 했다. 죽은 남편은 그렇다고 쳐도 산 사람조차 당장 굶어 죽게 생겼다는 거였다. 로쟈는 기약 없는 휴직과 해고 절차를 밟던 중에도 그나마 가장 늦게 해고한 종업원이었다. 남편을 따라 뒤늦게 미국에 온 로쟈는 아직 이민 비자를 취득하지 못했으므로 실업수당은 고사하고 재난지원금도 받을 수 없는데다, 아이가 넷이나 딸려 있었다. 불법 입국자들을 막겠다며 국경에 장벽까지 세우는 마당이니 언제 쫓겨날지 모르는 처지였다. 며칠 동안 아무도 두드리지 않던 그의 아파트 문에서 노크 소리가 들렸을 때, 그는 미리 준비해둔 돈 봉투를 문틈으로 밀어 넣었다.

'로쟈, 나는 어머니가 아파서 한국에 다녀올 거야. 이제는 찾아오지 마.'

잠시 침묵하던 로쟈는 고맙다는 인사도 없이 사라졌다.

전날 로쟈가 울면서 전화를 했을 때만 해도 그는 돈 봉투를 문틈으로 내밀 생각까지 하진 않았다. 그런데 막상 로쟈가 찾아올 시간이 되자 두려움이 엄습했다. 한국에 다녀온다는 말은 자기도 모르게 튀어나온 핑계였다.

카를로스가 레스토랑 '소울 키친'을 그에게 맡기고 뉴욕을 떠날 때만 해도 그는 자신에게도 비로소 기회란 것이 찾아왔다고 생각했었다. 맨땅에 헤딩하듯 무작정 미국으로 건너가서 뉴욕 중심가 '소울 키친'의 셰프가 되기까지, 그에게는 위기 아닌 순간이 없었다. 손이며 팔이 성한 데가 없을 정도로 노력해서 요리 실력은 따라잡을 수 있다고, 따라잡았다고 생각했지만, 그걸 인정받기 위해서는 거기에서 뭔가 한끝이 더 필요했다. 그러나 그건 노력으로 되는 게 아니었다. 그 벽이 너무 견고해서 다 포기하고 싶었던 때가 한두 번이 아니었다. 그런데 이번엔 진정한 위기가 찾아왔고, 이번이야말로 인생 역전의 기회가 될 것이 틀림없어 보였다. '소울 키친' 셰프로

발탁해준 카를로스를 그는 은인처럼 여기며 그의 마음에 들기 위해 간이며 쓸개도 **빼놓고** 최선을 다했다. 요식업계의 큰 손 카를로스는 재능과 자질, 사교성과 순발력에 냉정한 판단력까지, 마치 식재료를 감별하고 레시피를 정교하게 표준화하듯이 인재를 발탁하고 자신의 식당을 맡긴다고 알려져 있었다. 그런 카를로스가 그를 불러놓고 말했다.

'제임스, 당분간 첼시점을 네가 맡아서 관리해봐. 난, 고향에 좀 가 있을 거야. 잘해보라고.'

그는 한쪽 눈을 찡긋거리며 주먹으로 그의 가슴을 콩, 쳤다. 카를로스의 고향은 브라질이었으나 며칠 후 인스타에 올린 사진을 보니 그는 캐러비안의 개인 소유 섬에 있었다. 뉴욕에서 사망자가 하루 천 명씩 나오던 날에도 그는 그곳에서 가족들과 바비큐 파티와 요트를 즐겼다. 뉴욕이 셧다운되면서 식당에도 영업중지 명령이 떨어졌다. 테이크아웃만 허용되었으나, '소울 키친'에서 배달 음식을 팔 수 없다면서 카를로스는 당분간 문을 닫으라고 했다. 결국 그에게 맡겨진 건 종업원들을 해고하고 정리하는 일이었다.

이십사 시간 잠들지 않던 뉴욕의 텅 빈 거리를 티브이 화면을 통해서 보았다. 어쩌면 마지막 남은 수순은 셀프 해고인지 몰랐다. 이 위기는 어떤 기회일까? 곰곰 생각하던 그의 머리에 떠오른 건 어머니였다. '하나밖에 없는 아들이 미국에 있으면서 코빼기도 비치지 않을 거냐'고 윽박지르던 누님들은

요양병원비를 그가 부담하겠다고 하자 잠잠해졌지만, 언제가
됐든 한 번은 다녀와야 된다는 생각이 숙제처럼 마음을 짓누
르고 있었다. 그동안에는 하루도 짬을 낼 수가 없었던 게 사
실이었다. 로쟈가 다시 찾아올까 봐 핑곗김에 튀어나온 말이
었지만, 감옥 같은 집에서 멍때리고 있느니 어머니를 보고 오
는 게 가성비 갑인 것 같았다.

항공권 가격은 평소보다 두 배 가까이 오르고 운항 스케줄
은 널을 뛰었다. 다음 날이 탑승일인데 갑자기 취소되는 일이
두 번이나 있었다. 세번째는 항공사에서 직접 전화를 걸어와
서 리스케줄링 예정일을 통보해주어, 하마터면 감동해서 울
뻔했다. 결국 다른 티켓을 판매하려는 프로모션이었지만, 어
쨌든 믿을 만한 티켓을 살 수 있었다. 알래스카에서 무려 열
여덟 시간을 체류, 경유하는 항공편이었지만, 불확실성으로
충만한 시대에 눈곱만큼이라도 확실하다는 건 안개 속 등대
처럼 가성비를 따질 수 없는 것이었다. 알래스카에서는 방호
복에 고글까지 착용한 이들이 우르르 탑승해서 비행기에 코
로나 환자가 발생한 줄 알고 깜짝 놀랐는데, 알고 보니 중국
인 승객들이었다. 중국 직항이 없어서 인천을 경유하는 이들
이었다.

인천공항까지 이박삼일이 걸렸으나, 그건 시작에 불과했
다. 공항에서 온갖 서명과 스마트폰 앱까지 설치한 후에는 시
설에 격리되어 코로나 검사를 받았고 음성판정이 나온 다음

날에야 KTX 해외입국자 전용칸을 타고 고향으로 내려갈 수 있었다. 역에 도착하니 방호복을 입은 보건소 직원이 그를 기다리고 있었다. 그는 비닐로 칸을 막은 전용 차량을 타고 고향 집까지 갔다. 어머니를 만나기까지 앞으로 이 주일을 더 기다려야 했다. 고향 땅이 미국보다 낯설게 느껴졌다.

대문 두드리는 소리가 들린 건 라면을 먹으려고 식탁에 막 앉았을 때였다. 이럴 땐 어떻게 해야 하나? 사실은 의문의 여지도 없었다. 하지만 일 년 넘게 비어 있던 시골집의 경우는 자가격리 매뉴얼에 없었다. 아무도 없는 척 숨죽이고 있었으나, 문 두드리는 소리는 멈추지 않았다. 그는 식어가는 라면을 쳐다보다가 어쩔 수 없이 밖으로 나갔다.

"누구십니까."

"춘복이냐?"

철 대문과 돌담 사이 빈틈으로 주름살 자글거리는 노인의 눈이 그를 쳐다보고 있었다. 중학교 졸업 후 인근 도시와 서울에서 유학 생활을 한 그는 방학이나 명절 때나 되어야 마을 어른들을 보곤 했다. 그나마 이혼을 하고 미국으로 간 후로는 칠 년 만에 돌아온 고향이었다.

"오메오메, 나는 느그 아부지가 서 있는 줄 알았다. 영판 아부지네."

돌 틈새로 눈을 굴리던 노인이 감탄사를 터뜨렸다.

"니, 내가 누군지 잊아묵었구나. 버들댁이어야."

아, 그는 짧게 감탄사를 토했다. '지리산에서 최고로 좋은 물만 먹다가 우물물 먹으려니 영 짜잔허네이.' 우물물도 지리산에서 흘러온 것이라고 해도 친정 동네 샘물 맛은 못 따라간다고 단호하게 고개를 젓던 젊은 버들댁 모습이 떠올랐다. 장을 담을 때는 이십 리가 넘는 친정 마을에서 달구지로 샘물을 실어 올 정도로 유난스러웠다. 어머니와 비슷한 시기에 앞뒷집으로 시집온 두 사람은 자매처럼 붙어 다녔다. 섬진강 너머에 사는 친이모보다도 더 가까워, 그와 누나들은 버들댁을 이모라고 부르며 자랐다. 그러나 세월의 간극 탓에 이모라는 말이 입에 붙지 않았다.

"안녕하셨어요. 그런데 어쩌죠? 제가 코로나 때문에, 문을 열어드릴 수가 없어서……"

"코로나가 대문으로 다닌다니?"

"그게 아니고, 제가 미국에서 와서 이 주일 동안 집 밖으로 나가면 안 되거든요."

"나도 알고 있다. 코로나 땀시 회관도 문을 닫아부렀다. 거그서 점심도 해 먹고 화투도 치고 테레비도 보고 그랬는데, 뭔 종이 딱지를 갖다 붙여놨어야. 이 나이까지 살면서 육이오 전쟁도 치러봤고, 폭력과의 전쟁, 불량식품하고도 전쟁을 해봤다만서도 이렇게 조용한 전쟁은 처음이다. 그나저나 니가 미국에서 그렇게 성공했담서."

"성공은요."

"느그 엄니가, 니 말을 하루도 안 하는 날이 없었다. 니가 미국에서 겁나게 바빠서 못 온다고 아주 자랑이 넘쳤다. 못 오는 게 자랑인지, 바쁜 게 자랑인지 모르겠다만. 근디 시상에, 니가 그 무서운 코로나를 뚫고 여기까지 왔구나."

콧물 훌쩍이는 소리가 나더니 버들댁의 눈이 잠깐 사라졌다가 돌아왔다.

"그란디 니가 이렇게 효자라는 걸 느그 엄니가 알아볼란가 모르겠다."

버들댁은 돌담 위로 밥공기만 한 밀폐용기를 올리며 말했다.

"너 줄라고 무쳤다. 설마허니 너물이 쪼깨 다무락 넘어간다고 코로나가 뭐라고 허진 않겠지야."

"이게 뭔데요?"

"머구."

"머구요?"

"머구너물."

"그럼, 냉장고에 김치도?"

"짐치, 봤냐? 엊저녁에 내가 갖다놨다. 니가 어릴 때 갓이랑 고들빼기랑 좋아했잖냐."

"제가 오는 걸 알고 계셨어요?"

"느그 누나가 전화했더라. 코로나 땀시 집에 갇혀 있어야 쓴다고. 살다가 살다가 즈그 집에서 감옥살이하는 건 첨 본다야."

뚜껑을 열자마자 침샘이 폭발했다. 구수한 들기름 향이 훅 끼쳤다. 젓가락 찾을 새도 없이 손가락으로 나물을 집어 먹었다. 데친 나물의 식감이 부드럽게 혀에 감겼다. 생채소 샐러드가 신선하지만 비릿하다면 데친 나물은 어딘지 성숙한 맛이었다. 알싸한 마늘 향을 된장의 구수함이 감싸더니 입안 가득 봄 향기가 그득했다.

그는 라면은 밀쳐두고 햇반을 데웠다. 이런 걸 두고 영혼을 위로하는 음식이라고 하던가. 그는 머위나물과 고들빼기김치로 밥 한 공기를 다 비웠다. 피곤에 절어 있던 몸이 비타민 주사를 맞은 듯 팽팽하게 수축하고 가뿐해졌다. 얼마 만에 먹는 나물인가. 그야말로 고향의 맛이었고, 허기진 영혼이 채워지는 느낌이었다. 모처럼 청량한 정신상태가 되자 예기치 않은 부작용이 생겼다.

어째서 나는 어머니에게 나의 음식을 대접할 생각을 한 번도 못했을까. 그러나 한 박자씩 늦는 깨달음이란 후회만 남길 뿐이었다. 이제 어머니는 스테이크가 메인 요리인 '소울 키친'의 메뉴를 드실 수 없다. 마흔이 넘어서야 얻은 외아들은 집을 떠날 궁리만 했다. 가난한 집안에서 어머니의 맹목적인 사랑은 부담스럽기만 했고 짜증스런 누님들의 질투까지 더해져 질식할 것 같았다. 그 완결판은 아내와의 이혼이었다. 명절이 다가오기 시작하면 시골 남자와 결혼한 걸 비로소 깨달은 것처럼 어떻게든 빠져나갈 궁리를 하고 끌려가듯이 내려가서는 한시라도 빨리 벗어날 궁리만 하던 여자였다. 철마다 올라오는 갖가지 김치나 채소, 봉지마다 갈무리한 말린 나물들을 아내는 거의 다 버리거나 남에게 주어버렸는데, 그는 모른 척했다. 그게 다 자신의 무능 탓이겠지만, 아내보다 그 자신이 먼저 고향을, 어머니를 살갑게 대한 적이 없었다. 그럼에도 교양 있는 아내는 가끔 서울에 올라오는 어머니를 차에 태우고 다니며 음식을 대접하고 용돈도 주었으나, 그것에 대한 청구서를 내밀듯 그에게 이혼을 요구했다. 아내의 싸늘한 태도가 마치 자신을 보는 듯해서 뭐라고 토를 달 수도 없었다.

고향 집에 돌아와 혼자 있으려니 자꾸만 옛날 생각이 났다. 자가격리의 부작용이었다. 코로나 블루 증세인가. 죽음이 넘쳐나는 탓인가. 뜬금없이 윗마을 염쟁이 유씨 아저씨가 생각났다. 마을 어른들이 돌아가실 때면 유씨에게 염을 맡기라는 게 유언 중 하나였다. 유씨는 마치 산 사람 대하듯이, 이보게, 습염을 할 거이네, 이제 염포를 시작할 거야, 시신의 귀에 대고 절차를 말해주었고, 팔다리 오그라들지 말라고 주물러 펴는 수시를 할 때는 가족들도 거들게 해서 고인과의 작별 의식을 치르게 했다. 장손에 외아들인 그도 어린 나이에 할아버지와 할머니를 염할 때 참관했지만 무섭다는 느낌은 조금도 들지 않았다. 애초에 무섬증을 느낄 수가 없는 것이, 조부모가 돌아가신 방에서 그가 태어났으며 삶과 죽음이 어우러진 공간에서 먹고 자는 일상의 삶이 그대로 이어졌기 때문이다. 유씨의 품위 있는 작별 의식은 상실의 아픔을 어루만져주었다.
그러나 정작 유씨가 죽었을 때는 무슨 상조회에서 장례를 치
렀다고 들었다.

"춘복아, 이것 받아라."

마당을 서성이는데 버들댁 목소리가 들렸다. 버들댁은 이
틀에 한 번씩은 뭔가를 들고 나타났다. '너물이 다무락을 쪼
깨 넘었어도 암시랑토 않지야?' 하면서 다슬기탕을 내밀더니
엊그제는 추어탕을 갖고 왔다. '뒤란으로 돌아가믄 방애가 있
어야. 고것 몇 잎 따서 여갖고 한번 후루룩 끓에 묵어라.' 탕
을 한 숟가락 떠먹자 머릿속에서는 어린 시절 동네 아이들과
해 지는 줄 모르고 놀이며 개울을 훑고 다니던 장면이 흑백영
화처럼 펼쳐졌다. 게다가 방앗잎이라니. 그날 저녁 그는 방앗
잎을 넉넉히 따서 탕에도 넣고 전도 부쳤다. 긴 여름날 밤, 입
이 궁금할 때면 어머니가 부쳐주던 것이었다. 까맣게 잊고 있
던 막걸리가 어찌나 간절하던지 자가격리 따위 무시하고 마
트로 달려가고 싶은 걸 꾹 참았다.

"고생스러운데 그만 갖고 오세요. 먹을 거 많아요."

말은 그렇게 했지만, 머릿속으로는 오늘은 뭘 갖고 오셨을
까 궁금했고 침이 고였다.

"뭐이가 많아?"

"나라에서 햇반이랑 라면이랑 이것저것 엄청 많이 줬어요."

"이? 나라에서? 그거이 더 맛나냐? 미국 주방장 입맛에는

시골 할매 음식이 영 짜잔하구나."

"아니요. 얼마나 맛있는지 바닥까지 싹싹 긁어먹었는걸요. 죄송해서 그러죠."

"그럼 나랑 바꿔 먹자."

"네?"

"이거, 니가 좋아하던 게 생각나서 끓였으니, 나한테는 나라에서 줬다는 걸 줘봐라."

이번에는 팥칼국수였다. 아버지는 입맛이 까탈스러웠다. 사 먹는 음식을 싫어해서 바깥 모임에 다녀와서도 집에서 다시 밥상을 봐야 했다. 아버지가 유난히 좋아했고, 아버지와 겸상하던 그도 덩달아 좋아했던 게 팥칼국수였다. 어린 그는 어머니가 부엌에만 들어가면 먹을 게 저절로 나오는 줄 알았다. 믹서도 가스레인지도 없던 시절이었다. 돌확에 삶은 팥을 갈고 도마에 뽀얗게 밀가루를 뿌려 국수를 썰고 있는 어머니 이마에 구슬 같은 땀방울이 맺혀 있었다.

"이모."

그가 저만치 걸어가는 버들댁을 불러세웠다.

"그런데요, 이모는 제가 좋아하는 걸 왜 이렇게 잘 알아요?"

"그야, 니 엄니가 말했응게 알지 어뜨케 알았어. 팥칼국수 먹을 때마다 니 얘기를 했거든."

팥칼국수를 들여다보던 그의 눈이 흐려졌다.

"이모."

그는 자기도 모르게 버들댁을 이모라고 부르고 있었다.

"어째?"

"그런데 저는요, 울 엄니가 뭘 좋아했는지 한 개도 생각이 안 나요."

"느그 엄니? 너물, 너물 좋아했지. 물엣것은 비려서 못 묵고, 육고기도 그닥 좋아허덜 안 했어. 그래서 잔치에 가면 옆에 앉은 내가 포식했잖어."

어머니가 나물을 좋아했던가? 어린 시절을 떠올리면 가난했다는 기억만 강렬했다. 그런데도 먹는 것에 대해서는 달랐다. 이제 와 생각해보니 그랬다. 햄버거나 돈가스 같은 걸 먹고 싶었던 기억은 타지에서 자취할 때였다. 그런 건 해 먹는 게 아니고 사 먹는 건데, 용돈이 늘 간당간당했기 때문에 더 유혹적이었을 것이다. 하지만 집에서는 달랐다. 대단한 걸 해 먹은 건 아니지만 풍족했다. 칼국수 하나도 솥단지 가득 끓였고, 잊을 만하면 돌아오는 제사나 잔칫날에는 돼지나 닭을 잡아 이웃들과 나누었다. 그런데 엄마가 뭘 좋아했는지 생각나는 게 없었다. 하물며 엄마가 뭔가를 먹던 기억마저 그에게는 남아 있지 않았다.

다음 날부터 그는 자고 일어나면 낫을 들었다. 텃밭의 풀을 매고 나물을 캤다. 텃밭에는 지난해에 떨어진 씨앗이 자라는 것들이 적지 않았다. 요양원 가신 어머니가 미처 거두지 못한 것에서 떨어진 씨앗일 터였다. 아욱, 깻잎, 부추, 달래와 돌나물, 취나물에 뒤란에는 머위가 가득 올라오고 있었다. '공구리' 치지 않은 마당까지 날아가서 자라는 것들도 있었다. 양념도 충분했다. 부엌 싱크대와 별채에 딸린 광을 뒤지고, 수돗가 옆 장독대의 장독을 하나하나 열어보았다. 된장과 간장은 묵은 맛이 깊었고 냉장고에서는 고추장과 들깻가루를, 광에서는 매실액과 감식초, 덤으로 매실주까지 찾아냈을 때는 기뻐서 환호성을 내질렀다.

하지만 나물은 한 번도 무쳐본 적이 없었다. 그는 인터넷과 유튜브를 검색하며 나물을 조금씩 무쳐서 맛을 보았다. 소금과 참기름만으로 무쳐도 보고, 된장, 간장, 고추장, 들깻가루, 들기름을 이리저리 조합해보기도 했다. 그러나 몇 번을 다시 해봐도 어린 시절 어머니의 맛은 아니었다. 뭔가 허전했다. 손맛 때문일까? 손맛이라는 게 무엇인가? 그게 정말 실체가 있는 것인가? 맨손으로 한다고 손맛이 나는 건 아닐 터였다. 그로서는 흉내 낼 수 있는 게 아닌 것 같았고, 흉내로 될 것 같지도 않았다. 요리는 과학이라고, 그는 생각했다. 오븐의 온도와 시간, 정확히 계량된 레시피와 재료의 숙성도까지 모든 것이 숫자로 표시되었다. 두루뭉술 애매한 레시피를 손맛이라는 말로 퉁쳐버리는 것이 한국 요리가 세계의 식탁을 사로잡지 못하는 이유라고 그는 생각했다. 갖은양념, 한소끔, 간간하게, 슴슴하게, 이런 건 요리책보다는 문학에나 어울리는 말이었다. 추어탕에 넣는 젠피를 싫어하는 그에게 어머니는, '그짓말같이' 넣으라고 말했다. 넣었는지 안 넣었는지 모르게 살짝 넣으라는 뜻이었다. '그짓말같이' 넣었을 때 거짓말같이 풍미가 달라졌던가? 그랬던 것 같다는 쪽으로 기우는 건, 지금 그가 손맛에 절망하고 있기 때문일 것이다. 뉴욕의 쟁쟁한 셰프들 사이에서도 이렇게 절망하진 않았다.

그날따라 버들댁도 오지 않았다. 온다고 해서 배울 수 있는 것도 아닐 터였다. 그러나 급체를 한 듯 답답한 마음이 버들댁과 얘기라도 하다 보면 해소될 것 같았다. 혹시나 하는 마음에 까치발을 하고 담장 너머를 바라보는데 휴대폰 벨이 울렸다. 보건소 공무원이었다.

"그동안 자가격리 수칙을 잘 지켜주셔서 감사합니다. 이제 내일 정오면 격리 해제됩니다. 그동안 얼마나 답답하고 힘드셨습니까. 정말 고생 많으셨습니다."

공무원은 마치 자기 일인 듯 한껏 고양된 목소리였다. 순간 그는 눈물이 핑 돌았다. 처음 그가 역에 마중 나와서, '정말 축하합니다. 미국에서 고생스럽게 고향에 오셨는데 음성판정이 나와서 얼마나 다행입니까. 우리 군은 확진자가 한 명도 없는 청정지역이니까 안심하고 지내십시오' 이렇게 말할 때만 해도 그저 행정절차라고 생각했다. 그 후 잊을 만하면 한번씩 전화를 해서는, 몸이 불편한 데는 없는가, 오래 비어 있던 집인데 지내기 괜찮으신가 물어올 때도, 이 지역은 확진자가 없어서 공무원들이 한가한가 보다 생각했었다. 그런데 전화 받는 횟수가 늘어날수록, 세상 급할 것 없다는 듯 느린 템포와 전라도 억양이 희미하게 배어 있는 그의 목소리가 야릇한 안도감을 주었다.

그와의 마지막 통화였다. 한 번 본 적도 없는 사람에게, 만나기는 했으나 얼굴을 온통 가리고 있었으므로 만났다고 하기도 애매한 사람에게, 그는 얄궂게도 석별의 정을 느끼고 있었다.

동시에 로쟈가 떠올랐다. 나는 왜 로쟈에게 따뜻한 위로와 격려의 말 한마디 못해주었을까. 알지도 못하는 사람의 따뜻한 목소리만으로도 이토록 위안을 받는 것이 인간인 것을. 자신이 로쟈에게 한 짓을 생각하니, 자신이 얼마나 형편없고 비정하며 모진 인간인지 혐오스러워서 머리를 박고 싶었다.

전기밥솥 가득 밥을 안치고, 아욱국은 큰 냄비에 끓였다. 이왕 만드는 것, 요양병원 간호사들 것도 넉넉히 만들기로 했다. 며칠 동안 마당을 샅샅이 뒤져서 모아놓은 나물을 모두 한꺼번에 데쳐서 커다란 양푼에 무쳤다. 나물 몇 가닥을 집어서 입안에 넣은 그는 고개를 갸웃거렸다. 뭔가 달랐다. 그게 손맛인지는 몰라도, 맛보기로 조금 무칠 때와는 다른 개미가 혀끝에 감돌았다. 입안에 은은히 감도는 감칠맛, 이게 손맛일까. 아무래도 이건 손맛보다는 양푼 맛인 것 같았다. 대접에 조금씩 무칠 때와 달라진 건 양푼의 넉넉함밖에 없었다. 된장

듬뿍, 간장은 적당히, 들깻가루는 넉넉히, 참기름 살짝, 양이 많은 나물과 양념이 잘 섞이도록 조물조물, 이 모든 게 어우러져 미묘한 풍미를 만들고 있었다.

"미국에서 오셨다고요? 어렵게 오신 길이라고 하도 애원을 하셔서서 특별히 뒤뜰 현관에 장소를 마련했습니다. 초라하지만 시국이 이러니 이해해주세요."

요양사는 요양원 건물 뒤로 그를 안내했다. 건물과 정원을 연결하는 후문이 보였다. 이중으로 된 현관 사이에 공간이 있었는데 그곳에 작은 테이블과 의자가 놓여 있었다. 유리를 사이에 두고 건물 안쪽에도 같은 테이블이 놓여 있었고, 그가 준비해 간 음식이 벌써 차려져 있었다. 그러니까 유리를 사이에 두고 어머니가 식사하는 모습을 바라볼 수 있도록 만든 공간이었다.

가만히 앉아 있으려니 입안에 침이 바짝바짝 말랐다. 두 손을 맞잡고 꼼지락거리던 그의 눈에 어머니의 식탁이 너무 초라해 보였다. 대단히 장한 일이라도 한 듯 뿌듯했던 어제의 자신이 역겨워 혀를 깨물고 싶었다. 수저는 왜 저렇게 비뚤게 놓여 있는지, 냅킨도 없이 놓인 것도 마음에 걸렸다. 지금 당장 시장으로 달려가 어머니가 좋아하는 광목천을, 이왕이면 알록달록 꽃무늬가 프린트된 것 한 감을 끊어서 테이블보로 깔고 싶었다.

잠시 후 복도 모퉁이에서 어머니가 나타났다. 어머니는 요양사가 미는 휠체어에 앉아 있었다. 물기가 바싹 마른 나뭇가지처럼 앙상한 어머니는 휠체어에 묻혀버릴 것처럼 작았다. 어머니의 휠체어가 식탁 앞에 자리를 잡은 후 요양사가 빈 의자에 앉아 어머니 귀에 대고 뭐라고 말하면서 그를 가리켰다. 어머니가 고개를 들어 그를 바라보았다는 건, 그의 생각일 뿐이었다. 백태가 낀 어머니의 눈동자에는 아무런 감정이 담겨 있지 않았다. 요양사는 어머니에게 턱받침을 해주고 숟가락으로 국을 떠서 어머니 입에 흘려 넣었다. 어머니는 작은 새처럼 입을 오물거리며 그것을 받아먹었다.

그는 울 것 같은 표정으로 엉거주춤 일어나 유리에 손바닥을 가져다 대었다. 엄마…… 어머니의 눈은 입을 오물거리는 중에도 여전히 그를 향하고 있었으나, 그 시선은 그를 투명인간인 듯 그대로 통과해 저 멀리 어딘가에 가 있었다. 그는 그 시선을 낚아채려는 듯 두 팔을 허우적거렸다.

스와니강

간밤에 언니에게서 전화가 걸려왔다. 언니 목소리는 꺼져버릴 듯 무겁게 가라앉았고, 내 목소리는 점점 흐느낌으로 변해갔다. 용건이 끝나고도 우리는 누구도 먼저 전화를 끊지 못한 채 한동안 서로의 거친 숨소리를 듣고 있었다. 다리에 힘이 풀려버린 나는 싱크대에 등을 기대고 주저앉았다. 막막한 어둠 속에 넋을 놓고 앉아 있던 나는 며칠 전 엄마가 박 선생님의 메일주소를 만들어달라고 했던 걸 떠올렸다. 그게 그것 때문이었구나, 나는 뒤늦은 참회를 하듯 고개를 떨어뜨렸다.

그날 나는 무얼 하고 있었던가. 코로나 때문에 온 세상이 뒤숭숭했지만 나의 생활은 특별히 달라진 게 없었다. 읽거나 쓰는 사이 간단한 식사, 단순한 루틴 속에서 숲길이나 천변

혹은 저수지, 날씨에 따라 산책길이 달라질 뿐이었다.

뉴스에서는 확진자와 사망자 숫자를 올림픽 메달 속보를 전하듯이 매일 업데이트했다. 자고 일어나면 바뀌는 숫자는 숨 가쁘게 돌아가는 택시 미터기처럼 보였다. 사람들은 숫자에 몹시 예민해졌고 다른 한편으로는 조금씩 둔감해졌다. 오늘의 사망자 숫자를 보고 있는 나는 오늘의 사망자가 아니었다. 숫자는 뜨겁고 차가웠다. 그럼에도 그것은 나와 먼 이야기였다.

나는 아마 산책이나 장을 보러 나가는 길이었을 것이다. 막 신발을 신으려던 나는 엄마의 전화를 받고 다시 방으로 들어가 노트북을 열었다. 박 선생님의 생년월일을 묻고, 빈칸을 메우면서 메일주소가 왜 필요하냐고 물었다. 여권을 만든다고 했다. 어쩌면 비자를 만든다고 했는지도 모르겠다. 그만큼 나는 무신경하게 흘려들었다. 여권이든 비자든 도서관 회원증 만드는 것만큼이나 특별한 일이 아니었고, 우리는 어디든 갈 수 있으니까. 엄마는 환갑이 넘은 나이에도 무슨 모임에서 호주며 중국 여행을 다녀온 적이 있었다. 나도 가보지 못한 나이아가라 폭포를 엄마는 몇 년 전에 다녀왔다. 두 분이 여행을 계획하고 있으면 좋겠다는 생각을 스치듯 했던 것 같다. 그런데 박 선생님은 아직 여권이 없나? 딸이 미국에 살고 있는데 한 번도 다녀오지 않았을까? 아이디를 잠깐 궁리하던 나는 parkandpark라고 입력했다. 두 분의 성이 박이기 때문이었는데, 막상 써놓고 보니 무슨 공원 이름 같았다.

*

미열이 좀 있는 거 같아.

딸의 메시지를 본 순간, 덜컥 겁부터 났다. 회사에서 무급 휴가를 쓰라고 등 떠밀어댄다며 퇴근 후 내 작업실로 내려오기로 한 날이었다.

딸은 예매한 고속버스 티켓을 공유했다. 도착 예정 시간은 밤 열한시였다.

재채기만 해도 눈치가 보이는 때였다. 내 작업실이 있는 곳은 사회적 거리 운운하기 전에 자연적으로 거리가 만들어지는 곳이었다. 그럼에도 하루가 다르게 늘어나는 확진자와 사망자 숫자에 겁먹은 군청은 봄꽃 축제를 모두 취소했고, 다른 지방의 확진자가 다녀간 게 알려지자 오일장마저 폐쇄했다. 그렇게까지 해야 하나, 라는 불평은 대구에서 종교집단을 중심으로 엄청난 속도로 바이러스가 퍼지는 걸 보면서 쑥 들어갔다. 그리고 얼마 지나지 않아 한국인을 바이러스 취급하며 공항에서 격리 조치하거나 입국금지령을 내리던 유럽에서 대구와 비슷한 속도로, 아니 그보다 더 무섭게 바이러스가 번져가기 시작했다. 감염자 발생 숫자를 붉은색으로 업데이트하는 세계지도가 마치 습자지에 핏물이 번지는 것처럼 보였다.

나는, 딸에게 마스크부터 쓰라고 했다. 딸이 감염되었으면 어쩌나, 보다 타인에게 전파될지 모른다는 걱정이 앞섰는데, 동시에 이게 순서가 맞나 싶었다. 버스와 지하철을 갈아타며 출퇴근하는 딸이 늘 조마조마했다.

나는 서울시 홈페이지에 접속해서 확진자들의 동선을 살폈다. 딸의 집과 회사 사이에 확진자들과 겹치는 동선이 있었다. 겉으로 드러난 확진자의 동선이 문제가 아니었다. 드러나지 않은 이들이 오히려 더 위험하고 무섭다. 무엇을 감추고 있는지 모르는 타인들, 모두가 의심의 대상이다.

딸은 퇴근을 하고 고속버스를 타러 가기 위해, 대중교통을 이용할 것이고 터미널을 통과해야 한다. 그전에 보건소에 가서 검진을 받아야 하지 않을까? 확진자가 무신경하게 어떤 여행지에서 식당과 병원을 다닌 탓에 식당이 문을 닫고 병원이 폐쇄되는 경우도 있었다. 확진자들 동선이 공개되기 시작하면서, 낮에 모텔에 들른 어떤 이를 향해 코로나에서 살아남을지는 몰라도 마누라에게 맞아 죽을 거라는 악의적인 조롱이 줄줄이 달린 것도 보았다. 사람들은 확진 판정보다 동선 공개가 더 무섭다고 농담처럼 말했다. 눈에 보이지도 않는 바이러스 때문에 온 세상이 허둥대고 있었다.

지금은 어때?

업무가 바쁜지, 숫자 1이 지워지지 않았다.

*

  그녀를, 나는 한 번도 보지 못했다. 그녀를 보기 전, 그녀의 딸 은지를 먼저 보았다.

  그녀는 박 선생님의 딸이고, 이십여 년 전 미국으로 이민을 갔다. 엄마가 박 선생님과 동거를 시작한 것이 고작 삼 년이 좀 넘었으므로 아직 그녀를 만날 기회가 없었을 뿐이다. 팔순이 넘은 두 분이 동거를 하고 있다는 소식을 나는 언니로부터 들었다. 팔순이 넘은 나이에 도대체 누구에게 무슨 허락을 구하겠는가만은, 그 소식이 마치 딸이 가출해서 누군가와 살림을 차렸다는 말보다 놀라웠던 건 역시 팔순이 넘은 나이 때문이었다. 그러니까 두 분은 육십여 년 전, 고향의 산골 국민학교에 초임 교사로 부임하여 이십대를 함께 보낸 사이였다. 한국전쟁 후 모든 것이 폐허가 되어버린 시절의 일이었다. 세상은 폐허였을지언정 이십대의 그들은 얼마나 풋풋했을까. 그래서 더 빛났을 것이다. 그런 그들이 육십 년 세월이 지나서 재회하고 함께 살고 있다는 거였다. 서로의 이십대를 기억하는 사이라서 가능했으리라. 삼십대에 이혼해서 삼십 년 가까이 혼자 살고 있는 나는, 팔십대에 동거를 시작한 엄마에게 경의를 표했다. 팔십이 넘은 나이에도 내가 모르는 매력을 간직하고 있는 엄마가 사랑스러웠고, 세상의 통념을 깨는 듯해서 몹시 유쾌했다.

박 선생님이 지리산에 있는 내 작업실에 오고 싶어했으므로 나는 두 분을 초대했다. 언니와 나는 아이들도 불러 자연스럽게 박 선생님과 인사하는 자리를 만들기로 했는데, 마침 뉴욕에 살고 있는 박 선생님의 손녀가 할아버지 집에 와 있다고 했다. 어떤 일은 아무리 애를 써도 안 되는데, 어떤 일은 일부러 맞추기도 어려운 일이 손쉽게 풀리는 때가 있었다. 그럴 때면 나는, 그건 자연의 순리가 그러해서 그러한가 보다 생각했다. 과학 기사에서 보곤 하는 빅데이터니 AI 같은 것도 사람이 나이를 먹으면서 쌓인 경험이나 연륜과 비슷한 게 아닐까, 하고 내 식대로 짐작했다. 그녀와 나의 때는 아직 무르익지 않았을 뿐이라고 생각했다.

그녀는 은지를 할아버지 집에 데려다주고 병원 일 때문에 며칠 만에 돌아갔다고 했다. 은지가 일곱 살 무렵 이혼을 하고 미국으로 간 그녀가 한의사 자격증을 따서 뉴욕에서 한의원을 하고 있다는 말은 들어서 알고 있었다. 나 역시 딸이 일곱 살 때 이혼했으므로 그것만으로도 동질감이 느껴졌다.

"미국에 가서 한의사 자격증을 따다니, 대단하지 않아? 나 같으면 시도해볼 엄두도 못 냈을 거야."

이혼 타령을 하면서도 막상 시도해볼 엄두를 내지 못하는 언니의 말이었다.

그녀는, 아버지 혼자 계시는 게 마음에 걸렸는데 어머니가 옆에 계시니 얼마나 든든하고 고마운지 모른다며, 영양제 같은 걸 챙겨서 보내곤 했다고 들었다. 은지를 할아버지 집에 데리고 올 수 있었던 것도 어머니가 계신 덕분이라고 했단다. 나는 박 선생님을 다섯 번 가까이 만났으면서도 아버지란 말이 입에 붙지 않는데, 그녀는 엄마를 직접 만나기도 전부터 어머니라고 불렀다. 은지는 나를 이모라고 불렀다.

박 선생님 자신이 소년처럼 천진한 면이 있는 걸 잘 모르는 것처럼 은지는 자기가 얼마나 재미있는지 모르는 것 같았다. 자신은 조금도 웃지 않으면서 능청스런 표정으로 우스운 말을 잘도 했다. 조금 어눌하고 서툰 한국말과 경상도 억양이 스며 있는 영어가 더욱 웃음을 자아냈다.

"내가 새벽에 화장실을 꼭 가거든요. 오줌 마려워서 깨는 건 아니고요, 할머니 할아버지가 그때 노래를 불러서."

"노래를? 무슨 노래?"

"으악새가 슬프게 울고, 일편단심도 나오고, 막 그런 노래예요."

"그 소리에 잠이 깨는구나. 조용히 좀 해달라고 말하지 그랬어."

"재미있어요. 나도 침대에 같이 누워서 따라 불러요."

"할아버지 할머니랑 있는 게 좋으니?"

"네. 할머니가 한국 음식 맛있는 거 많이 해줘요. 그런데 햄버거는 안 사줘요."

"나중에 나 뉴욕에 놀러 가면 구경 좀 시켜줄래?"

"구경할 거 없는데요."

"너는 거기 사니까 그렇지. 나는 뉴욕에 한 번도 못 가봤거든."

"이모가 나를 초대해줬으니까, 나도 초대할게요."

"고마워."

"그런데 우리 집에는 방이 두 개밖에 없어서 소파에서 자야 될 건데요."

"소파면 충분하지. 은지는 한국에서 가고 싶은 데 없어?"

"서울이요."

일곱 살 때 미국으로 간 은지는 한국에 대해 아는 게 거의 없었다.

"그럼 나중에 나랑 서울에서 만날까? 서울에는 큰이모네 집이 있으니까."

"좋아요."

"그럼 서울역에서 만나자. 기차 타고 혼자 올 수 있지?"

나는 은지의 스마트폰에 기차 예매 앱과 나중에 혹시 혼자 여행할 때를 위해서 지하철 앱과 숙박 앱도 깔아주고 사용법을 가르쳐주었다. 할아버지 집에만 있지 말고 여기저기 많이 다녀보라고 하면서. 나 같은 사람도 혼자 해외여행을 다니는데, 은지 너처럼 영어를 잘하는 젊은 애가 못할 리가 없다고 마구 부추기며 격려했다. 그런 나를 바라보고 있던 엄마가 눈을 깜빡거리며 나를 따로 불렀다.

"은지, 못 간다."

"왜?"

"그전에도 할아버지 집에 있다가 한번 사라졌는데, 엉뚱하게 청주경찰서에서 연락이 왔다 아이가."

"어쩌다가?"

"몰라. 우야다가 거까지 갔는지, 수수께끼다. 설명도 못해. 지 혼자 어디 찾아가고 그런 거 몬한다."

"이제 많이 좋아진 거 아닌가?"

"퇴원했다가도 안 좋아지면 또 입원하고 그런단다. 중독이 그래서 무서븐기라."

마당에 테이블을 펼치고 불판에서 삼겹살을 구웠다. 엄마와 박 선생님, 언니와 조카들이 둘러앉아 고기를 굽고 맥주를 마시다 보니 아주 오래전부터 한 가족이었던 것 같았다. 밤에는 은지가 할머니 할아버지와 함께 잘 수 있게 별채에 잠자리를 준비했다.

먹고 마신 뒷정리를 하고 있는데 별채에서 웅얼거리는 말소리가 계속 흘러나왔다. 대화라기에는 묘하게 리듬감이 있었다. 살그머니 다가가 문틈으로 들여다보았다. 세 사람은 베개를 허리에 받치고 벽에 나란히 기대앉아 뭔가를 중얼거리고 있었다. 가만히 들어보니, 천자문이었다. 박 선생님이 앞소리를 하면 그 뒤를 엄마와 은지가 서로 마주 보며 이어받았다. 은지는 마치 랩이라도 하듯이 몸을 앞뒤로 흔들었다.

은지는 약물중독이었다. 약 먹을 때를 놓치지 않기 위해 세
팅해놓은 알람이 잊을 만하면 울렸다. 알록달록한 알약이 한
움큼이었다. 간신히 대학에 합격은 했으나 환각과 환청 같은
중독 증세가 심해지면서 곧바로 휴학, 강제 입원과 퇴원을 반
복하다가 그나마 증세가 호전되어서 요양차 할아버지 집에
온 것이라고 했다. 그러나 약 먹는 걸 한 번이라도 놓치면 어
디로 튈지 모른다고 하니, 안심할 수 있는 상황은 아니었다.
어린 시절의 은지를 모르는 나는 어눌한 말과 행동, 멍한 눈
빛이 그것 때문인지 알 수는 없었다.

엄마로부터 은지의 상태에 대해 듣는 순간, 이혼 후 어린
딸을 데리고 미국으로 건너간 그녀의, 그리고 은지의 삶이 아
프게 다가왔다. 스무 살이 훌쩍 넘은 나이에 혼자 여행도 할
수 없는 어린아이가 되어버린 딸을 바라보는 그녀의 심정은
얼마나 막막했을까. 나로서는 가늠할 수도 없는 그녀의 고통
이 마치 나의 것처럼 느껴졌다. 가족들의 도움을 받아도 혼자
아이를 키우는 일은 쉽지 않았다. 나의 딸도 사춘기 시절 한
동안 술 담배를 하고 일진 아이들과 어울려서 나를 힘들게 했
다. 담임은 하루가 멀다 하고 호출을 해댔다. 어느 날 갑자기
달라진 딸의 눈빛은 나를 절망하게 했다. 그 눈빛은 아무리
봐도 내 딸이 아니었다. 눈이 영혼의 창이라는 말을 나는 그

때 절감했다. 그러나 그건 얼마나 자의적인가. 아픔이나 슬픔의 크기로 치자면 나보다 딸이 훨씬 컸을 테다. 양해의 말 한마디 없이 가정을 파탄 내는 어른들, 아무것도 할 수 없는 무력함, 그 무력함만큼 절망했을 것이다. 그건 어쩌면 아이에게 각인된 최초의 배신이며 폭력이리라. 하루아침에 달라져버린 눈앞의 세상에, 은지는 얼마나 무서웠을까. 그녀는 어쩌다 미국까지 가야 했을까. 전남편의 지속적인 괴롭힘에 대한 이야기를 엄마로부터 들었지만, 듣는 것만으로도 고통스러워 기억에서 지워버렸다. 그건 마치 세상 사람들의 입방아에 돌고 돌아온 나의 추문처럼 쓰라렸다. 그 무렵, 나는 그녀를 나의 분신처럼 느끼고 있었다.

나는 뉴욕 퀸즈에 있는 그녀의 아파트에서 그녀와 와인을 마시는 장면을 머릿속에 그려보곤 했다. 나는 한국에서 김치와 된장 같은 걸 여행 가방에 넣어갈 것이다. 출근하는 그녀를 위해 아침 일찍 된장국을 끓이고 낮에는 뉴욕의 거리를 돌아다니다가 그녀의 병원에 들를 수도 있다. 저녁에는 마트에서 장을 봐서 피곤한 그녀를 위해 밥상을 차릴 것이다. 우리는 그녀의 아버지와 어머니에 대해서, 나의 아버지와 어머니에 대해서 이야기하고, 조금 더 시간이 지나면 혼자 사는 여자에 대해서, 혼자 자라는 딸에 대해서도 이야기할 것이다. 어쩌면 조금 쑥스러운 표정으로 언니 혹은 동생, 이렇게 나지

막이 불러볼지도 모른다. 그리고 나는 소파에서 잘 것이다.

*

　설날, 두 분에게 새해 인사를 드리러 갔을 때 은지는 뉴욕으로 돌아간 후였다. 천자문도 떼고 수영장도 다녔지만 결국 할아버지 집을 벗어나지는 못했다. 출국 전, 은지는 나에게 전화를 걸어서 다음에는 꼭 서울에서 만나자고 했다. 나는 조만간 뉴욕으로 놀러 가겠노라고 엄마에게 전해달라고 했다.

　박 선생님의 집은 C시의 오래된 동네에 있었다. 박 선생님이 사십대에 지은 집에서 사십 년 가까이 살았고, 딸을 결혼시켰으며 십 년 전에 아내를 앞세웠다고 했다. 오래 묵은 집답게 오래 묵은 짐들이 곳곳에 쟁여져 있었다. 약탕기와 믹서, 안마기, 각종 영양제들을 잔뜩 올려놓아 정체를 알 수 없는 가구 아래 내 눈길을 잡아끄는 게 있었다. 그건 풍금의 페달이었다.

　"이거 풍금 아니에요?"

　"맞아요."

　박 선생님은 화들짝 반색을 하더니, 위에 올려져 있던 것들을 치우기 시작했다.

　"소리가 나요?"

　"나다마다요."

　풍금이 온전한 모습을 드러냈다. 뚜껑을 열어보니, 흰건반이 노인의 이빨처럼 누렇게 바래 있었다. 국민학생 시절, 음악 시간이 되면 주번들이 다른 교실에 있는 풍금을 끙끙거리며 옮겨다 놓던 일이 떠올랐다. 까마득한 기억 저 너머에서 바람을 머금은 풍금 소리가 들려오는 것 같았다.

"박 선생님 부인이 풍금을 잘 쳤다 카더라. 동네 아이들 레슨도 할 정도였다니까."

엄마가 설명했다.

"그럼 은지도 할머니한테 배웠겠네요?"

"은지 엄마도 배웠다 아입니꺼. 사람으로 치면 환갑 나이는 됐을 겁니다."

"선생님은 못 치세요?"

내가 묻자, 박 선생님이 손사래를 치면서 옛날이야기를 꺼냈다.

"어데요? 내는 못 쳐요. 그래서 우리 반 음악 시간에는 엄마가 대신 와서 가르쳤어요. 그 대신에 나는 엄마 반 학생들 데리고 나가서 체육 수업해주고."

엄마가 풍금을? 내가 정말이냐고 물으니 엄마는 고개를 저었고 박 선생님이 무슨 소리냐는 듯, 잘 친다고 힘차게 두둔했다.

"인제는 못 칩니더. 그게 언제 적 일인데."

박 선생님이 작은방에서 풍금 걸상을 들고 나오며 내게 말했다.

"한번 쳐보이소."

"저요?"

나도 엄마처럼 고개를 저었지만 몸은 이미 풍금 앞에 앉아 있었다.

국민학교를 졸업하던 겨울, 나는 피아노를 배우러 다녔다. 스케치북만큼이나 크고 무거운 바이엘을 들고 피아노 레슨을 받으러 다니던 옛길이 머릿속에 환했다. 넓은 공터가 있었고 언제나 더러운 물이 고여 있던 꽤 큰 웅덩이도 지나고 자잘한 돌멩이들 때문에 까딱 잘못하면 미끄러지고 엉덩방아를 찧기도 하던 언덕길을 올라가야 피아노 선생님 집이 나왔다. 젊은 부부 두 사람 모두 피아노를 전공해서, 남편과 아내가 번갈아가면서 가르쳤다. 그들도 지금쯤 팔순이 넘은 할머니 할아버지가 되어 있을 거였다. 하얀 건반을 두드리던 순간 그것이 이어져 멜로디가 되는 것이 마치 마법의 거미줄이 풀려나오는 것처럼 신기했던 시간은, 중학생이 되고 학교 공부에 치이면서 일 년이 못 가서 끝이 났다.

풍금은 쳐본 적이 없지만 내부 구조가 머릿속에 그려졌다. 페달이 풀무처럼 바람을 불어넣고 그 바람에 의해 소리가 나는 방식일 것이다. 전자오르간처럼 기계식이 아니므로 오래되었다고 고장이 나지는 않았을 거라는 믿음으로, 나는 페달을 힘껏 밟았다. 소리가 났다. 속이 텅 빈 고목의 숲에 바람이 불면 이런 소리가 날까. 깊은숨을 토해내는 듯한 소리에서 세월의 냄새가 묻어났다. 그러자 나도 모르게 어떤 멜로디가 떠올랐다. 오래 감아두었던 태엽이 풀리듯 손가락이 저절로 움직였다.

풍금을 치는 나를 바라보는 엄마의 눈빛이 촉촉했다. 풍금을 치는 내게서 자신을 보는 것이리라. 엄마가 풍금을 치면서 음악 수업을 하던 정경은, 박 선생님의 기억 속에만 남아 있었다. 내가 태어나기 전의 엄마를 알고 있고 그것에 대해 서로 이야기를 나누는 두 분의 모습을 나는 신기한 마음으로 쳐다보았다. 엄마가 육십 년 만에 박 선생님을 다시 만났을 때의 이야기도 그랬다. 이십대의 박 선생님은 몹시 왜소한 기억으로 남아 있었는데 육십 년이 흐른 후 만난 박 선생님은 풍채가 너무 좋아서 처음에는 알아보지 못했다고 한다. 그런데 자꾸 만나면서 이야기를 나누다 보니 예전의 모습이 하나둘 살아 나오더라는 거였다. 육십 년도 더 된 과거의 모습이 사라지지 않고 어디에 깃들여 있다가 살아 나오는 걸까.

*

"숫자 1이 안 없어지는 기라."

저녁 밥상을 물린 두 박 선생은 나란히 앉아 티브이 뉴스를 보고 있었다고 한다. 대구의 종교집단에서 확진자들이 무더기로 쏟아져 나오고 있었다. 숨죽이고 그걸 지켜보던 엄마

가 박 선생님을 돌아보며 뉴욕의 딸에게 문자를 해보라고 말
했다. 며칠 전, 딸과 통화할 때 기침 소리가 심상치 않았던 게
문득 떠오른 때문이었다. 하지만 딸은 명색이 의사가 아닌가.
박 선생님은 괜찮을 거라고 손사래를 쳤고 엄마는 문자 한번
하는 게 뭐가 어렵냐며 휴대폰을 손에 쥐여주었다.

어머니가, 너 기침하던 건 괜찮아졌냐고 물어보라고 한다.

그게 이틀 전 밤이었다. 바쁜 일이 있겠거니 했다. 딸과는
한 달에 서너 번 메신저나 전화로 소통했다. 한국의 아버지와
뉴욕의 딸의 일상은 밤과 낮을 주거니 받거니 하며 이어졌다.
아버지가 태양 아래서 움직이고 있으면 딸은 그 태양이 돌아
오기까지 깊은 잠에 빠져 있었고, 아버지가 잠들면 딸은 새로
운 하루를 살아냈다. 새벽잠이 없는 아버지가 박명이 터오는
창문을 바라보고 있을 때 뉴욕의 딸은 환자를 돌보고 있었다.
아버지와 딸은 그렇게 전혀 다른 세상에서 낮과 밤을 바꿔 살
았다.

"이상해서 전화를 했는데, 아무리 해도 안 받는 기라. 은지
한테 해도 안 받고."

그때 은지 피아노 선생님이 떠올랐다고 했다. 피아노 선생
은 이웃에 사는 한국 교포인데, 은지가 한국에 있을 때 자기
엄마와 당장 연락이 닿지 않자 안달을 하면서 피아노 선생에
게 전화 거는 걸 어깨너머로 본 적이 있었고, 그 번호가 박 선
생님의 휴대폰에 남아 있었다.

전화를 받은 피아노 선생은, 요즘 코로나 때문에 온 뉴욕 시민들이 집 안에 격리된 터라 밖으로 나가지도 못하고 있지만, 정 연락이 안 되면 통행증을 발부받아서 찾아가보겠노라고 했다. 그녀는 별일 없을 테니 걱정 마시라는 말을 덧붙이며 전화를 끊었다.

두 분은, 살아오는 동안 식민지 시대와 아비규환 같은 전쟁, 지독한 가난과 배고픔을 겪었지만 전 세계가 일제히 같은 문제에 직면해서 마비되어가는, 본 적도 들은 적도 없는 공포스런 상황을 마치 영화 속 장면처럼 바라보고 있었을 것이다. 트럼프와 김정은이 당장 핵무기를 쏘아 올릴 것처럼 으르렁댈 때도, 설사 3차대전이 일어난다고 해도 미국은 지구에서 유일한 안전지대라고 생각했을 것이다.

*

미국에서 하루에 천 명 이상의 사망자가 나오고 있었다. 갑자기 쏟아지는 시신을 감당하지 못해서 비닐백에 넣은 시신이 병원 복도 구석에 고깃덩어리처럼 쌓여 있었고, 뉴욕의 하트 섬에는 핵폭탄이 떨어진 것 같은 구덩이에 납땜을 한 무연고 묘를 레고블록처럼 차곡차곡 쌓고 있었다. 나는 뉴스 화면을 정지시킨 채 뚫어지게 바라보았다.

저 속에 그녀가 있는 것만 같았다.

피아노 선생은 깊은숨을 후후, 내뱉으며 떨리는 목소리로 간신히 말하더라고 했다. 아무리 전화를 해도 받지 않아서 남편이 아는 경찰에게 부탁해서 긴급통행증을 발부받아 아파트 벨을 눌렀으나, 집은 잠잠했다. 현관문을 쾅쾅 두드리자 한참이 지나서야 문이 열렸는데, 은지가 부들부들 떨면서 서 있었다. 집 안은 폭탄이라도 맞은 듯 엉망이었고 은지 엄마는 얼굴이 시커멓게 타들어간 채 몸을 동그랗게 말고 있었다. 남편이 신고를 했고 경찰이 시신을 수습했다. 은지는 발작 상태였으므로 전에 약물중독 치료를 받던 정신병동에 감금되었고, 아파트는 폐쇄되었다고 했다.

엄마가 메일주소를 만들어달라고 했던 건, 역시 비자 때문이었다.

"그래서? 미국에는 언제 갈 거야?"

"지금 거기를 우예 가노."

"비자 신청했다며."

"그게 필요하다고 해서 신청은 했지만도, 당장 갈 수가 있어야 말이제."

"그게 무슨 말이야? 당장 가야지."

"코로나 때문에, 우예 가노."

"코로나? 딸이 죽었는데, 코로나가 문제야?"

이 모든 게 엄마 탓이라는 듯 나는 엄마를 몰아붙이고 있었다.

"시신이라도 찾아야지. 시신을 어디에 보관하고 있는지는 알아봤어?"

엄마는, 내가 흥분해서 소리치는 걸 가만히 듣고만 있었다. 나는 제풀에 지쳐 숨을 몰아쉬었다.

"야야……"

엄마의 목소리는 나지막하고 서늘했다.

"다, 끝났다."

"뭐가, 끝났다는 거야?"

나는 미간에 잔뜩 힘을 주며 더듬거렸다.

"벌써 화장까지 다 했단다."

*

머나먼 저곳 스와니 강물 그리워라 날 사랑하는 부모 형제 이 몸을 기다려 이 세상에 정처 없는 나그네의 길 아 그리워라 스와니 강물 그리운 옛 고향

스와니강이 어딘지도 모르면서 그립다고 노래를 부르던 시절이 있었다. 피아노 소곡집에 있던 곡이었다. 까마득히 오래 전에 쳤던 곡을 어떻게 기억하고 있다가 풍금 앞에 앉자마자 그걸 쳤는지 신기했다. 이 곡을 만든 포스터도 스와니강을 한 번도 가보지 않았다고 한다. 그는 미국 지도를 펼쳐놓고 멜로

디에 가장 부드럽게 어울리는 어감의 강 이름을 골랐다. 가보지 않아도, 어쩌면 가보지 않아서 더욱 이미지가 풍부해지는지도 모른다. 스와니강은 드넓은 초원과 잡목숲을 가르며 잔잔하게 흐르고 있을 것 같다. 거기, 한두 마리 백조도 떠 있을 것이다.

풍금은 내 작업실 별채로 옮겨왔다. 박 선생님은, 아니, 아버지는 안 그래도 하나둘 처분해야 할 나이인데 이제 보니 그 임자가 나인 것 같다고 했다. 풍금은 나의 낡은 코란도 짐칸에 맞춘 듯이 들어갔다. 풍금을 가져올 때만 해도 혹시 그녀가 풍금이 없어진 걸 알면 싫어하지 않을까 걱정했었다. 그녀에게는 어머니와 그녀와 은지에게로 이어지는 추억이 어린 물건이 아닌가. 아버지는 풍금을 미국으로 가져갈 수도 없는 노릇이니, 내가 간직해주면 더 고마워할 거라고 했다. 그러나…… 그런 날은 영영 오지 않을 것이다. 나는 풍금이 내게 온 것에 어떤 인연이 깃들어 있는지 생각한다. 내가 피아노를 배우러 다닐 때, 어머니에게서 풍금을 배우고 있었을 그녀, 그녀가 내게 온 것만 같다. 그녀가 풍금을 치는 모습이 어린 내 모습처럼 눈앞에 선하다.

그녀는 머나먼 저곳 스와니강에 가보았을까?

숫자 1이 지워진 건, 퇴근 시간이 다 되어서였다.

뭐야? 설마 지금까지 걱정하고 있었던 건 아니지? 괜히 말했네. 휴무 때문에 처리할 일이 많아서 이제야 톡을 봤어. 열은 금방 내렸어.

깊은 밤, 인적 하나 없이 텅 빈 터미널에서 나는 딸을 기다렸다. 터미널 뒤로 짙은 산 그림자가 날개를 활짝 펼친 거대한 맹금류처럼 보였다. 금방이라도 나를 덮칠 것만 같았다. 칠흑 같은 어둠과 적막감이 나를 에워쌌다. 버스 같은 건 영원히 오지 않을 것만 같았다.

은지는 어떻게 하고 있을까? 자기 엄마의 장례는 치를 수 있었을까. 엄마가 죽었다는 걸 알고 있기나 한 걸까. 딸이 죽었는데 가볼 수도 없는 늙은 아버지는 한번씩 넋이 나간 듯 통곡한다고 했다. 어쩌다 이런 세상이 된 걸까.

잠시 후, 헤드라이트를 환히 밝힌 버스가 하차장 쪽으로 커다랗게 원을 그리며 다가왔다. 실내등이 반짝 켜졌다. 짐을 챙겨 자리에서 일어서는 딸의 모습이 한눈에 들어왔다. 딸은 먼 산을 넘어온 별빛처럼 나에게 당도했다.

딸은 고른 숨소리를 내며 자고 있다. 어쩌다 한번씩 내려오는 딸은 마치 잠을 자러 오는 것 같았다. 너는 여기 자러 오니? 모처럼 딸과 이런저런 걸 하려고 계획했던 내가 서운해서 한마디 하면 딸은 배시시 웃으면서 나를 끌어안았다. 이상하게 엄마가 옆에 있으면 잠이 더 달더라. 잠결에 듣는 도마

소리, 찌개 냄새가 너무 좋은 거야. 그래서 계속 자고 싶어. 어릴 땐 몰랐는데, 나도 이제 나이를 먹었나 봐.

나는 딸 옆에 모로 누워 자고 있는 딸의 얼굴을 쳐다보았다. 딸이 갓난아이일 때, 나는 잠든 아이의 얼굴을 오랫동안 지켜보았었다. 쌔근쌔근 숨 쉬는 조막만 한 생명이 금방이라도 꺼질까 봐 두려웠고, 가슴이 고르게 오르락내리락 숨쉬기를 멈추지 않는 것이 경이로웠다. 그럴 때면 나도 모르게 혼자 중얼거렸다.

너는 어디서 왔니?

희붐한 빛이 방 안으로 스며들기 시작했다. 나는 거실로 나가 마당이 밝아오는 모습을 지켜보았다. 뿌옇게 부유하던 이내가 아침햇살에 서서히 흩어지고 화단과 담장이 빛과 그늘로 선명하게 나뉘었다. 나는 색색으로 빛나는 마당의 꽃들 사이로 걸어 나갔다.

이 태양빛은 뉴욕 퀸즈의 빈 아파트를 밝히고 오는 것이리라. 거기 어디에 그녀의 숨결이 묻어 있기라도 한 듯 나는 깊이 숨을 들이마신다. 눈을 감고 심호흡을 하면서 그녀를 떠올린다. 문득 뒤를 돌아보는 그녀, 우주처럼 막막하고 아득한 눈빛. 이 순간 나는 나의 영혼보다 그녀의 영혼을 더욱 뜨겁게 느낀다. 사무치도록 외로웠을 그녀의 마지막 순간을. 꺼져

가는 생명의 빛, 거칠게 몰아쉬는 숨결, 블랙홀로 빨려 들어가는 엄마를 부르며 착란에 빠져버린 딸, 차마 감지 못한 두 눈. 만약 그녀의 손을 잡을 수만 있었다면, 그녀와 나누었을 말을 나는 생각한다.

세상은, 낮과 밤, 빛과 그늘, 그리고 시차로 나뉘어 있는 게 아니라, 하나의 태양을 공유하고 있는 거라고, 그렇게 우리는 이어져 있는 거라고, 서로를 끊임없이 의심하라고 아무리 무섭게 닦달해도 신비롭게 이어진 인연마저 끊을 수는 없다고, 단 한 번도 본 적 없지만 보지 않았다고 모르는 건 아니라고, 모른다고 없는 건 아니라고.

하여 그녀는, 그녀의 지워지지 않는 숫자 1은, 우리 모두라고.

나는 풍금이 있는 별채로 발걸음을 옮겼다.

천국의 난민

주검을 보지 못한 채 죽음을 받아들이는 것이 이토록 어려
울지는 미처 짐작하지 못한 일이었다. 주검 따위는 아무래도
좋았다. 그만큼 죽음과 친숙했다는 걸, 죽음에 점점 다가가는
나이가 되어서야 깨닫는 중이었다. 어머니만 남겨둔 채 집을
떠나던 그때 그는 어머니의 나이를 전혀 인식하지 못하고 있
었다. 그건 그냥 무감각이었다. 돌이켜보면, 나이에 대한 감
각이 뒤죽박죽되어버린 상태였다. 그는 어머니보다 더 자주
죽을 고비를 넘겼고 죽음에 훨씬 가까이 다가가 있었다.

잠이 너무 일찍 깬 탓이었다. 이즈음은 자주 그랬다. 동이
트기도 전에 잠이 깨어 눈을 감은 채 해뜨기를 기다리는 날이
많았다. 그러다 보면 불쑥불쑥 치고 들어오는 상념은 언제나

회한이었으나, 삶 자체가 회한 덩어리였으므로 또 하루치의 먼지가 쌓였구나 하며 넘겼다. 그러나 어머니에 대해서만은 가슴에 얹혔다.

오늘이 어머니의 기일이기에 더욱 그랬다. 그에게 남은 생의 목표가 있다면, 평온이었다. 남들이 말하는 식의 평온과는 질감부터 달랐다. 그가 말하는 평온은 전투적인 평온이며, 그것은 그의 전리품이기도 했다. 남은 생애 동안 그것을 최대한 누리기 위해서 가장 필요한 것은 외부의 자극을 차단하는 일이었다. 지극히 사소한 자극에도 자신이 목숨 걸고 쟁취한 평온이 얼마나 바스러지기 쉬운지 그는 너무나 잘 알고 있었다. 그러나 정말 두려운 건 그의 내부에서 활화산처럼 부글거리고 있는 분노였다. 탈북 과정에서 잡히고 고문당하던 공포와 악몽을 다스릴 수 있는 건 신경정신과 약뿐이었다.

제사상은 둘째 딸이 만들어서 갖다준 것을 상에 차려놓기만 하면 되었다. 첫딸은 출장 가는 남편을 따라 필리핀으로 갔고, 둘째 딸은 약사들 세미나에 참석해야 한다고 했다. 남편과 아들이라도 보내겠다는 걸 그는 말렸다. 모처럼 어머니와 단둘이 독대라도 하는 기분이 쓸쓸하기는커녕 호젓해서 오히려 좋았다. 그가 바라는 평온은 그런 것이었다.

열다섯번째 맞이하는 기일이었다. 아니, 기일이라고 추정되는 날이었다. 정확한 날짜는 알지 못했다. 어머니의 죽음은 홀로 이루어졌다. 인민반장으로부터 소식을 들은 여동생이 원산에서부터 김책까지 하루 반이 걸려 어머니에게 도착했을 때는 이미 시취를 풍기고 있었는데, 이웃 사람들도 어머니가 죽은 날을 정확히 알지 못했다고 한다. 그 소식은 일본에 있는 이모 후지모리에게 전해졌고 다시 이모가 그에게 소식을 전해오기까지 한 달 가까이 시간이 흘렀다. 그리고 세월이 흘러 그도 어느덧 어머니가 돌아가시던 그 나이가 되었다.

다시는 내 앞에 나타나지 마라.
어머니의 목소리는 낮고 단호했다.
그때 그와 어머니는 살아서는 다시 볼 수 없다는 걸 숙명처럼 받아들이고 있었다. 그랬을까? 역시, 돌이켜 생각해보면 감각이 없었다고 말하는 게 더 정확하다. 방바닥을 파고 숨겨놓은, 목숨 같은 돈을 그에게 건넬 때 어머니는 이미 죽었는지 몰랐다. 그 돈은 목숨 '같은'이 아닌, '목숨' 그 자체였으니까. 어머니를 두고 혼자 빠져나올 때 그는 어머니를 죽이고 온 것이나 마찬가지였다. 하나뿐인 아들을 떠나보낸 어머니가 어떻게 살지는 누구보다 그가 잘 알았다.
아오지에 끌려갈 때도 그를 따라 함께 간 어머니였다. 그는 어머니의 애간장을 무던히도 태웠다. 물론 북한으로 간 이후의 얘기다. 일본에 살 때의 그는 누구에게 폐를 끼치는 종류의 인간이 아니었다. 그것이 설령 어머니라고 해도. 만경봉호를 타고 북한에 정착한 지 일 년도 지나지 않아서 그는 친구들과 패싸움에 연루되어 보위부에 끌려갔다. 쇳덩어리 같은 걸 올려놔도 가슴 저 밑바닥에서부터 터져 나오는 분노를 감당하지 못하던 때였다. 패싸움을 한 아이들은 일본에서 귀국한 아이들이었다. 멸치 떼처럼 몰려다니며 싸움질을 했다. 그런 아이들을 가둔 곳은 일제강점기 때부터 쓰던 지하 고문실이었다. 숨만 쉬어도 콧속이 쩡쩡 얼어붙는 날씨에 동태처럼 얼어버린 몸을 말린 북어 패듯이 팼다. 이렇게 무서운 세상이 다 있구나, 통렬하게 절감했음에도 몇 년 지나지 않아 다시 아오지까지 끌려갔다. 크리스마스 날, 물론 북한에 크리스마스 날 같은 건 없다, 친구들과 모여서 깊숙이 숨겨둔 팝송 레코드를 들은 게 들통이 난 것이다. 총살당하지 않은 게 다행이랄까? 총살과 아오지의 갈림길에 어떤 룰이 작동하는지는 알 수 없었다. 총살당하는 장면을 처음 본 건 북한에 온 지 이 년도 채 안 되었을 때였다. 부화방탕에다 남조선 방송을 들었다는 게 총살의 이유였다. 여동생은 별것도 아닌 열병에 약을 제대로 못 써서 죽어버리고 아버지는 술에서 헤어나지 못하더니 결국 동맥경화로 죽은 후였고 누나는 결혼해서 원산으로 갔으므로 그가 아오지로 가고 나면 어머니는 어차피 혼자 남게 될 거였지만, 온갖 험한 꼴을 다 겪고도 크리스마스랍시고 팝송을 들으려던 허랑방탕한 아들 때문에 어머니까지 아오지에서 오 년이나 살게 했던 것이다. 이미 죽음에게 들켜버린 삶이라는 생각은 모든 감각을 뒤죽박죽으로 만들었다. 영혼이라는 게 있어 산산이 부서질 수 있다면, 그때 그랬을 것이다.

너라도 도망가거라. 어머니가 늘 그렇게 말하던 것에 세뇌라도 된 것일까? 아오지에서 풀려난 후 그는 그 무엇에도 털끝만큼의 정도 주지 않고 살았다.

어머니는 강골 체질이었다. 아니었나? 동맥경화에 시달리는 아버지가 술을 마시는 모습은 마치 가족들 앞에서 자해를 하는 것처럼 진저리가 쳐졌고, 그런 아버지가 끔찍하게도 싫었다. 조금의 동정도 느껴지지 않았다. 술이 취해서 죽고 싶다고 중얼거릴 땐 목을 졸라주고 싶었다. 그런데 어머니가 아팠던 기억은 없다. 어머니는 도쿄 공습에서도 살아남아 자기 앞에서 부모가 죽는 걸 보았고 어린 동생들을 업어 키운 사람이었다. 어쩌면 어머니는 죽는 순간까지 긴장하고 있었던 것인지 몰랐다. 그리고 그가 사라지자 할 일을 다 했다는 듯 목숨줄을 놓아버린 것인지도. 어쩌면 자살인지도 모른다.

왜 어머니에게 같이 가자고 하지 않았을까? 사실 그땐, 떠나는 사람이나 남은 사람이나 죽음을 어깨에 태우고 있는 건 똑같다고 생각했다. 그러나 과연 그것이 진실일까.

어머니 사진 한 장 없이 제사상을 차려놓고 절을 한 뒤, 넋놓고 마당만 바라보고 앉아 있었다. 오월이었고 오전에 소나기가 지나간 마당은 피어난 꽃들로 화사했다. 해가 구름 사이로 들락거리는지 거실 창이 밝아졌다가는 어두워지고 어두워졌다가는 밝아졌다. 딱 이만큼이 그에게 허락된 세상이로구나, 생각하며 팔을 베고 모로 누웠다. 그리고 잠깐 조는 사이 어머니를 보았다. 어머니가 마당에 핀 꽃들을 보며 환하게 웃었다. 제삿날이라고 찾아오셨구나. 혼령은 남이고 북이고 마음대로 다닐 수 있구나. 나도 죽어 혼령이 되면 북에 있는 누님에게도 가보고, 어머니 묘소랑 아버지 묘소에 가서 벌초도 하고 절도 드릴 수 있겠구나…… 그런 생각을 하다가 벌떡 일어나 앉았다.

그런데 키가 큰 저 여자는 누구란 말인가. 거실 창으로 두 명의 여자가 보였다. 꿈이 아니었나? 아니면 지금이 꿈인가? 그녀들은 거실 창을 향해 뭐라고 말하는 듯하더니 고개를 돌리고는 마당 이곳저곳을 가리키며 떠들었다. 햇빛 때문에 안이 들여다보이지 않는 것 같았다. 반백의 머리를 단정하게 커트한 키 작은 여자는 어머니와 너무나 닮았다. 꿈에서 본 것이 저 여자인가? 꿈속의 장면 같기도 하고 연극의 한 장면 같기도 해서 그는 한동안 그녀들을 바라보고 있었다. 그러다 정신이 번쩍 들었다. 어디, 남의 집 마당에서……

긴 머리 여자만 아니면 어머니라고 착각했을지도 몰랐다. 몇 달 전 아버지 고향 마을로 이사를 온 건 두 딸이 결혼해버리고 나자 사촌들과 가깝게 지내고 싶기도 하고, 답답한 아파트가 싫기도 해서였다. 그런데 시골 사람들이 지나치게 허물

없이 드나들면서 호기심 어린 시선으로 호구조사라도 하듯이 이것저것 캐묻는 건 딱 질색이었다. 그런 식의 호구조사라면 신물이 났다. 점잖게 차려입은 중년 여자 둘이 찾아온 적도 있었다. 몹시도 친근한 표정으로 교양 있는 미소를 띠고 있던 여자들은 약간의 틈을 보이며 주저하자 거실까지 밀고 들어와서는 무슨 인쇄물 하나를 꺼내놓았는데, 거기에는 양 떼에 둘러싸인 예수의 그림이 있었다. 그리고 이어서 나온, 천국이니 지옥이니 하는 말들…… 그가 벌떡 일어나며 고함을 치는 바람에 거실 탁자가 넘어가고 여자들은 혼비백산해서 달아났다. 그런데 어머니 제삿날이라고 열어놓은 대문으로 또 그런 여자들이 들어온 것인가.

현관문을 벌컥 열어젖히자, 여자들은 마치 그가 오히려 침입자인 것처럼 깜짝 놀라서 쳐다보았다.

"어머나, 죄송합니다. 아무리 불러도 대답이 없으셔서 그만 실례를 했습니다."

긴 머리 여자가 말했고 키 작은 초로의 여자가 뒤에서 고개를 깊숙이 숙였다.

"뭐 하는 사람들이요? 남의 집에서."

"저, 여기가 277-13번지 맞지요?"

"그건 왜 묻소?"

까칠한 그의 대꾸에 여자는 주춤하다가 작정한 듯 용건을 밝혔다.

"말씀드리기가 좀 복잡한데, 그러니까 이 주소가 어떤 분의 본적지 주소인데, 그게 워낙 오래전 일이라 그분이 아직 여기에 살고 계실 거라고는 생각하지 않지만, 알고 있는 게 그것뿐이라서, 그래서 이렇게 실례를 무릅쓰고 우선 주소지부터 찾아온 것입니다."

무슨 소리를 하는 건지 이해할 수도 없었고 이해하고 싶지도 않았다. 여자는 그의 표정을 잠시 관찰하더니 황 뭐라는 사람을 아느냐고 물었다. 그런 사람을 알 리가 없고 허튼소리에 대꾸하고 싶지도 않아 입을 꾹 다문 채 인상을 썼다.

"모르시나 보군요. 하긴, 워낙 오래전 일이니…… 혹시 여기 이사 오신 게 언제쯤인지 여쭈어봐도 실례가 되지 않겠는지요?"

"실례가 몹시 되오. 당신이 누군데 내가 그런 질문에 대답해야 한단 말이오?"

"어머, 그러네요. 죄송합니다."

긴 머리 여자가 머리를 숙이자, 뒤에 가만히 서 있던 작은 키의 여자가 고개를 숙이며 말했다.

"미안합니다. 실례가 많았습니다."

키 작은 여자는 긴 머리 여자의 팔을 잡아끌고 대문 밖으로 나갔다. 여자들이 사라진 마당에서 그는 벼락 맞은 나무처럼 우두커니 서 있었다. 작은 키의 여자가 남긴 말에 사향처럼 진하게 배어 있는 일본 억양, 그것이 그를 혼미하게 했다. 처음엔 어머니인 줄 착각했던 그 여자, 하루코. 춘자.

*

1963년, 나는 열다섯 살이었다. 열다섯 살이었고, 수영선수였다. 시코쿠에서 자유형 신기록 보유자였으며 다음 해에 열릴 도쿄올림픽에 출전하는 게 꿈이었으므로 학교와 수영장이 나의 전부였다. 다른 고민은 없었다. 꿈이 있었으니까. 초급학교 시절부터 학교 대표로 나가서 메달을 따기 시작했고 중학생이 되어서는 시 대표가 되었고, 그해 말 국가대표 선발전이 당면 목표였다. 가슴속에 품은 꿈만으로도 벅찼다. 조선인이니 일본인이니 하는 정체성을 가지고 고민해본 적은 한 번도 없었다. 아버지는 한국인이었고 어머니는 일본인이었다. 따라서 나의 반은 한국인이고 절반은 일본인이었다. 그게 나의 정체성이었다.

내가 사는 곳에는 한국인이 거의 없었다. 학교에서도 한국인이 거의 없었으므로 나는 한국인이라고 차별받은 적도 없었고, 수영선수 대표 선발에서도 차별을 받지 않았다.

아버지는 해방 후에 일본으로 갔다. 일본으로 징용을 떠났던 아버지의 사촌 형이 불러서였다. 나에게 당숙이 되는 아버지의 사촌 형은 키가 후리후리하게 크고 피부가 하얀 미남이었다. 얼마나 잘생겼던지 일본인 장교가 외동딸의 사위로 삼을 정도였다. 나중에는 처갓집에서 대대로 경영하던 토목회사 사장이 되었는데 그때 고향에서 교사 일을 하고 있던 아버지를 불러 회계 일을 맡겼다. 고향에서 아버지는 공부 잘하고 머리 좋은 사람으로 통했다고, 당숙은 나를 볼 때마다 말했다. 당숙의 궁전 같은 집에는 전화기도 있고 오토바이가 두 대에 자가용도 있었다. 우리 집은 그곳에서 오 킬로미터쯤 떨어져 있었는데 한국인은 거의 없는 주택가였다. 잘살고 못살고 따위는 중요하지 않았다. 그때 내게는 나의 꿈보다 중요한 건 없었다. 미국도, 달나라도 가고 싶지 않았다. 더구나 북한이라니, 북한은 꿈에도 생각해본 적이 없었다.

그런 내가 북한으로 갔다. 그것도 도쿄올림픽을 한 해 앞두고.

수영 훈련을 마치고 나오는데 낯선 여자가 내 이름을 부르며 다가왔다. 같이 걷던 친구들이 입을 모아, 오우, 미인인걸, 할 정도로 예쁜 여자 입에서 내 이름이 흘러나왔다는 것만으로도 황홀하고 부끄러워 온몸이 화끈 달아올랐다. 그녀는 얼굴 가득 다정한 미소를 띠며 나를 향해 곧바로 걸어오더니 내 손을 꼭 잡았다.

"어쩜 그렇게 수영을 잘하니? 수영하는 모습이 얼마나 아름다운지 넋을 잃고 봤어."

접영을 열 바퀴쯤 돈 것처럼 심장이 벌떡거리고 얼이 빠졌으면서도, 같이 저녁을 먹으러 가자는 제안에 나는 왠지 모를 이상한 두려움을 느꼈다. 아버지, 어머니를 잘 알고 있으며 와세다 대학생이라고 소개하는 말을 듣고서야 그녀를 따라나 섰는데, 두려움의 실체가 무엇이었는지는 먼 훗날에야 알게 되었다. 새로 생긴 쇼핑센터 일층에 있는 돈부리 집에서 밥을 다 먹을 때까지도 그녀는 자신의 정체를 드러내지 않고, 물속 에서 기분이 어떤지, 바다 수영도 해봤는지, 물이 무섭지 않 은지, 그리고 올림픽 선발전에 자신이 있는지 같은 이야기들 만 했다. 그때까지 나는 낯선 여자와 단둘이 마주 앉아서 얘 기를 해본 적이 한 번도 없는 숙맥이었다. 좋아하는 여자애가 있어도 말을 걸어볼 엄두도 내지 못하는, 운동만 좋아하는 소 심하고 순진한 아이였다. 그러나 수영 얘기만 나오면 나도 모 르는 사이에 완전히 달라졌다. 그건 내 안의 또 다른 자아 같 은 것이었다. 그녀는 미간을 찡그리며 고개를 끄덕이다가 때 론 입가에 미소를 띠어가며 내 이야기에 완전히 몰입해 있었 다. 그런 모습이 나를 우쭐하고 들뜨게 만들었으며, 그리고 몹시도 그녀가 사랑스러웠다. 잠깐 사이에 우리가 친숙해진 느낌이었다.

그녀 입에서 만경봉호 얘기가 나오고 북한 얘기가 나왔을 때, 나는 차마 화를 내지도 자리를 박차고 나오지도 못하고 고개를 푹 숙인 채 가만히 듣고만 있었다.

아버지가 북송선 얘기를 꺼낸 건 일 년쯤 전이었다. 이루어진다 만다 말이 많던 귀국사업이 마침내 시작된 것이다. 신문에서도 방송에서도 온통 그 이야기로 도배를 하다시피 했다. 노골적으로 조선인들을 쫓아내고 싶어 한다는 게 나의 느낌이었다. 북한에 가면 집도 의료도 학교도 모두 무료에다가 원하는 직장에 다닐 수 있고 공부를 더 하고 싶은 사람은 소련으로 유학을 보내준다는 말이 구체적으로 나오고, 활기차게 돌아가는 공장의 모습과 탐스런 과일 농장에서 활짝 웃으며 일하는 사람들, 그리고 강변에 늘어선 아파트 단지 같은 걸 비춰주었다. 착취나 억압이 없는 평등사회이며 발전된 사회주의라고 했다. 모든 이익은 필요와 요구에 따라 분배되므로 돈도 필요 없다고 했다. 그게 다 사실이라면, 지상천국이 틀림없었다.

아버지가 북한행을 결심하게 된 이유는 당숙 회사의 부도 때문이었다. 일본에서 한국인은 취직을 할 수 없었다. 막노동도 해본 적 없는 아버지에게 조총련의 선전은 마치 자신을 위한 것처럼 들렸을 터였다. 그렇다고 해도 아버지도 지상천국까지 바라지는 않았을 것이다. 그저 조국으로 다시 돌아가서 모든 인민들이 평등하고 억압과 착취와 차별이 없는 곳에서 교사 일이나마 할 수 있기를, 아직은 그런 사회가 아니더라도 그런 사회를 만드는 데 조금이나마 도움이 되기를 바랐을 것이다.

나는 믿지 않았다. 지상천국이 있을 리도 없지만 관심도 없었다. 나는 가지 않겠다고 완강히 버텼다. 한국에 있는 아버지의 형제들로부터도 절대로 가지 말라는 편지가 몇 차례나 왔다. 후지모리 이모는, 정 가려면 나를 떼어놓고 가라고, 올림픽에 나가려고 열심히 노력했으니 올림픽에 참가한 후에 북한으로 보내주겠다고 했다. 그런 정도라면 타협의 여지가 있다고 혼자 생각하고 있을 즈음, 그녀가 내 앞에 나타난 것이다.

나는 아버지가 그녀를 보냈다고 짐작하고 따져 물었는데, 부모님 모두 아무것도 모르고 있었다. 그녀는 그녀 나름의 순수한 애국심으로 나를 찾아온 것이었다. 조총련 활동가로 일하면서 우리 가족 이야기를 알게 되었고, 그 아들이 수영 실력이 뛰어난데 도쿄올림픽에 참가하려고 북한행을 거부하고 있다는 것, 그것이 그녀를 자극한 것이다.

"손기정이라고 마라톤 선수 알아? 그 사람, 1936년 베를린 올림픽에 참가한 사람이야. 마라톤은 올림픽의 꽃이잖아. 그때 나치 독일은 아리아인의 우월성을 만천하에 알리고 싶었으니까, 주경기장에 독일 선수가 일등으로 들어오기를 기대하면서 숨죽이고 지켜보고 있었어. 그런데 깡마른 동양인이 나타난 거야. 그게 바로 손기정 선수였어. 베를린올림픽 마라톤 금메달리스트. 그런데 너무나 기뻐해야 할 그는 시상대에 올라서 고개를 푹 숙이고 있었어. 금메달의 영광이 조국이 아닌 일본의 것이었으니까. 그의 가슴에는 태극기가 아닌 일장기가 붙어 있었거든. 너도 설마 일장기를 달고 올림픽에 나가고 싶은 건 아니겠지?"

열다섯 살에 만경봉호를 타고 북한으로 간 후, 나는 풀장 근처에도 가보지 못했다. 내가 사는 곳 어디에 풀장이 있다는 말조차 들어본 적이 없었다. 수영선수를 올림픽에 내보내기 위해 훈련시킨다는 말도 들어본 일이 없었고, 내가 자유형 신기록 보유자이니 수영선수가 되게 해달라는 말을 꺼내볼 기회조차 없었다. 수영할 수 있는 곳이라고는 바다나 개울밖에 없었다. 이듬해 도쿄올림픽에 나가야 할 그때, 나는 지하 감옥에 있었다.

청진항에 내리는 순간부터 뭔가 잘못됐다는 생각이 나를 덮쳤다. 불안감은 곧 확신으로 바뀌었다. 속았다, 전부 다 거짓말이었구나. 그건 나만의 생각이 아니었다. 청진항에서는 보름 정도를 초대소에 머물렀다. 아파트 한 동 정도 되는 거주 공간이었다. 마당에는 울타리가 쳐져 있었는데 외부인들의 출입을 막는 거라고 했지만, 뒤집어보면 우리들을 감금한 것이었다. 그렇게 감금하고 막아도 우리들 중 누군가는 먼저 귀국해서 마중 나온 친척이나 친구들과 수단과 방법을 총동원해서 접촉하였고 거기에서 새 나온 북한의 실정은 마치 물잔에 떨어뜨린 한 방울의 잉크처럼 금방 퍼져나갔다.

초대소에는 매점이 있어서 질이 좋지는 않지만 과자, 각설

탕, 밀가루, 말린 생선포 같은 것들을 팔고 있었다. 대부분 소련에서 수입해 온 것들이었는데, 그곳에서 살 수 있을 만큼 최대한 사가지고 가야 한다는 것도 소문의 하나였다. 그때 우리에게는 한 사람당 이십 원씩이 주어졌다. 훗날 아버지가 직장에 다니면서 받은 월급이 삼십팔 원이란 걸 생각하면 적은 돈은 아니었지만, 보름 동안 지내다 보니 돈이 모자랐다. 그런 곳에도 브로커가 있었다. 북송선에서 금방 내린 사람들에게는 팔 물건들이 있다는 것과 금방 내렸으므로 시세를 잘 모른다는 걸 잘 알고 있는 그들은 시계며 반지들을 값싸게 매겨 돈과 바꾸어주었다.

어머니는 큰소리를 내며 자기주장을 내세우지는 않지만, 험한 시절을 살아온 사람답게 만일에 대비하는 사람이었다. 집은 물론이고 밥그릇이며 칼, 도마까지 다 준다는 말을 믿은 사람들 중에는 정말이지 가벼운 여행이라도 가듯이 속옷 몇 벌이 든 작은 가방 하나만 들고 배를 탄 사람도 있었다. 그러나 어머니는 박스 두 개라는 제한규격을 가득 채웠을 뿐 아니라 살림살이를 처분한 돈으로 작으면서도 쉽게 돈으로 바꿀 수 있는 시계 같은 걸 여러 개 사서 깊숙한 곳에 챙겼다. 돌아보면 어머니 때문에 살 수 있었다. 위기 상황에 대한 어머니의 감각은 침몰을 직감하는 쥐처럼 예민했다. 초대소에서부터 어머니가 가장 걱정한 건 식량 문제였다. 밀가루와 쌀은 조금 주고 대부분이 옥수수라는 말에 그건 닭 사료가 아니냐며 이마를 찌푸렸다. 그러나 닭 사료마저 없어서 굶어 죽는 날이 올 거라는 건 어머니도 상상하지 못했을 것이다. 어머니 덕분에 살았다고 생각할수록 아버지에 대한 분노는 더욱 커졌다. 아버지의 순진함과 어리석음이 내 인생을 망쳐버렸다는 생각, 그것이 도화선이 되어 터져 나오는 분노를 어쩌지 못할 때면 나는 참을 수가 없었다. 그때마다 어머니는 나를 끌어안고 말했다. 아버지도 불쌍한 사람이다. 아버지는 오죽 화가 나겠나. 안 그래도 저렇게 술만 마시고 있는데 너라도 참아라.

모든 것이 금지된 곳에서도 사람들은 술을 마신다. 무슨 수를 써서라도 마신다. 밥 한 끼를 못 먹고 굶어 죽는 판국에도 어디선가 술은 만들어지고 있었다. 심지어는 청진 초대소까지 야미로 술을 파는 사람들이 찾아왔다. 누구보다 술이 필요한 사람들이 거기에 모여 있다는 걸 아는 영리한 장사꾼이었으리라. 사람들이 술을 마시고 난동을 부리지 않는다는 보장만 있으면 초대소 매점에서도 술을 팔았을 것이다. 자기들이 준 돈을 고스란히 매점에서 다 거둬가고 있었고, 팔 수 있는 건 다 팔았으니까. 그런데 매점에서는 팔지도 않는 술을 마시고 취한 사람이 김일성 초상화를 초대소 사층에서 내던져서 박살 낸 사건이 있었다. 사람들이 웅성거렸지만 이내 잠잠해졌다. 밤사이에 그 사람이 쥐도 새도 모르게 사라졌다는 말만 귀에서 귀로 돌아다녔다.

그 사건이 있기 전만 해도 분위기는 꽤나 거칠고 반항적이었다. 거주 구역을 결정하는 면담을 할 때 평양만 빼고 어디든 선택해보라고 하자, 다시 일본으로 보내달라는 사람이 적지 않았다. 나중에 알게 된 것이지만, 그런 사람들은 아주 깊은 산골로 배치되었다고 한다. 김책에 배정받은 우리 경우는 아주 좋은 편이었다.

우리가 도착한 곳은 오층짜리 소련식 아파트였다. 물은 아래층에 있는 공동수도까지 가서 길어 와야 했고 공동화장실을 써야 했다. 더 큰 문제는 석탄으로 난방을 하기 때문에 좁은 아파트에 매캐한 냄새와 연기가 가득 차서 정작 겨울이 되면 질식사나 동사 중에 하나를 선택해야 할 지경이었다.

그것도 다 좋았다. 어디를 둘러봐도 수영장이 없는 건 고사하고, 수영이라는 말조차 꺼낼 수 없는 분위기였다. 광장에서 사람을 총으로 쏘아 죽이는 걸 온 인민들이 모여서 지켜보아야 하고, 책이나 음반처럼 개인적인 취향의 소지품은 청진항에 내리는 순간 모두 검열에 걸려서 소각되었으며, 그나마도 가지고 있는 목록을 낱낱이 반장에게 보고해야 하는, 유리창 안의 동물 같은 생활이었다. 수영은 어디서 어떻게 하고 올림픽 대표 선수가 다 무엇이란 말인가. 한번 뿌리 뽑힌 삶은 다시 복원할 수 없었다.

내 머릿속에는 오직 하루코밖에 없었다. 하루코를 만날 수만 있다면, 하루코가 내 앞에 나타나기만 하면, 나는 그 자리에서 그녀를 목 졸라 죽여버릴 생각이었다.

*

대문 밖 골목은 오후의 햇살이 하얗게 부서지고 있었다. 현기증이 일었다. 그녀들이 어디로 사라졌는지 알 수 없었다. 그녀들이 그의 집에 오기는 했던 것인지, 의구심마저 들었다. 골목 이쪽저쪽을 번갈아 바라보다가 강변 쪽으로 방향을 잡았는데, 골목 끄트머리에 다다르자 사람들 말소리가 들려왔다. 여자들은 느티나무 아래 정자에 있었다. 그곳에 진을 치고 바둑을 두거나 막걸리를 마시고 낮잠을 자면서 소일하는 노인 둘이 그녀들에게 뭔가를 열심히 이야기하는 중이었다. 그들의 말을 듣고 있는 여자들의 표정이, 금방이라도 울어버릴 것 같은 하루코의 그렁그렁한 두 눈이, 그녀들이 찾던 사람을 찾았다고 말해주고 있었다.

*

하루코를 찾아간 적이 있었다. 고향 집에 다녀온다던 하루코로부터 한 달이 넘도록 소식이 없었다. 무슨 일이 생긴 걸까. 조총련 활동가의 생활은 학생인 나로서는 상상도 안 되었고 그래서 신비로운 느낌도 있었다. 설마 나를 두고 혼자 북한으로 간 걸까. 온갖 의문이 꼬리를 물어서 기다리고만 있을수가 없었다. 후쿠오카까지 하루코를 찾아갔다. 아직 학생이던 내가 혼자서 그렇게 멀리까지 간 건 처음이었다. 하루코를만나지는 못했다. 친척들이 북송선을 타게 되어서 니가타에갔다는 말을 그녀의 아버지로부터 들었다. 하루코도 간 거냐고 묻자, 그녀의 아버지는 눈을 이상하게 뜨고 나를 노려보았다. 그러고는 그 공산주의자 년하고는 무슨 사이냐, 너도 빨갱이냐면서 한쪽 입술을 씰룩거리며 비아냥거렸다. 한국인들이 모여 사는 부락에 처음 간 나는 그곳 환경에 너무나 큰 충격을 받았다. 음식물 썩는 냄새가 진동하는 동네는 그대로 거대한 짐승 우리였다. 사람들은 세상 태연한 표정으로 마루에걸터앉아 밥을 먹고 있었다. 골목에서 훤히 들여다보이는 집안 여기저기에서는 남자고 여자고 악을 써댔다. 그들이 입고있는 옷이 한복이라는 걸 알아본 나는, 뭐라 말할 수 없는 복잡한 감정에 휩싸였다.

어이없게도, 그곳에서 돌아온 날 나는 마침내 북한행을 결심하고 아버지에게 말씀드렸다. 몇 번을 다시 생각해봐도 이해할 수 없는 일이었다. 조국이니 사명이니 애국심 따위 생각도 해본 적 없던 내가. 더욱 납득할 수 없는 건, 조선인 부락에서 그들을 보았을 때 오물을 뒤집어쓴 듯한 모멸감과 수치심으로 몸을 떨었다는 것이었다. 내가 언제 단 한 번이라도 그들에게 동질감을 가져본 적이 있었던가. 도대체 거지 소굴 같은 그곳의 무엇이 나를 움직인 것이란 말인가. 지금도 그때를 떠올리면 스스로에 대해 욕지기가 치밀었다.

며칠 후 학교로 찾아온 하루코는 이미 그 사실을 알고 있었다. 수영 훈련을 마치고 나오자 얼굴 가득 웃음을 머금고 서 있던 하루코가 나를 꼭 끌어안아주었다.

"잘 생각했어. 너는 꼭 조국의 이름을 온 천하에 날리는 일꾼이 될 거야."

그녀보다 머리 하나가 더 크고 가슴 넓이가 두 배나 되는 나는 소금기둥처럼 얼어붙어버렸다. 몇 번이나 그녀를 내 품 안에 꼭 끌어안고 싶었지만, 마음뿐이었다.

나는 새삼스럽게 하루코가 입고 있는 한복을 유심히 바라보며 물었다.

"누나는 언제 갈 거예요?"

"나도 금방 갈 거야. 가면 꼭 너를 찾아갈게."

하루코와 북한에서 다시 만난다, 나는 이걸 눈곱만큼도 의심하지 않았다.

*

전기포트에 물을 채워 스위치를 올려놓고 찬장에서 차를 찾는데 자꾸만 손이 떨렸다. 인삼차와 율무차 봉지를 꺼내 쟁반에 담고 잔과 잔 받침을 챙겼다. 수저통 깊숙이 들어 있는 티스푼을 찾다가 수저통이 싱크대에 엎어지면서 요란한 소리가 났다. 깜짝 놀라서 두 손을 들고 소리가 멈추기를 기다렸다. 마치 항복 선언이라도 하는 모양새였다. 고난의 기억이 나이테처럼 몸에 각인되어 있는 것 같아 씁쓸한 미소가 번졌다.

"괜찮으세요?"

긴 머리 여자가 주방으로 와서 그를 살피며 말했다.

"차 대접까지 안 하셔도 되는데…… 우리는 전화번호만 알면……"

"그래도 그러는 게 아니요."

그가 퉁명스럽게 대꾸하는데 전기포트의 물이 요란한 소리를 내며 끓어오르더니 탁, 스위치가 꺼졌다. 머쓱하게 서 있던 긴 머리 여자가 찻잔이 놓인 쟁반과 포트를 거실로 가지고 나갔다. 그는 천천히 수저통을 정리한 후 싱크대 구석에 놓인 스테인리스 함지를 끌어당겼다. 거기에는 아침에 제사상에 올리고 남은 사과와 배, 그리고 꼭지 부분을 깎은 껍질과 과도가 그대로 담겨 있었다. 그는 그것을 들고 잠시 망설이다 부엌 식탁 위에 내려놓고 주방을 나왔다. 여자들이 자세를 고쳐 앉았다.

"차 들고 계시오. 찾아보겠소이다."

방으로 들어가서 문을 닫은 그는 방 한가운데 주저앉아버렸다. 양 손바닥이 식은땀으로 흥건했다. 이 집의 전 주인과는, 집을 둘러보고 계약서를 쓰면서, 그리고 이사할 때 본 게 다였다. 사내도 혼자 사는 몸인 듯했는데, 오십대 중반이나 되었을 것 같은 나이에 사고를 당했는지 거동이 몹시 불편해 보였다. 이사 당일에는 휠체어에 앉아 이삿짐센터 직원들에게 이것저것 지시를 하고는 콜택시를 불러 먼저 사라졌다. 정자에 있던 노인들이 하나같이 혀를 차는 건, 하루코가 멀리서 걸어올 때부터 죽은 지 아버지가 걸어오는 줄 알았다는 거였다. 죽은 하루코의 아버지는 일본에서 이미 결혼을 해 마누라와 딸이 있다고, 그래서 그들을 찾으러 가야 한다고 했지만, 그 부모는 외아들이 부모 허락도 받지 않고 멋대로 한 결혼을 인정할 수 없다고 했고, 해방이 된 후에는 일본으로 가는 것도 오는 것도 쉽지 않아서 결국 몇 년 후에는 새장가를 들었다는 거였다. 그런데 그 말이 다 참말이었구먼, 하면서 노인들은 자꾸만 무릎을 쳤다. 술만 마시면 넋두리처럼 일본에 처자식이 있다고 했지만, 그게 정말이라면 어째서 일본의 처자식은 그를 찾으려고도 하지 않냐면서 동네 사람들이나 그의 부모는 점점 그의 말을 믿지 않게 되었다고 했다. 노인들은 더 이상 무릎은 치지 않고 고개를 절레절레 저었다. 평생 아버지 얼굴 한 번 못 보고 자랐을 텐데, 저리도 닮은 걸 보면 핏줄이라는 게 무서운 거라며 막걸리 병을 땄다. 그것이 다 사실이라고 친다면, 전 집주인과 하루코는 이복형제간이 되는 셈이었다. 혹시 그 아들의 연락처를 아느냐고 그녀들이 묻자 노인들은 몇십 년을 같은 동네에 살아도 전화번호 같은 건 모르고 살았노라며 푹 꺼진 눈만 껌뻑거렸다.

그가 기다리던 순간이었다. 집 계약서에 그의 전화번호가 적혀 있노라는 말에 그녀들은 순순히 그의 집으로 다시 들어왔다.

계약서는 서랍장 제일 위 칸에 있었다. 사내의 성은 그녀들이 말한 대로 황이 맞았다. 그걸 확인하고도 그는 얼른 방을 나가지 못하고 서성거리다가 문갑 서랍을 뒤졌다. 몸살감기약과 아스피린, 소독약과 바셀린, 몇 가지 종류의 연고, 그리고 병원 갈 날이 며칠 남지 않은 탓에 신경안정제 몇 알이 남아 있을 뿐이었다.

그는 잠시 문 앞에 서서 바깥의 기척을 살피다가 거실로 나갔다. 그녀들은 얼른 찻잔을 내려놓고 자세를 가다듬었다. 그가 계약서를 꺼내서 내밀었고 긴 머리 여자가 살펴보았다.

"언니, 황씨가 맞아요."

긴 머리 여자는 하루코에게 언니라고 부르며 기쁜 표정을 지었다. 그녀는 급히 가방에서 수첩을 꺼내 전화번호를 적으려고 했다. 그가 그녀의 팔을 누르며 말했다.

"지금 전화하세요."

긴 머리 여자가 그를 쳐다보았다.

"괜찮으니까 여기서 해요."

그가 다시 한번 말했다. 하루코가 두 번 고개를 끄덕이자

긴 머리 여자가 휴대폰을 꺼내서 전화를 걸었다. 신호가 몇 번 가고 굵은 저음의 남자 목소리가 들렸다. 긴 머리 여자는 아까 그에게 했던 말을 다시 반복했다. 하루코는 미간을 찡그리며 휴대폰에서 들리는 말소리에 집중했다. 기억 속의 하루코는 조금도 나이를 먹지 않았으나 세월이 그녀를 비켜 가지 않았다면, 하고 상상하던 모습과 크게 다르지 않았다. 충격적이지는 않았다. 충격에 무디어진 자신을 확인하는 것이 더 씁쓸했다. 이런 식으로 만나게 될 거라고는 상상도 하지 못한 일이었으니, 하루코가 그를 알아보지 못하는 것도 당연했다. 그가 남한에서, 그것도 하루코 아버지의 본적지에 살고 있을 거라고 상상이나 했겠는가. 그러나 세상에 일어나지 못할 일은 아무것도 없다. 그의 삶이 그 증거였다.

"니가 내를 안다꼬?"

어느 순간 휴대폰은 하루코의 손에 넘어가 있었고 무슨 말 끝에 갑자기 목소리가 올라갔다. 앞에 놓인 차를 마시는데 그의 손이 떨렸다. 전화기 속의 사내, 그러니까 이 집의 전 주인은 하루코에 대한 이야기를 돌아가신 아버지로부터 이미 들어서 알고 있다고 말하고 있었다. 그러나 그때 그는 어려서 자세한 걸 모르고 대신 그의 누나가 더 잘 알 거라고 했다. 몇 번 더 큰 소리가 오고 갔다. 격한 감정에 휩싸여 목소리를 높일 때는 경상도 억양이 뚜렷했으나, 하고 싶은 말이 잘 만들어지지 않을 때는 답답하다는 듯 가슴을 두드리며 일본어가

섞인 말을 낮게 웅얼거렸다. 마침내 통화가 끝났다. 답답하기는 저쪽도 마찬가지인지, 누나가 직접 전화를 걸도록 할 테니 기다리라고 했다.

휴대폰을 쥐고 있던 손을 툭 떨어뜨리는 하루코의 얼굴이 창백했다. 긴 머리 여자가 조심스레 하루코의 손을 잡으며 말했다.

"언니…… 찾았어요."

"그래, 기적이다…… 기적이야."

"이렇게 쉽게 찾을 줄은 몰랐어요."

"나를 기억하고 있어. 나를……"

"언니 아버지가 언니 얘기를 많이 했다는 뜻이에요."

잠시 후, 그녀들은 마주 잡고 있던 손을 놓으며 일어설 채비를 했다. 우두커니 두 사람을 바라보고 있던 그는 갑자기 마음이 급해져서 두 사람의 팔을 덥석 잡았다.

"전화를 한다지 않소."

그는 의식적으로 말을 아끼고 있었다. 일본을 떠난 지 오십 년이 넘었어도 희미하게 남은 일본 억양과 자기도 모르게 쓰게 되는 일본어 투는 사라지지 않았다. 그것 때문에 북한에서 숱하게 조롱을 당하고 주먹다짐에 온갖 체벌을 당했지만 꼬리뼈가 간직한 진화의 흔적처럼 죽을 때까지 그것은 사라지지 않을 것이다. 그녀들이 자신의 출신을 알아챌까 봐 최대한 말을 짧게 하다 보니 화가 잔뜩 난 사람처럼 퉁명스러워졌다. 그

들을 잡아야 했다. 잡아서 어떻게 할 것인가? 너무 갑작스럽
게 닥친 순간이라 당황스러웠지만, 이 순간을 잊은 적은 한 번
도 없었다. 하루코의 하얀 목을 누르거나 피가 낭자하게 튀고
칼을 휘두르는 모습은 아직까지 그를 짓누르는 악몽이었다.

"난 괜찮으니, 전화를 기다려요."

그의 목소리는 신음처럼 들렸고 이마에서는 진땀이 났다.
그녀들도 당장 갈 데가 있는 건 아니었다. 거리에서 전화를
받을지도 모르니 그곳에 있는 게 더 나았다. 그녀들은 자세를
편히 하며 또다시 고맙다고 인사를 했다. 긴 머리 여자가 물
었다.

"누구 기일이신가 봐요."

"어머니 기일입니다."

"미안합니다."

하루코가 무릎을 꿇고 깊숙이 머리를 숙였다. 무엇이 미안
하다는 것이냐? 그는 하루코를 힐끗 쳐다보고는 식탁 위에
있는 과일 함지를 들고 와서 사과를 깎았다. 긴 머리 여자가
자기가 깎겠다는 듯 움찔거렸지만 모른 체하고 물었다.

"무슨 사연이시오? 이 집과는."

잠깐이지만 피차 깊은 뿌리를 건드리는 사연을 공유한 듯
해서 지극히 개인적인 질문이 그리 어색하지는 않았다. 그렇
다고는 해도, 하루코는 마치 이런 기회가 오기를 기다리고 있
었던 것처럼 선뜻 자기 이야기를 풀어놓았다.

하루코는 한국말이 조금 서툴렀다. 예전의 하루코는 유창한 조선말로 그의 기를 죽였는데, 이제는 그의 한국말이 훨씬 유창했다. 어쩌면 그의 한국말이 유창해서 하루코의 한국말이 어설프게 들리는 건지도 몰랐다. 하루코가 간혹 일본말을 섞어서 말하면 긴 머리 여자가 통역해주었다. 젊지도 늙지도 않은 긴 머리 여자는 자신이 소설가이며 재일교포들의 이야기를 쓴 인연으로 하루코와 만나 친자매처럼 지내고 있다고 소개했다. 그는 통역 같은 건 필요 없다고 말하고 싶은 걸 꾹 눌러 참았다.

*

어릴 때 저는 아버지에게 맞으면서 컸습니다. 엄마도 노다지 두드려 맞았습니다. 여자들은 다 그렇게 사는 건 줄 알았습니다. 남자들은 언제나 여자를 팼으니까요. 어릴 때는 일본 애들하고 패싸움을 하다가 어른이 되면 자기 여자를 팼습니다. 저는 이모 덕분에 학교를 다녔습니다. 이모는 엄마랑 달랐습니다. 이모는 아버지에게 욕을 하면서 달려들고 싸웠습니다. 이 등신아, 이모는 엄마를 이렇게 불렀습니다.

이모가 왜 엄마를 등신이라고 불렀는지 스무 살이나 되어서야 알았습니다. 이모는 결혼 오 년 만에 이혼해서 돌아왔습니다. 이모는 조총련 활동을 열심히 했는데 이모부는 민단 쪽이었다고 합니다. 한집안에 조총련과 민단이 같이 있다는 건, 집안에 삼팔선이 그어져 있는 것과 똑같은 겁니다. 생각이 다르면 아무리 부자로 살아도 행복하지 않다고, 그런 삶은 조금도 고귀하지 않다고 이모는 말했습니다. 그때 처음 저에게 생부가 따로 있다고 말해주었습니다.

생부를 엄마와 맺어준 건 외삼촌이었답니다. 생부가 공사장에서 토목을 하고 설계하는 모습을 보고 반해버렸답니다. 처자식을 굶기지는 않겠구나 생각했답니다. 그런 걸 다 떠나서, 순하고 좋은 사람이었다고 합니다. 그래서 가족 모두가 좋아했답니다. 단 한 사람, 엄마만 빼놓고요.

엄마는 아버지를 보지도 않으려고 했답니다. 이유에 대해서는 사람마다 말이 다릅니다. 대체로 일치하는 건, 도무지그 이유를 알 수 없다는 것입니다.

어른들은 두 사람이 정을 붙여서 살게 하려고 별짓을 다 했답니다. 두드려 패면 겁이 나서 살지 모른다고 모두 자리를 피해줄 테니 늘씬하게 때리라고 한 적도 있답니다. 생부가 어떻게 그러냐고 해서 외삼촌이 대신 엄마를 때렸답니다. 엄마는 악, 소리 한번 내지 않고 기꺼이 맞았답니다. 얼마나 싫었으면 그랬을까요. 뭔가에 사로잡히면 아무것도 보이지 않는 것이로구나, 저로서는 이런 생각밖에 안 듭니다.

도망갈 궁리만 하던 엄마는 남편을 안심시켜서 얻은 돈으로 아는 사람 집에 숨었는데, 생부는 아내를 찾아내고서도 야단을 치기는커녕 엄마가 좋아하는 복숭아만 한 상자 사서 갖다 놓고 또 사다 놓고 그랬답니다. 그 꼴이 또 어찌나 등신 같던지, 이모는 생부를 두들겨 팼답니다. 엄마는 제가 뱃속에 있는 걸 알고 나서야 할 수 없이 집으로 돌아갔답니다.

제가 태어나는 바람에 친정집에 얹혀살았던 이 년 정도가 생부와 엄마가 함께한 날들의 전부입니다.

저 때문에라도 어떻게든 간신히 붙어서 사는가 싶었는데, 모친이 위독하다는 소식을 받은 생부가 한국으로 가면서 도로아미타불이 되었습니다. 그사이 해방이 되었고, 생부는 일본으로 돌아올 수 없게 된 겁니다. 생부는 편지를 썼답니다. 여기에 집도 있고 먹고사는 데 아무 문제 없으니 아이를 데리고 한국으로 오라고, 부산에서 기다리겠다고 했답니다. 그러나 엄마는 답장도 하지 않고 그대로 연락을 끊어버린 겁니다.

그리고 몇 년 후 의붓아버지를 만나 평생을 맞고 살았습니다. 맞아도 싸다는 생각밖에 들지 않았습니다. 엄마는 죽는 순간이 되어서야, 제게 미안하다고 했습니다. 뭐에 씌었는지 모르겠다면서 눈물을 흘렸습니다. 생부와 살았다면 달랐을까요? 모르겠습니다. 허탈한 이야기입니다.

*

자기 이야기에 취해 있던 중에도 뭔가 시선을 잡아끄는 게 있어 무심코 그쪽으로 고개를 돌린 하루코가 날카로운 비명을 질렀다. 동시에 긴 머리 여자도 비명을 질렀다. 그녀들의 시선이 향한 곳은 그의 손이었고 손에서는 피가 뚝뚝 떨어지고 있었는데, 그가 주먹이 으스러지게 쥐고 있는 것은 과도였다. 그는 얼른 손바닥을 펴면서 뒤로 물러나 앉았다. 비명만 지르지 않았을 뿐, 그도 놀라긴 마찬가지였다. 요란한 소리를 내면서 칼이 접시 위로 떨어졌다. 빨간 껍질을 벗긴 하얀 사과가 다시 빨갛게 물들어갔다.

긴 머리 여자가 그의 방에서 가져온 약으로 소독을 하고 붕대를 감아주었다. 붕대 감긴 손을 내려다보면서 그가 말했다.

"왜 이제야 왔소?"

"미안합니다."

"할 말이 그것밖에 없소?"

"너무나, 미안합니다."

그는 천천히 고개를 들어 하루코를 빤히 쳐다보았다. 하루코는 무릎을 꿇고 머리를 깊이 숙였다.

사실, 그는 그녀가 하루코가 아니란 걸 알고 있었다. 그녀는 하루코가 아니고 하나코였으며 후쿠오카가 아닌 오사카에서 살았으나, 하나코와 하루코의 삶은 크게 다르지 않았다. 하나코 역시 1970년대에 이십대를 맞아, 일본에서 핍박과 차별을 받으며 살지 말고 모든 인민들이 평등하게 잘사는 사회주의 조국 건설을 위해 한 명의 조선인이라도 더 북송선에 태우기 위해 젊은 날을 다 바쳤다. 그리고 그녀에게도 역시 만경봉호를 타고 북한으로 간 친척들이 있어서 이삼 년에 한 번씩 생활물자와 돈을 가지고 북한에 다녀오는 일을 지금까지 계속 해오고 있었다.

하나코도 이미, 그가 재일교포 출신의 탈북자라는 걸 정자에 있던 노인들로부터 들어 알고 있었다.

*

해가 넘어가고 있었다. 옆집 담장 그림자가 마당을 사선으로 나누고 있었다. 그는 팔로 얼굴을 받치고 모로 비스듬히 누운 채 점점 그림자를 넓혀가는 마당을 바라보고 있었다.

"기적이다, 기적이야."

소리치던 그녀의 목소리가 귀에 쟁쟁했다.

전 집주인의 누나는 그녀를 분명히 기억하고 있었다. 한 번 본 적도 없던 이복자매들은, 한 번 본 적도 없는 게 사실인지 어리둥절하리만큼 반가워하고 감격에 겨워했다. 어쩌면 원수라고 생각할 수도 있는 사이가 아닌가? 전 집주인의 누나가 말했다. "언니, 우리 어머니 이름은 호적에 올리지도 못했어요. 호적에는 언니 어머니의 이름이 올라가 있어요. 우리 형제들은 오랫동안 그 이름이 우리 어머니 이름인 줄 알고 살았어요" 두 사람의 통화가 끝난 후 그녀가 조금 허탈하게 웃으며, "우리 어머니 이름은 강순용이 아니고 강순영인데……" 그러니 아버지는 어머니를 잘 알지도 못한 채 잊지 못했고, 어머니는 아버지의 심정은 조금도 모른 채 돌아가신 거라고 말했다.

뭐가 어찌 되었든 그녀는, 생부가 자기를 잊지 않고 있었다는, 그 말만으로도 한평생이 통째로 위로받는 기분이라고 했다.

그에게도 기적은 있었다. 그가 북한을 탈출하던 1990년대 말만 해도 난민보호소도 없었고 중국의 한국대사관은 아무런 힘도 없었다. 고작 돈 천 원을 쥐여주면서 잡히지 말라는 게 그들이 해준 전부였다. 그러나 이내 중국 공안에 잡혀 북한으로 송환되었고 석 달이 넘게 온갖 고문을 당하면서 감옥에 갇혀 있었지만, 다행히 두 딸은 잡히지 않았다. 그렇다. 그에게는 딸이 있었다.

아내는 한때 김일성의 어머니 역할까지 맡아 연기했던 예술인이었다. 그녀는 후리후리하게 키가 크고 얼굴이 하얀 귀공자처럼 생긴 그를 보자마자 사랑에 빠져서 열렬하게 구애를 했다. 귀국자라는 성분 때문에 그녀 집안의 반대가 심했지만 사랑에 빠져버리면 재간이 없는 것이다. 그러나 아무리 열렬한 사랑도 사상을 뛰어넘지 못했다. 티브이 뉴스에서 한국 학생들이 데모하는 걸 보여줄 때, 저건 다 민주화를 하려고, 그나마 반대할 수 있는 자유라도 있다는 표시라고 그가 말하면,

그녀는 애초에 제도가 잘못되었기 때문이라고 반발했다. 사과를 보고 똥이라고 우기는 사람과는 눈곱만큼의 정도 나눌 재간이 없었다. 정반대 방향을 향해 나가려고 하면 찢어지는 건 물리적 진리였다. 결국 아내와는 이혼했다. 그나마 결혼이라는 걸 하고 아이를 낳고 살던 시절에는, 운명에 승복했던 때였다. 아내는, 운명에 굴복하지 말라는 말을 해주려고 왔던 것일까? 이즈음 들어 아내를 떠올릴 때면 치 떨리게 싸우던 시절마저 고맙다는 생각이 들곤 했다.

죽음에게 들켜버린 운명에게도 반전은 있었다. 일단 안면을 트게 되면 더 이상 두렵지 않다는 것, 어차피 삶의 끝이 죽음이라면 숨 한번 크게 들이쉬고 다시 한번 뛰어볼 기운을 끌어모으게 되는 것이다. 죽더라도 북한에서 죽지 않겠다는 생각은 마지막 오기 같은 것이었다. 그는 다시 탈출을 시도했고, 중국에서 딸들과 재회했다. 그사이 딸들은 용케도 한국에 있는 그의 사촌 형제들과 연락이 닿아 있었다. 그는, 죽은 아버지가 술만 마시면 지겹게 되뇌던 아버지 고향에 대해서, 그곳에 살고 있을 아버지 형제들에 대해서, 언젠가부터 무슨 구전설화처럼 딸들에게 들려주고 있었다. 어느 순간, 그것이 지옥을 탈출할 수 있는 동아줄처럼 느껴지기도 했다. 그건 그러니까, 술주정을 가장해서 아버지가 남긴 유산인 셈이었다.

중국에서 지내던 두 딸은 북한을 탈출하면서 겪은 사연을 한국의 라디오 프로에 써서 보냈는데, 그게 전파를 타고 그의 사촌의 귀에까지 가닿아 마침내 그에게 연락이 온 것이다. 사촌들이 그를 만나러 하얼빈까지 왔다. 그들은 장사 밑천을 하라면서 돈 이천만 원을 내밀었다. 그는 고개를 저었다. 그는 굶어 죽을까 봐 목숨을 건 게 아니었다. 그가 목숨을 걸었던 건 인간으로서 죽고자 함이었다. 그의 사촌들은 이리저리 수소문한 끝에 그와 두 딸의 중국 국적을 샀다. 일인당 오백만 원이나 되는 거금이 들었다는 것도 놀라웠지만, 그것보다 더 놀라운 건 한 번 본 적도 없는 친척에게 베푸는 그들의 헌신이었다. 가장 같잖은 것은, 돈만 주면 살 수 있는 국적이라는 것이었다. 돈이면 불가능한 게 없다는 건 이미 북한에서 뇌수 깊이 각인된 것이었다.

관광객으로 위장해서 태국으로 입국한 후 한국대사관으로 달려 들어가고 호텔에 숨어서 한국 비자가 나올 때를 기다려, 마침내 한국으로 입국할 때까지 어느 한순간 생사의 기로를 넘지 않은 때가 없었고, 어느 한순간 기적이 아닌 때가 없었다. 그중에서 가장 큰 기적은 역시 사람이었다. 사람이었고, 기억이었다.

*

하나코로부터 편지가 온 건 그로부터 두어 달쯤 지날 무렵이었다. 그녀는 북한에 있는 조카들을 잘 만나고 돌아왔으며,

그가 여동생에게 전달해달라고 한 편지와 물품들을 조카들에게 단단히 부탁해놓았으니, 조금도 걱정하지 말라고 쓰고 있었다. 가을에는 아버지의 산소에 성묘를 하러 한국에 갈 계획이며, 그때 그에게 들러 이복동생들을 찾게 해준 것에 대해 감사의 인사를 하고 싶다고 했다.

그리고 추신;

하루코라는 분에 대해 제가 가진 인맥을 동원해서 좀 알아보았습니다. 선생님께서 알고 계시는 분으로 추정되는 하루코라는 분은, 선생님이 북한으로 가시고 나서 이 년쯤 후 북송선을 탄 것 같습니다. 가족들은 가지 않고 혼자만 갔다고 하니, 가족들을 찾게 되면 그분의 근황에 대해서도 알아볼 수 있을 거라고 생각됩니다.

선생님이 부탁도 하지 않았는데 제가 큰 실례를 저질렀습니다. 부디 용서해주시기 바랍니다.

그림자 그리기

실존 자체는 아는 능력이 없다.
실존하면 되지 알아야 한다고는 하지 않는다.
그러나 실존은 빼앗긴 것을 더 알게는 해준다.
—조에 부스케, 『달몰이』

너는, 유리 칸막이 너머로 엄마의 관이 화로로 들어가는 걸 지켜보고 있다. 시뻘겋게 일렁거리는 불길이 서서히 엄마를 집어삼킨다. 천 도가 넘는 화염 속에서 엄마의 시신이 한 줌 재로 변하는 동안 네 머릿속에서는 그동안 네가 그린 그림들이 파노라마처럼 흘러간다.

그림 1

너는 책상 앞에 앉아 있다. 책상 위에는 도화지와 연필이 놓여 있다. 너와 마주 앉아 있는 상담사 선생님은 입가에 부드러운 미소를 띠고 있다. 낯선 여자와 마주 앉는 건 처음이다. 미소를 띠고 바라보는 사람도 처음이다. 너를 똑바로, 그것도 그윽한 미소를 띠고 바라보는 사람은 없었다. 있었을까? 낯선 사람을 보면 생각이 복잡해지고 머리가 아파서, 네가 먼저 거부했는지도 모른다. 저 미소 뒤에 무엇이 있을까? 언제 갑자기 소리를 지를까? 예를 들면, 이런 생각들. 네가 아무 생각 없이 바라볼 수 있는 사람은 단 한 사람, 엄마뿐이다.

"사람을 그려볼래?"

사람?

"사람, 알지?"

사람, 사람, 사람…… 너는 속으로 이렇게 반복해본다. 사람을 모르는 사람도 있나? 그런데 사람이라는 말을 반복하자 사람이 바람 앞의 모래 형상처럼 흩어져버리는 것 같다. 무엇보다 너는 그림이라는 걸 그려본 적이 없다.

너는 불안해진다. 네 앞에 펼쳐진 도화지가 너를 불안하게 한다. 도화지가 너무 하얗다. 너무 하얀 것은 불안하고 의심스럽다. 바다를 처음 보았을 때도 그랬다. 막막하게 펼쳐진 바다가 얼마나 평평하고 잔잔하던지. 하지만 바닷속에는 헤아릴 수 없는 생명체들이 있지 않던가. 심해에는 괴수가 살고 있을지도 모른다. 도무지 이해할 수 없는 복잡한 속내를 감추고 시치미를 떼고 있는 것이 바다였다. 도화지를 보면서 너는 바다 앞에 선 듯 막막하다. 선생님은 여전히 미소 띤 얼굴로 너를 바라보고 있다. 참을성이 많은 사람이다. 입을 꾹 닫은 채 쭈뼛거리는 너를 채근하지 않고 가만히 지켜본다. 이상한 사람이다. 좋은 사람일까?

사람은 왜 그리라는 걸까? 궁금하지만, 너는 물어보지 않는다. 궁금증은 불길한 징조이고, 물어보면 불길한 것을 확인받을 것 같으니까. 지금까지의 경험이 그렇게 가르쳐주었다. 다만 불안하다. 해소되지 못한 궁금증은 불안증으로 나타난다. 그림을 그려본 적이 없는 것이 불안하고, 도화지가 너무 하얀 것도, 참을성 있게 바라보던 여자가 어느 순간 버럭 고함을 치며 화를 낼까 봐, 무얼 어떻게 그려야 할지 몰라서 불안하다.

"못 그려도 괜찮아."

선생님이 말한다.

'못 그려도 괜찮아'를 '그리지 않아도 괜찮아'라는 말로, 너는 이해한다. 조용히 안도의 한숨을 내쉬며 의자를 뒤로 빼는데, 선생님이 네 앞으로 연필을 밀어놓는다.

그날 너는 난생처음 그림이라는 걸 그렸다.

도화지 한구석에 그려놓은 그것은 너무나 보잘것없다. 활명수 병 크기가 될까 말까 한 그림이다. 조그만 활명수 병이 하얀 식탁 모서리에 조심스럽게 놓여 있는 것 같다. 얼굴은 물방울처럼 다소 긴 타원을 이루고, 타원 안에 나란히 그려진 작은 동그라미 두 개는 눈을 그린 것처럼 보인다. 얼굴로부터 아래로 두 개의 곡선이 조금 길게 그려져 있는데, 그것은 어깨처럼 보인다. 목도 팔도 다리도 없이 어깨선만 있다.

무엇보다 입이 없는 얼굴은 완강한 침묵을 형상화한 것 같다. 사람이라기보다는 유령에 가깝고 얼굴은 가면처럼 보인다. 연필이 부러지기라도 할까 봐 살짝 잡고 그린 선은 너무 희미해서 마치 아지랑이가 피어오르는 것 같다. 이토록 희미한 선이라니…… 그런 중에 유독 도드라지는 건 이마에 그려 넣은 물결무늬다. 그건 누가 봐도 주름살이 분명하다.

이것은 육 년 전, 네가 아홉 살 때 그린 것이다. 한국으로 와서 정착민들을 위한 상담프로그램에서 처음으로 그린 것이다. 상담사 선생님은 이렇게 멘트를 달아놓았다.

타인에 대한 인지 수준이 낮고 관계 형성 경험이 많지 않아 보인다. 그렇다고 세상 경험이 적다고 단정할 수는 없다. 이마의 주름살이 그것을 암시하는데, 나이를 가늠할 수 없는 얼굴의 주름살이 매우 의미심장하다. 입을 그리지 않은 것은, 타인과 세상에 대한 침묵을 의미하지만, 그것은 무관심이나 무지에 의한 것이라기보다는 과도한 억압이나 공포로 인해 강제된 것일 수 있다.

*

　엄마가 돌아왔다. 딸깍, 현관문 열쇠 돌아가는 소리에 너는 반짝 눈을 뜬다. 어둠 속에서도 너는 시계를 찾아서 본다. 새벽 네시다. 수산물 가공공장에 다니던 엄마는 지난달부터 식당 일까지 시작했다. 이십사 시간 해장국을 파는 집이다. 엄마는 하루가 이십사 시간이라는 게 불만인 것 같다. 하루가 삼십 시간이나 오십 시간이라도 얼마든지 일할 수 있는 곳이 한국이라고, 엄마는 말했다. 그렇게 일을 해도 늘 뭔가에 쫓기고 모자란다. 북한에 있는 가족들에게 보내는 돈 때문이다. 북한에는 엄마의 남편과 아이들이 있다. 너는 한 번도 본 적이 없는 사람들이다. 뼈 빠지게 일해도 돈은 손가락 사이로 물처럼 빠져나간다고 엄마는 투덜거린다. 엄마는 마치 비누처럼 닳아지는 것 같다. 엄마가 투덜거리면 비눗방울이 뽀글뽀글 솟는다. 비누처럼 닳아지면서도 가족들에게 보낼 돈을 챙길 때의 엄마는 반짝 빛이 난다. 엄마는 물먹은 솜 같은 몸으로 돌아와 씻지도 않고 네 옆 이부자리로 기어든다. 머리가 베개에 닿자마자 가늘게 코를 골기 시작한다. 숨결에서는 술 냄새가 풍긴다.

　"내 새끼야."

　엄마는 너를 끌어당긴다. 취한 엄마는 너그럽다. 잠결에도 너그럽다. 한국으로 오자 너의 키가 쑥쑥 자라기 시작했다.

그러더니 이 년 만에 엄마보다 커버렸다. 엄마보다 커버린 너를 엄마는 더 이상 안아주지 않았다. 그러나 취한 엄마는 너를 가슴에 꼭 끌어안는다. 너는 네가 더 이상 커지지 않기를 바란다. 커지면 엄마 새끼로 남을 수 없으니까. 그것이 너를 불안하게 한다. 너는 엄마의 셔츠를 말아 올리고 젖꼭지를 빨기 시작한다. 엄마가 가느다랗게 신음소리를 내뱉는다. 엄마는 너의 세계이다. 할 수만 있다면, 너는 뱃속으로 다시 들어가고 싶다고 생각한다.

그림 2

너는 이제 도화지와 연필이 반갑다. 그것은 너에게 날개를 달아준다. 도화지가 하얀 날개처럼 느껴진다. 하얀색이 더 이상 막막하지도 두렵지도 않다. 상담실에 와서 책상 앞에 앉으면 머릿속에서 무언가가 폭발하는 듯이 터져 나온다. 너는 너 자신마저도 잊어버린다. 그림을 그리는 게 네가 아니게 될 때까지 너는 그림을 그린다.* 너의 손은 마치 오랫동안 그림을 그려온 사람처럼 유연하게 움직인다. 하얀 도화지가 굵고 희미한 연필 선으로 어지럽게 채워진다. 아지랑이 유령 같은 사

---

* 조에 부스케 『달몰이』 중에서.

람을 그렸던 날로부터 삼 년쯤 흐른 날이었다.

선생님은 언제나처럼 그림 같은 미소를 띠고 너의 그림을 바라본다.

"잘 그렸네. 뭘 그린 건지 설명을 좀 해줄래?"

잘 그렸다는 칭찬에 너는 우쭐해진다. 그러나 뒤이어 설명을 해달라는 말에 금방 실망한다. 잘 그렸다면 설명이 필요 없는 것 아닌가. 너는 선생님의 칭찬을 믿을 수 없다고 생각한다. 그럼에도 너의 입에서는 말이 흘러나오기 시작한다.

"이건 집이에요. 그리고 밤이에요. 깜깜한 밤인데, 아이 혼자 있어요. 혼자서 울고 있어요. 아무리 기다려도 엄마는 오지 않아요."

"엄마를 기다리는구나. 그게 언제 일이야?"

선생님이 묻는다.

"세 살 때요."

엄마가 깜짝 놀란다.

미술치료나 상담은 너와 선생님 단둘만 있는 방에서 이루어지는 게 보통이다. 그런데 그날은 엄마가 옆에 있었다. 치료나 상담을 받으러 온 게 아니기 때문이다. 미술치료를 하면서 네가 그림에 소질이 있다는 걸 발견한 선생님이 엄마를 불렀고, 그 자리에서 너는 뽐내듯 그림을 그렸다. 너의 마음은 그 어느 때보다 편하다. 평화롭기 그지없다. 엄마가 옆에 있다는 것만으로도 안심이 된다. 엄마가 보는 앞에서 뭔가를 뽐

낼 수 있다는 것이 무엇보다 기쁘다. 그런데 네 손에서 풀려 나온 그림은 한 번도 생각해보지 않았던 어린 시절, 깊숙이 묻혀 있던 무의식을 드러내고 있다.

"애는 엄마가 자기를 버릴까 봐 무서워해요."

너는 자꾸 말한다. 그 말이 네 속에서 흘러나오고 있다는 것에 너는 당황한다. 네 속 어디에 그런 말들이 고여 있었는지, 너는 알지 못한다. 네가 한 말에 너 자신도 놀란다. 그랬나? 정말 그런 일이 있었나. 그런데도 실타래가 풀리듯 술술 말이 흘러나온다. 가장 의심스러운 건 너라는 존재인지 모른다. 문득 그런 생각이 머릿속에 떠오른다. 타인을 의심하는 건 그걸 위장하려는 가련한 술책인지 모른다는 생각이 뒤를 따른다. 이런 생각도 놀랍다. 그림을 그리기 시작한 후부터다. 미처 생각이라는 걸 하기도 전에 어떤 생각이 먼저 떠오르고, 너는 허겁지겁 그 생각을 좇아간다.

"아, 무서워요."

옆에 앉아 있던 엄마가 겁에 질린 표정으로 중얼거린다.

"이걸 어떻게 다 알고 있는 거래요? 애는 그때 애기였는데. 아무것도 모르는 줄 알았는데…… 그때는 나도 어쩔 수 없었어요. 어떤 할머니가 나를 숨겨주겠다고 데리고 간 집이었는데, 나는 무서워서 자꾸만 숨었어요. 공안한테 잡히면 다시 북한으로, 수용소로 끌려간다는 생각이 나를 얼음처럼 꽁꽁 얼어붙게 만들었어요. 할머니가 밥을 갖다 줬어요. 말이 통하지 않았지만 할머니는 옷도 주고 밥도 줬어요. 그런데 밤이면 할머니 아들이 찾아오는 거예요. 아들하고 그 짓을 하라고 먹여주고 재워준 거였어요. 그러다가 아이가 생겨버렸죠. 아이를 낳기 전에도 아이를 낳은 후에도 나는 밭으로 일하러 나갔어요. 밭은 끝도 없이 넓었어요. 일을 해도 해도 끝이 없었어요. 개돼지보다 못했어요. 차라리 개돼지가 나아요. 낮에는 죽도록 일하고, 밤에는…… 그래서 도망갔지만……"

너는 중국에서 태어났다. 아버지는 중국 사람이고 할머니도 중국 사람이고 가끔 놀러 오는 이웃 사람들도 중국 사람이다. 그리고 당연하게도, 너는 자신을 중국 사람이라고 생각했다. 엄마가 중국 사람이 아니라는 건, 엄마와 야반도주를 하고 나서야 알게 된다. 칠흑 같은 밤, 두더지처럼 숨어 다녀야 했던 거리들, 숨도 쉬지 못할 것 같은 악취, 온몸이 부서질 것 같은 추위, 남들이 먹다 버린 음식 찌꺼기들, 그래도 채워지지 않는 허기와 넘치는 공포…… 너는 집으로 돌아가자고 칭얼거린다.

"어데로?"

"집."

너와 엄마는 둘만 쓰는 말이 있는데, 그게 북한말이라는 것도 한국에 와서 알게 된다. 중국에 있을 때의 엄마는 중국말이 서툴렀고 한국에서의 엄마는 한국말이 서투르다. 언제 어느 곳에서도 서투른 사람이 엄마다. 너에게 엄마는 그런 존재다. 서툴지 않은 엄마를 본 적이 없으므로 서툰 엄마가 불만스러웠던 적도 없다. 그렇게 서툴기만 한 엄마가 아주 무섭고 엄한 표정을 지으며, 그것조차 서툴게, 너의 어깨를 움켜잡으며 이를 악물고 소리친다.

"거기는 우리 집 아니다. 그 늙은이는 엄마 원수다. 아버지라고 생각하지도 마라. 엄마는 그 집에 다시 가면 혀를 콱 깨물고 죽어버린다. 알간?"

엄마는 그 말을 어미 새가 먹이를 꼭꼭 씹어 부리로 넣어주듯이 너의 뇌리에 욱여넣는다. 엄마, 그렇게 우격다짐으로 밀어 넣으면 소화가 되지 않아요. 너는 궁금하다. 그 늙은이는 왜 엄마의 원수인가요, 아버지는 왜 생각도 하면 안 되나요, 그러나 물어보지 않는다. 엄마가 혀를 콱 깨물고 죽어버릴까 봐 무섭다. 그러나 네가 집 이야기를 다시 꺼내지 않은 건 아니다. 얼음물이 쩡쩡 소리를 내며 갈라지듯 살갗이 터져버릴 것처럼 춥고, 눈알이 튀어나올 것처럼 배가 고프면, 엄마가 혀를 콱 깨물고 죽어버릴지 모른다는 생각 같은 건 나지도 않았다. 돼지죽 같은 밥이라도 먹을 수 있는 따뜻한 집이 그리웠다. 집에 가자는 말을 두 번 다시 꺼내지 않게 된 건 엄마의 한마디 말 때문이다.

"보내줄까?"

"엄마는?"

"엄마는 아이 간다. 그래도 보내줄까?"

엄마가 없는 그곳은 싫다. 무엇보다 엄마는 서투른 사람이기 때문이다. 너에게는 다정하던 아버지가 무슨 이유 때문인지 엄마에게는 말 한마디만 삐끗 잘못해도 뺨을 후려치고 발길질을 해댔다. 마당 구석에 묶여 있는 개에게도 그렇게 하지는 않는다. 할 수만 있다면 엄마도 그렇게 묶어두고 싶은 것 같았다. 그러지 않는 건, 개는 밭 한 뙈기도 갈지 못하지만 엄마는 끝도 없이 밭일을 하기 때문이다. 매타작이 한번 시작되면, 팔이든 다리든 못 쓰게 만들어버리자고 작정한 것처럼 팬다. 그때마다 너는 너의 작은 몸을 던져 아버지의 발길질을 막았다. 어린 마음에도 그것이 옳지 않다는 걸, 너는 알았다. 어린 몸으로도 엄마를 지켰다. 서투른 엄마에게는 네가 꼭 필요하다. 그렇게 생각하면 추위도 배고픔도 견딜 만해진다.

너는 고개를 젓는다. 엄마가 너를 꼭 끌어안는다. 엄마가 뜨거운 입김을 귓속으로 불어넣으며 말한다.

"누가 뭐래도 너는 내 새끼다."

어릴 때부터 엄마는 이 말을 주문처럼 중얼거렸다. 그 말이 무슨 의미인지, 그때는 잘 몰랐다. 너라는 존재가 오직 엄마의 새끼일 뿐이라는 것, 그 이상의 무엇도 될 수 없고, 그 이하의 무엇도 아니라는 걸, 한국에 와서 깨닫는다. 엄마가 중국 사람도 아니고 북한 사람도 아니고 한국 사람도 아니듯, 너 역시 중국 사람도 북한 사람도 한국 사람도 아닌 것이다.

너는 엄마의 새끼일 뿐이다. 그거면 되었다. 더 이상 무엇을 할 수 있겠는가. 그것이 너라는 존재의 최소한이며 동시에 최대치라는 걸, 한국에 와서 너는 알았다.

*

밤이 되면 너는 집 밖으로 나온다. 그리고 걷는다. 무작정 걷는다. 무작정 걷는 끝에 낭떠러지가 있다고 해도 너는 그대로 걸을 것이다. 그런 기분일 때 집을 나선다. 이유는 모른다. 지금까지 살아오는 동안 네게 닥친 일에 대해 이유 같은 걸 알았던 적은 한 번도 없다. 그냥 뭔가가 덜컥 주어졌고 그러면 그것이 꿀단지든 불화로든 받아야 했다. 꿀단지였던 적이 있었나?

손칼국시, 홍천식당, 비비큐, 윤가네, 맘스터치, 청진동해장국, 신의주찹쌀순대, 육회지존, 만득이네 생두루치기, 녹십자약국, 참조은마트, 착한 돼지, 유가네, 병천순대, 소망미용재료, 전주막걸리포차, 맥주창고, 소주본부, 참나무바비큐, 오븐에 빠진 닭, 본죽, 까꼬뽀꼬, 너는 명멸하는 조명 속 간판을 하나씩 읽으며 걷는다. 영어는 건너뛴다. 영어는 아직도 서툴다. 얼른 읽을 수도 없고 뜻도 알 수 없다. 한글 간판도 뜻을 알 수 없기는 마찬가지다. 밤거리에서 너의 시야를 현혹시키는 셀 수 없이 많은 간판들, 그것들은 아메바처럼 분열하며 매일 영토를 넓혀간다.

네가 사는 곳은 큰 거리뿐 아니라 좁은 골목까지 크고 작은 식당과 상점들로 빼곡하다. 몇 년째 같은 거리를 걷고 있는 너는 간판들을 다 외울 수도 있다. 마치 지하철 노선도처럼. 요즘 들어서는 갑자기 바뀌는 간판들이 많아서 어지럽지만, 내용은 거기에서 거기다. 해장국집이 순댓국집으로 바뀌고, 삼겹살집이 분식집으로, 다시 분식집이 삼겹살집으로, 순댓국집이 해장국집으로 바뀌고, 너의 집도 이층에서 삼층으로 삼층에서 이층으로 바뀐다. 돌려막기 하듯이 간판이 바뀌는 걸 보면, 온갖 음식들이 뒤섞여 꿀꿀이죽이 되어버리는 것 같다. 명멸하는 조명은 물감처럼 번지고, 너는 조금씩 지워진다. 그 느낌은 어딘지 자학적인 쾌감을 준다. 입안에 비릿한 피 냄새가 고인다.

"야, 천안함, 저거 북한이 그런 거지?"
"전쟁하자는 거냐?"
"우리 군인들이 잠수함에서 다 죽었어."
"그런데 왜 탈북자들을 받아들이는 거냐?"
"그 사람들 사는 거 다 우리 세금으로 사는 거래."
"난 통일 반대야."
군인들이 깊은 바닷속에 갇힌 채 서서히 죽어가고 있었다. 너는 네가 그 잠수함 속에 갇힌 기분이다. 네가 마치 그 군인들인 것만 같다. 알지도 못하는 타인과 깊은 유대감을 느낀 건 그때가 처음이다. 너는 정말로 숨이 갑갑해진다. 그런데 아이들은 네가 군인들을 수장시킨 적군인 양 적개심을 폭발시킨다. 생각지도 못한 일이다.

평소에는 너에게 관심도 없던 아이들이다. 너는 투명인간이니까. 아니다. 아이들에 대한 관심을 지우기 시작한 건, 네가 먼저다. 너는 아이들을 하나씩 지워나간다. 아이들을 하나씩 지우는데, 이상하게도 정작 지워지는 건 너 자신이다. 네가 국어책을 읽을 때 쿡쿡거리며 웃던 아이, 게임기를 자랑하며 줬다 빼앗던 아이, 쓰레기 냄새가 난다며 코를 막던 아이, 네가 입은 옷을 보고 키득거리던 아이, 네가 뭘 물어봤을 때 마치 아무 소리도 들리지 않는다는 듯 딴청을 부리던 아이, 네 말투를 흉내 내며 네 주위를 빙빙 돌던 아이, 그 아이들을 하나씩 지워나가며 너는 점점 그림자가 되어간다.

그림자가 된 너는 아이들에게 반응하지 않는다. 너를 놀리는 아이들의 말이나, 괴롭힘 따위는 더 이상 아무런 자극이 되지 않는다. 아이들이 볼펜으로 손등을 쿡쿡 찔러도 너는 손등을 치우지 않고 똑바로 앞만 바라본다. 손등에서 피가 배어 나와도 아무렇지 않은 표정으로 가만히 있을 수 있다. 미친새끼, 아이들은 너에게 욕을 하며 물러간다. 그렇게 너는 그림자가 되고 투명인간이 되었다. 너는 너 자신을 마치 고치로 싸듯이 얇은 유리막 안에 가두었다.

갑자기 유리막이 와장창 깨어진다. 천안함이 부서지듯이……

"야, 너네 나라가 우리나라를 공격해서 우리 군인들이 저렇게 죽어가고 있잖아."

교실의 유리창이 와장창 깨진 게, 네가 던진 걸상 때문이라는 걸 알고 너는 당황한다. 그러나 너의 귀에는 아무 소리도 들리지 않는다. 마치 심해의 진공상태 같다. 얇은 막이 찢어지듯 소리도 없이 유리창이 산산조각 나고 눈송이처럼 떨어져 내린다. 아이들이 일제히 너를 바라보더니 두 손으로 입을 틀어막고 귀를 막으며 교실 밖으로 뛰쳐나가는 모습이 슬로모션처럼 이어진다. 너는 조금 놀란다. 네가 유리창을 깬 것 때문이 아니라, 너란 존재가 투명인간이 아니었다는 사실 때문이다.

그리고 생각한다. '너네 나라'는 어디를 말하는 걸까, 엄마 고향이 있는 북한을 말하는 걸까. 아니면 네가 태어난 중국을 말하는 걸까.

일 년 전에 생긴 아버지는 한국 사람이다.

너의 담임선생님은 그날 관찰일지에 이렇게 썼다.

심리가 몹시 불안정함. 친구들과 거의 어울리지 않고 겉돌며 말을 하지 않음. 적응하려는 노력을 전혀 하지 않는, 배타적이고 내성적인 성격임. 억눌린 그것이 종종 과격하게 폭발

하는 경우가 있어 위험함. 꾸준한 관찰과 심리치료를 요함.

그림 3

"잘 지냈니?"

선생님은 언제나처럼 미소 띤 얼굴로 묻는다. 네가 오늘 상담실에 온 건, 네가 잘 못 지냈기 때문이라는 걸, 누구보다 선생님이 가장 잘 알고 있다는 걸, 너는 알고 있다. 너는 대답하지 않는다. 어쩐지 너는 조금 슬프다. 슬프면 안 되는데…… 슬픔을 가두기라도 하려는 듯 너는 입을 꾹 다문다. 슬프면 힘이 빠진다. 힘이 빠지면 간신히 잡고 있던 무언가를 놓쳐버릴 것만 같다.

"속이 많이 상했지?"

너는 대답 대신 연필을 든다. 선생님은 가만히 너를 지켜본다. 너는 도화지 왼쪽 제일 위 구석을 연필로 꾹 찍는다. 꾹 찍은 채 힘을 주어 오른쪽 위 모서리까지 직선을 긋는다. 오른쪽 위 모서리에서 연필을 떼지 않고 가만히 노려보던 너는 그대로 아래로 내리긋는다. 오른쪽 아래에서 멈춘 연필은 왼쪽 아래 모서리로, 다음에는 왼쪽 위 모서리로, 다시 오른쪽 위로, 오른쪽 아래로, 다시 왼쪽 아래, 왼쪽 위로 연필을 떼지 않은 채 사각형을 그리며 점점 안으로 좁혀 들어간다. 사각형은 조금씩 모서리가 둥글어지다가 원에 가까워진다. 도화지의 절반쯤 그렸을 때 너는 연필을 멈춘다. 그리고 가운데에 아주 조그맣게 뭔가를 그려 넣는다.

"이건 꼭 미로 같으네."

"……"

"미로 아니니?"

"……"

"골목길 같기도 하고, 그런데 가운데 조그맣게 그린 이건 뭐야? 이걸 꼭꼭 숨기고 싶은 거니?"

"의자예요."

너는 조그맣게 말한다.

"아, 의자로구나."

너는 그 의자에 누굴 앉히고 싶었던 걸까.

아버지가 생긴 후 엄마의 옆자리는 아버지 차지가 되었다. 너의 자리는 조금씩 모서리로 밀려난다. 구석진 모서리는 숨어 있기 좋은 곳이다. 너는 할 수만 있다면 너를 구겨 넣고 싶다. 엄마에게 네가 아닌 아버지가 필요하게 된 것은 네가 너무 커버린 때문인지 모른다고, 너는 생각한다. 너는 조금씩 너 자신을 모서리로 밀어붙인다. 자꾸 밀어붙이다 보니 그림자처럼 벽에 찰싹 달라붙을 수 있게 되었다. 조금의 부피도 차지하지 않는 그림자가 되면 엄마 곁에 머물 수 있을 거라고, 너는 생각한다.

집에서 너는 모서리에서 모서리로, 벽에 붙어서 다닌다. 네 방에서 화장실을 가려면 모서리에서 모서리로 벽에 바짝 붙어서 방문을 나간 후 다시 벽에 바짝 붙어 현관문을 지나 화장실 문까지 가서 스며들 듯 안으로 들어간다.

"이 새끼가 왜 이래?"

술에 취한 아버지가 너를 향해 고함을 지른다. 화장실에서 나온 네가 다시 벽에 붙어서 방으로 들어가려는데, 아버지가 앉아 있던 식탁 의자를 들어서 거실을 향해 집어 던진다. 퍽, 하며 뭔가 맞고 넘어지는 소리가 들린다.

너는 귀를 막고 주저앉아 얼굴을 무릎 사이로 숨긴다. 또다시 뭔가 퍽퍽, 터지는 소리가 나는데, 그건 물건이 아닌 살과 살이 부딪치는 소리다. 이어서 엄마의 비명 소리가 들린다.

살그머니 고개를 들어보니 엄마가 거실 바닥에 엎어져서 울고 있다. 주먹으로 바닥을 쾅쾅 치며 울고 있다. 너는 혼란스럽다. 엄마도 알 수 없고, 아버지도 알 수 없어서 혼란스럽다. 서투른 엄마를 영원히 지켜주리라, 다짐하던 때를 너는 기억한다. 비록 서투른 다짐이지만, 한시도 잊은 적이 없다. 두 번 다시 기억하고 싶지 않은 끔찍한 추위와 공포와 허기를 통과하는 것은 한 번 죽었다 깨어나는 것 같았다. 너는 마치 엄마와 함께 다시 태어난 것 같았다. 그러나 이제 너는 그때 그 다짐을 어떻게 지켜야 할지 몰라 혼란스럽다. 서투른 엄마가 갑자기 아버지를 데리고 올 때부터 시작된 혼란이다. 밖에서 가끔 만나 패밀리레스토랑도 가고 놀이공원도 다니고 생일 선물로 운동화를 사주던 아버지와 집으로 들어와 함께 살게 된 아버지는 왜 이리도 다른지, 혼란스럽다. 엄마에게 그토록 다정하게 굴던 아버지가 왜 갑자기 직장도 다니지 않고 집에서 술만 마시면서 엄마를 괴롭히는지, 혼란스럽다. 엄마는 왜 저런 사람에게 밥을 차려주고 술을 사주고 옆자리에서 자게 하는지, 혼란스럽다. 어느 날인가 엄마 옆자리에 누워 자고 있는 아버지에게 네가 발길질을 퍼부었는데, 그날 너는 엄마에게 등짝을 셀 수도 없이 두드려 맞았다. 그날부터 너는 집에서도 그림자가 되기로 했다.

엄마는 울음을 그치지 않고 아버지는 아무거나 손에 잡히는 대로 마구 집어 던진다. 너는 숨이 멎을 것 같다. 그 자리에서 도망가려고 뒤돌아서 현관문을 열려고 하는데, 현관문이 사라지고 없다. 현관은 사라지고 벽이 막아선다. 너는 벽에 한쪽 뺨을 대고 눈을 감는다. 너는 벽 속으로 스르르 스며든다. 그곳에 작은 의자가 놓여 있다.

언젠가부터 너는, 그림과 현실을 혼동하기 시작한다.

이번에 너를 상담실로 데리고 간 건 엄마다. 엄마는 네가 왜 이러는지 모르겠다고 하소연한다. 학교에서도 말썽을 부리더니 이젠 집에서까지 말썽을 부리고 엉뚱한 짓이나 하고 공부할 생각은 하지 않고 게임에 빠져 있거나 밤늦게 쏘다니는 게 아무래도 나쁜 애들이랑 어울리는 거 같다고, 이래서야 앞으로 어떻게 한국 아이들이랑 경쟁하면서 살려고 그러는지 모르겠다고, 뼈 빠지게 돈을 버는 게 다 너를 위한 것인데 이래서야 무슨 보람이 있겠느냐고, 정말이지 속이 상해서 미치겠다고 말한다. 처음 한국에 왔을 때와 비교하면 너도 많이 달라졌지만 엄마도 무척 변했다. 눈치 빠른 선생님이 엄마에게 묻는다.

"지금 혹시 누구랑 같이 살아요?"

"……네."

"그 사람, 좋아요?"

"처음에는……"

"지금은요?"

"……좀 무서워요."

"왜요?"

"……"

"싫으면 싫다고, 당당하게 말해요."

"그랬어요."

"그런데요?"

"잘못했다고, 용서해달라고 빌어요."

"받아주지 말아요. 한 번 그런 사람은 또 그래요."

"……"

"그래도 좋은 거예요?"

"좋은 게 문제가 아니에요."

"그럼 뭐가 문제예요?"

"혼자라는 거, 그게 더 무서워요."

"아드님이 있잖아요."

"아들이잖아요."

"좋아요. 아이 문제는 나중에 생각해요. 우선 자기부터 생각해요. 자기가 행복해야 아이도 행복한 거예요. 자유롭게 행복하게 살려고 죽을 고비를 넘겨가면서 여기까지 왔는데……"

"행복을 찾아서 온 거 아니에요."

"아니라구요?"

"무서워서, 도망치다 보니 여기까지 온 거예요."

그림 4

"이건 뭘 그린 거야?"

선생님이 묻는다.

도화지 한가운데 사람이 우뚝 서 있다. 머리와 팔다리가 제대로 윤곽을 갖춘 모습이다. 얼굴에 눈과 입도 그려져 있다. 이마에 주름살은 없다. 대신 입술 사이로 유난히 세밀하게 그린 이빨이 눈에 띈다. 다리는 대지를 단단히 딛고 선 아틀라스처럼 허벅지가 두껍다. 팔은 겨드랑이에서 삼십 도 정도 벌린 채 늘어뜨리고 있는데, 불끈 쥔 두 주먹이 눈길을 끈다. 양주먹은 뭔가를 잡고 있다.

"이건 나예요."

선생님은 네가 처음으로 '나'라고 말했다는 걸 알아차린다. 처음으로 너 자신을 그렸다는 게 기쁘지만, 말을 하지는 않는다. 그건 몹시 중요한 변화지만, 그걸 섣불리 말하면 네가 깃털처럼 날아가버릴까 조심스럽다. 기쁜 만큼 걱정도 크다. '나'라는 말이 폭력성과 함께 발화되었기 때문이다. 선생님은 짐짓 모른 체하며 묻는다.

"너로구나. 손에 들고 있는 건 뭐니?"

"총이에요."

"이쪽 손에 든 건?"

"삽이요"

"이걸로 뭘 하려는 거야?"

"……아버지를 죽일 거예요."

그날 상담 일지에는 이렇게 적혀 있다.

갑작스럽게 공격성이 표출된 점이 몹시 염려스럽다. 가정폭력이 심각한 것으로 의심되어 엄마를 상담함. 아이가 아버

지를 싫어하고 마찰이 잦다고 함. 폭력을 의미하는 듯하다.
갈등이 심할 경우 기숙사가 있는 대안학교로 전학하는 방안
을 논의해보기로 함. 엄마도 문제가 심각해 보임. 쉼터에 대
한 정보를 주고 잠시 피해 있을 것을 권유했으나 선뜻 결정하
지 못하고 망설이는 눈치. 24시간 콜센터 전화번호를 알려줌.

*

너는 게임에 몰입해 있다가 고개를 들고 주위를 두리번거
린다. 기다렸다는 듯, 창밖에서 서성거리던 어둠이 밀물처럼
방 안으로 흘러든다. 어둠은 욕조에 틀어놓은 수돗물처럼 바
닥부터 조금씩 차오른다. 너는 어둠이 흘러들어 네 그림자마
저 지워지는 걸 바라본다. 발이 지워지고 무릎이 지워진다.
배와 가슴까지 어둠이 차오른다.

"이 새끼는 왜 불도 안 켜고 지랄이야?"

너는 아버지가 방문을 벌컥 열까 봐 불안하다. 그러나 아
버지는 집에 없다. 생전 밖에 나갈 줄 모르던 아버지가 웬일
로 지방에 갔다고, 오늘은 둘이서 저녁을 먹자고 아침에 엄마
가 말한 게 떠오른다. 그런데 엄마는 아직까지 돌아오지 않았
다. 너는 어둠을 지켜보는 걸 그만두고 거실로 나가 전화기를
집어 든다. 전화벨이 한참 동안 울리고 나서야 엄마 목소리가
흘러나온다.

"내 새끼가 전화를 했네."

엄마 목소리는 잔뜩 물기를 머금고 있다. 수화기에서 보글보글 거품이 흘러나오는 것 같다. 술 냄새도 함께 풍겨 나온다.

엄마는 금방 들어오겠다고 했지만, 금방 들어오지 않는다. 너는 불도 켜지 않은 방으로 다시 들어가 조용히 침대에 눕는다. 누워서 금방 돌아오지 않는 엄마를 기다린다. 엄마가 말한 '금방'과 네가 생각하는 '금방'이 얼마나 멀어졌는지, 생각해본다. 아마도 아버지의 '새끼'와 엄마의 '새끼', 그 사이만큼 멀어졌을 것이다. 엄마의 금방과 너의 금방, 그 사이에 아버지가 들어 있다. 북한의 아버지와 중국의 아버지와 한국의 아버지가.

빽빽하게 들어찬 어둠 속에서 너의 그림자는 완전히 지워진다. 그림자마저 지워지자 하루 종일 먹은 게 아무것도 없는데 배가 고픈지도 모른다. 슬픔이나 외로움, 절망감, 소외감, 아픔, 고통, 두려움, 공포, 부끄러움, 분노, 치욕, 수모, 구질구질함, 구차함, 치사스러움, 낯 뜨거움, 욕지기가 치미는, 거지 같은, 지랄 맞은…… 고작 열다섯 해를 살아오는 동안 사람이 겪을 수 있는 온갖 종류의 감정을 겪은 너는, 상처 그 자체가 되어버렸다. 상처에 먹혀버린 존재는 아픈 줄도 모른다. 존재를 갈아 넣어 고작 알아낸 것이라고는, 끝내 납득할 수 없는 게 사람이란 것, 그것뿐이다. 존재가 지랄 맞은 게 아니라 태어남 그 자체가 지랄 맞다는 걸 알아버린 너는, 살기도

전에 늙어버렸다. 이토록 지랄 맞은 존재에게 그나마 다행한
건 엄마가 있다는 것이었는데……

너는 스르르 눈을 감는다. 아무런 감정도 없이 눈물이 흐른
다. 그림자가 된 주제에, 그림자로서 할 짓이 아니라고, 너는
생각한다.

그림 5

너는 사람을 그리려고 했다. 그런데 도화지에는 작은 동그
라미가 하나 그려져 있을 뿐이다. 도화지 한가운데 작은 동그
라미 하나. 그리고 너는 더 이상 아무것도 그리려고 하지 않
는다.

상담 선생님의 일지에는 이렇게 적혀 있다.

작은 동그라미는 단추 또는 젖꼭지를 의미한다. 모성에 대
한 갈망. 단순하기 이를 데 없는 그림이 역설적으로 갈망의
크기를 말해준다. 강박적 집착!

현관 바로 옆에 있는 네 방은 아주 작다. 직사각형의 긴 쪽
벽이 침대 길이와 비슷하고 그것과 직각을 이루며 책꽂이 일

체형의 책상이 놓여 있다. 책상의 옆면은 침대에 꼭 맞닿아 있다. 책상 앞에는 작은 창문이 있지만 책꽂이에 절반 이상이 가려져, 한낮에도 동굴처럼 어둡다. 방문 옆에는 옷장이 놓여 있는데, 튀어나온 옷장 때문에 방문은 절반 정도밖에 열리지 않는다. 침대에 누워서 고개를 옆으로 돌리면 책상의 옆면이 보이고, 고개를 들면 방문과 옷장이 보이는데, 어라, 거기에 벗어놓은 옷처럼 걸려 있는 그것은 엄마다. 너보다 작았던 엄마의 키가 훌쩍 자라 있다. 고개를 앞으로 툭 떨어뜨리고 있어서 얼굴은 보이지 않는다. 얼굴이 보였다면 너는 엄마의 입을 지워주었을 것이다. 그게 만약 꿈이었다면, 그랬을 것이다.

엄마의 장례가 끝난 후 상담사 선생님이 찾아왔다.

선생님이 눈물을 흘리며 네 손을 꼭 잡는다. 너는 선생님의 눈물을 멍하니 바라본다.

"엄마가……"

선생님은 침을 꼴깍 삼키고 다시 말한다. 무슨 말을 하려는 건지, 궁금하지 않다. 아무 말도 안 했으면 좋겠다고 생각한다.

"그날 새벽에 엄마가 쉼터에 전화를 했나 봐. 직원이 잠깐 자리를 비운 사이에."

그게 어쨌다는 건지, 너는 궁금하지 않다. 궁금해하지 않기로 한다.

"아버지와는 살고 싶지 않아요."

네가 하고 싶은 말은 이것뿐이다.

너는 차라리 '살고 싶지 않아요'라고 말하고 싶다.

어쨌든 엄마도 죽어버린 마당에 아버지와 살 이유는 그 어디에도 없다고, 너는 생각한다. 너는, 다짐한다. 개새끼와는, 살인자와는 살 수 없는 것이다. 경찰은 엄마가 자살한 거라고 했지만, 너는 그 말을 믿지 않는다. 의심은 너의 유일한 힘이다. 그것만이 지금껏 너를 지켜주었다고, 너는 생각한다.

"아버지가 통곡을 하시더라. 집을 비우지 말았어야 했는데, 그게 너무 한이 된다고."

"차라리 고아원에 가겠어요."

너는, '차라리 죽어버리겠어요'라고 말하고 싶다.

"아버지는 고인이 된 엄마를 위해서라도 너에게 좋은 아버지가 되겠다고 하시는데."

"내 아버지가 아니에요."

'죽여버릴지도 몰라요', 너는 그렇게 말하고 싶다. 그럴 이유도 없어졌지만.

"아버지가 친권자 신청을 하셨단다."

친권자?

"너에 대한 모든 걸 관리한다는 의미야. 네가 미성년자라서."

관리?

"너의 양육, 교육, 재산 같은 것들."

"재산이요?"

"몰랐니? 엄마가 네 앞으로 보험 들어놓은 게 있다던데……"

차라리, 차라리……

아무리 되뇌어봐도 다른 말이 떠오르지 않는다. 너는 차라리 입을 다물기로 한다. 선생님은 아무것도 모른다. 아무것도 모른다는 것도 모른다. 독사 같은 말이 아무것도 모르는 선생님을 다치게 할 것만 같다. 그 말을 해줄 사람은 따로 있다.

너는 자리에서 일어나 깊이 허리 숙여 선생님에게 인사를 한다. 너는 선생님 얼굴을 보지 않은 채 그대로 몸을 돌려 문밖으로 사라진다.

리영광 씨가
오늘도 걷는 까닭은

1967년 추석, 보초 근무를 서고 있던 리영광 씨는 문득 걷기 시작했다. 달은 휘영청 밝아 그의 앞길을 밝혀주었다. 그는 앞으로 앞으로 걸었다. 그렇게 걸어가면 온 세상 사람들을 다 만날 수 있다고 생각할 만큼 순진했던 건 아니다. 불과 다섯 달 전에도 그렇게 걸어 강을 건넌 적이 있었다. 개마고원에서 자란 그는 늘 그 너머가 궁금했다. 궁금해하는 이유가 궁금했지만, 그 이유는 알지 못한 채 궁금증은 바람에 날아온 씨앗인 양 막무가내로 자라나 그 자신도 감당할 수 없는 한 그루 우주목이 되었는데, 그것이 세계 일주라는 나무였다. 그래서 고등학교를 졸업하자마자 학교 다니던 길에 늘 보던 압록강을 건넜다. 맨몸으로 건넜다. 강을 건넜을 뿐인데 전혀 다른 말을 쓰는 다른 나라라는 게 신기했고 마침내 세계 일주의 첫발을 떼었다고 감격스러워하던 순간 중국 공안에게 잡혀서 집으로 귀가 조치 당했다. 세계 일주의 꿈이 한낱 철없는 청소년의 가출처럼 취급당한 것에 몹시 자존심이 상한 그는 다른 방법을 궁리했다.

어머니는 장남이 허황된 꿈에 사로잡힌 것을 몹시 슬퍼하며 울었지만, 아버지는 그의 상한 자존심을 달래주며 머리를 맞대고 함께 궁리해주었다. 세계 일주의 꿈을 그토록 성급하게 실행하지 않을 수 없었던 이유는 학교를 졸업했기 때문이었다. 졸업을 하면 군대를 가거나 취업을 해야 했지만, 군대는 가기 싫었다. 군 복무를 하지 않으면 취업을 할 수 없으므로 군대를 가야 했지만, 군대는 가기 싫었다. 취업을 하지 못하면 식구들 배급이나 뺏어 먹는 실업자 신세가 되지만, 군대는 가기 싫었다. 누구도 군 입대가 의무라고 하지 않았지만, 군대를 가지 않으면 사람 구실을 할 수 없었다. 그래도 군대는 가기 싫었다. 군대를 가면 문제는 깨끗이 해결되지만, 군대는 가기 싫었다. 군대를 가면 총을 들어야 하고 총을 든다는 것은 누군가를 겨눈다는 것이고 누군가를 겨눈다는 것은 누군가를 죽인다는 것이다. 그것은 아버지가 가훈처럼 늘 하시던 말씀 '남에게 나쁘게 하지 마라'를 어기는 것이며, 그런 점에서 군대는 '남에게 나쁘게 하는' 정도가 아니라 '남의 목숨 빼앗는 것'을 가르치는 곳이므로 가기 싫었다.

아버지는 '나쁘지 않은' 사람이어서, 군대를 가지 않겠다는 것이 사람 구실을 포기하겠다는 것과 동의어인 북한에서 아들을 윽박지르거나 큰소리 한번 치지 않고 함께 궁리해주었다. '나쁘지 않은' 사람이 되기 위해 사람 구실을 포기하는 게 과연 '나쁘지 않은' 방법인지에 대해서는 의심하지 않았지만, 아무리 궁리를 짜내도 군대를 가지 않을 방법을 찾을 수 없는 상황에서 궁리는 미궁으로 빠질 수밖에 없었다.

작은아버지가 약혼녀 가족을 따라 월남한 덕에 안 그래도 찍힌 상태에서 장남이 군대를 가지 않는다면 영영 회복할 길 없이 나쁜 가족으로 몰릴 거라는 것만이 명백한 진실이었다.

궁리에 궁리를 거듭한 결과는 군대에 입대하는 것이었다. 막상 입대 영장이 나오자 어머니는 "네 삼촌이 월남했는데 영장이 나왔으니 우리 성분도 그리 나쁘지 않다는 증거라 속이 시원하고, 장남이 떠난다니 섭섭타"라고 몹시 복잡 미묘하게 말했다.

리영광 씨가 혜산역에서 기차를 타고 떠날 때 어머니는 방랑벽이 든 장남이 이대로 영영 돌아오지 않을 것 같아서 울었고, 아버지는 모양새 '나쁘지 않게' 기차 바퀴만 바라보고 있었다. 그는 어차피 세계 일주를 하려면 집을 떠나야 하니까, 이렇게 철없는 생각으로 무덤덤했는데, 그렇다고 부모님과 영 이별하고자 했던 건 아니었다.

"그게 부모님하고 영영 이별하는 순간이라는 걸 나는 몰랐시요."

　열두 번의 보름달 중에서도 추석 달은 어쩐지 가족을 그리워하며 눈물지어야 할 것 같아서 그는 품 안에서 가족사진을 꺼내서 들여다보았다. 그러자 까맣게 잊고 있던 할머니의 유언이 떠올랐다. 그를 가장 사랑했던 할머니가 남쪽에 있는 삼촌을 꼭 찾아보라고 했던 것이다. 세상은 오묘하기도 해서, 하필 그가 배치받은 곳은 소양강 상류의 군사분계선 지역으로 국군과 대치하고 있는 최전방이었다. 김일성을 욕해대는 대북방송이 매일 들려오고 박정희를 욕하는 대남방송으로 맞불을 놓아 결국 아무것도 들리지 않는 곳이었다. 유일하게 잘하고 좋아하는 것이 걷기이므로 살살 몸을 풀다가 이제 좀 걸어볼까 하면 곧바로 남쪽에 닿을 듯했다. 그래서 걸었다. 달빛이 훤하니 걷기에 더없이 좋았으나 표적이 되기에도 더없이 좋았다. 앞으로 걸어가는데, 뒤에서 총알이 날아오기 시작했다. 동료들이 쏘는 것이었다. 총알은 그의 앞과 양옆으로 쏟아졌다. 날래 돌아오라는 의미였다. 총알을 피해 갈지자로 뛰었다. 어느 순간 발 옆으로 총알이 날아오면서 흙이 튀어올랐다. 머리를 감싸며 넘어졌다. 그 바람에 모자가 날아갔는데 모자 속에 넣어둔 유일한 가족사진까지 사라져버렸다. 그는 눈에 힘을 주고 주위를 살폈다. 순간 가느다란 줄이 달빛에 반짝 빛났다. 지뢰였다. 그대로 한 발만 내디뎠으면 지뢰가 터졌을 것이다. 잃어버린 가족사진이 그의 목숨을 구해주었다.

"정말 운이 좋았네요."

"나는 그냥 운이 좋은 사람이 아니라요. 억세게 운이 좋은 사내라요."

"하하하. 인정합니다."

리영광 씨는 휴전선이 그어진 후 아흔여덟번째 귀순자가 되었다. 한반도가 분단된 후 남쪽으로 귀순해 온 군인들은 더 이상 좋을 수 없는 훌륭한 선전도구였다. 그래서 귀순자들의 기자회견은 대형 플래카드 아래 대대적으로 치러졌는데, 미그기를 몰고 귀순한 리웅평 장교가 그 최고의 정점을 찍었으며 민간인으로는 배를 타고 넘어온 김만철 씨 가족이 세계적인 화제를 불러일으켰다. 이즈음 들어서는 휴전상태가 장기화되다 보니 매너리즘에 빠진 건지 와봤자 겁날 것 없다는 배짱인지 허술한 감시체계 때문에, 똑똑, '저 귀순했는디 말입네다'라거나 밤에 귀순하는 건 피차간에 피로할 터이니 초소 근처에서 하룻밤 자고 나서 '저, 왔습니다래' 하는 대기 귀순까지, 국방부 체면만 잔뜩 구기고 그럴듯한 귀순 기자회견 따위도 더 이상 없다. 그러나 이념적으로 잔뜩 핏대를 세우며 대치하고 있던 당시만 해도 귀순은 넝쿨째 굴러온 호박일 뿐만 아니라 동네방네, 그러니까 북한에 자랑하고 약 올리고 싶어 안달복달할 소재였다. 귀순 동기를 묻는 기자들 질문에, '자유의 품'이 그리웠다거나 '배부르게 먹고 싶었다'는 대답이 기본은 하지만 진부하다면, '따뜻한 남쪽 나라를 찾아왔습네다'라고 했던 김만철 씨의 대답은 은유와 복합적 함의를 띤 창의성 면에서 만점이었다.

그런데 리영광 씨의 대답은 나쁜 답의 예시라고 할 수는 없지만, 그럴듯한 광고성 카피를 기대했던 당국으로서는 애매하기 짝이 없었다. 칙사 대접을 받은 손님이 웃는 얼굴로 똥침을 놓은 것처럼 뒤끝이 몹시도 찜찜한 대답이었다.

"리영광 씨, 대한민국으로 귀순한 이유가 뭡니까?"

"세계 일주를 하려고요."

세계 일주를 하려고 휴전선을 넘었다는 건, 북한에는 세계 일주의 자유가 없다는 말로 해석되겠지만, 세계 일주라는 건 어차피 한 나라에 머무는 것이 아니니 북한에서 첫발을 떼어 남한을 밟고 지나간다는 의미로 해석할 수도 있는 것 아닌가. 더욱 애매한 건 그 당시에는 남한에도 세계 일주의 자유 따위는 없었다는 거였다.

"작은아버지를 찾으러 왔다, 이건 어째 멋없더란 말입네다."

*

리영광 씨를 처음 만난 건 십여 년쯤 전이었다. 화엄사 아래 둥지를 틀고 차를 덖으며 차를 팔기도 하는 다원을 연 지 얼마 안 되었을 때였다. 결혼을 했지만 나는 관절 어딘가가 어긋난 사람처럼 생활이나 삶에서 덜그럭거리고 있었는데, 아내까지 이유도 없이 자꾸만 몸이 아파서 아내의 고향 구례로 와서 장모님 식당 일을 도우며 찻집을 연 것이다. 아내는 어머니 옆으로 오자 얼굴에 핏기가 돌기 시작했는데, 아내가 아픈 게 다 내 탓이란 걸 알고 있었으므로 그저 고마운 마음이었다. 나는 차를 덖는 일에 열중했다. 햇차가 나오는 봄철이면 차를 덖으며 밤을 새우는 날이 많았다. 아주머니들이 따온 찻잎을 오후에 수매하는데 그걸 잠재우면 차 맛이 떨어지기 때문이었다. 한 달 가까이 이어지는 작업은 나의 잿빛 영혼이 푸르게 물드는 시간이었다. 삼백 도가 넘는 솥에 찻잎을 넣고 비비면 처음에는 풀 비린내가 훅 끼치고 빳빳하게 버티던 잎이 조금씩 숨이 죽으면서 한데 어우러지면, 바글바글 물 끓는 소리가 나기 시작한다. 깨 볶는 소리 같기도 하고 때로는 양철지붕에 떨어지는 빗방울 소리 같기도 하다. 한바탕 물방울 연주가 끝나면 훈김 속에서 풀 비린내는 사라지고 온갖 향기가 올라온다. 처음에는 마치 여러 가지 꽃들이 서로 향기를 다투듯 진하고 강하다가 점점 순하게 어우러진다.

작업이 끝나면 온 세상이 적막했다. 세상에 나 혼자 깨어 있는 것 같았다. 밤은 깊었으나 새벽은 아직 오지 않은 시간, 녹차 향을 흠뻑 쏘인 덕분에 머리가 더없이 명징했다. 그대로 자는 게 너무 아까웠다. 그래서 걸었다. 화엄사를 향해 천천히 걸어 올라가노라면 계곡을 따라 반딧불이들이 날고 하늘에는 은하수가 흘렀다. 일주문을 들어설 즈음이면 숲의 요정들이 눈을 뜨듯 요사채에 불이 하나둘 들어왔다. 둥둥, 밤하늘에 법고가 울리고 목어와 운판 소리가 뒤를 이었다. 법의를 차려입은 수행승들이 열을 지어 법당으로 향했다. 나도 그들을 따라 법당 구석에 자리를 잡았다. 법당을 가득 메운 수행승들이 경전을 암송하는 소리를 나는 귀가 아닌 온몸으로 들었다.

좋은 차는 처음과 끝이 같다. 뜨거운 솥에서 수천수만 번의 손길에 비벼지면서도 잎이 깨지지 않아, 차를 마신 후 다관에 남은 찻잎이 막 딴 잎처럼 모양을 그대로 유지한다. 차를 우렸을 때 색은 연녹색을 띠고 향기는 맑고 깨끗하며 맛은 밥처럼 구수하면서도 밤 맛, 사과 맛 등 수백 가지 맛이 입안을 감돌다가 이 모든 경계가 무너지고 어우러지며 깊이 스며든다. 몇 년이 흐른 후 내가 덖은 차가 여러 품평대회에서 금상과 대상을 차지하는 수준에 이르렀는데, 나의 차 맛이 조금이라도 깊어졌다면 그것은 그 밤의 반딧불이와 은하수와 법고 소리, 바다의 중생을 구제하는 목어 소리와 하늘을 나는 중생을 구제하는 운판 소리, 그리고 수행승들의 독경이 나의 피부로 스며들어 온몸을 돌아 다시 내 손끝에서 차와 어우러진 덕이라고, 나는 생각했다.

그러나 초기의 찻집은 손님이 많지 않았다. 하루가 다 가도록 한 사람도 오지 않는 날도 적지 않았다. 그런 날이면 아내는 읍내에 불이 하나둘 켜지고 어두워가는 하늘에 번지는 노을을 바라보며 하염없이 앉아 있곤 했다. 그날도 나는 그런 아내의 뒷모습을 발견하고 가만히 서 있었다. 그때 리영광 씨가 찻집 문을 열고 들어왔다. 나달나달 해진 옷차림에 수염은 가슴께까지 늘어지고 상투를 틀어 올린 머리는 부스스해서 봉두난발에 가까웠는데, 지리산 자락에 흔한 게 산신령 같은 차림새였으므로 놀랄 일은 아니었지만, 하필 어둠을 등지고 서서는 잔뜩 쉰 목소리로 "차 한잔 마시고 싶습네다"라고 말하는 그 억양 탓에 어딘지 괴이쩍은 분위기를 풍겼다.

다기 세트가 놓인 괴목 다탁으로 그를 안내하자 아내는 전기포트에 물을 채워 왔다. 다탁 아래 대바구니에는 여러 종류의 차 봉지가 있었는데, 내 손은 저절로 그해 봄에 덖은 가장 좋은 우전을 선택했다. 팔팔 끓인 물로 다관을 덥히고 그 물로 숙우와 찻잔까지 덥힌 다음 우전을 다관에 넣고 숙우에 식힌 물로 차를 우려내서 잔에 따르는 모습을, 그는 말없이 지켜보았다. 잔 받침에 찻잔을 놓아 앞으로 밀어주자, 그는 나와 아내를 바라보았다. 나와 아내가 잔을 들고 차를 한 모금 마시는 걸 바라본 후 그도 잔을 들어 마셨다. 잔이 비어 다시 차를 따르니 이번에는 우리를 쳐다보지 않고 잔을 들어 마셨다. 잔을 채우면 마시고 또 채우면 마셨다. 연녹색 찻물이 그의 혈관을 따라 흐르는 게 보이는 것 같았다. 굳어 있던 표정이 조금씩 풀리고 화색이 돌았다. 그가 입을 열었다.

"이제 살 것 같습네다."

북한 억양이 또렷했다. 옆에 앉은 아내가 몸을 움찔하는 게 느껴졌다. 나는 빙그레 웃으며 다관의 차를 퇴수기에 버리고 황차를 넣었다.

"어디서 오셨습니까?"

"정선에서 왔습네다. 거기서부터 걸어왔는데, 가만있자, 며칠이 걸렸나?"

나는 다관에 더운물을 부으려다 말고 물었다.

"식사는 하셨습니까?"

"오늘은 건빵밖에 못 먹었습네다. 건빵만 먹으면서 지리산을 넘어왔더니 얼마나 목이 막히던지, 갈증이 나서 똑 죽을 것 같은데, 찻집이 보이잖습네까. '여기 찻집이 있는 까닭은' 고거이 나한테 말을 거는 것 같습데다. 하하하."

아내가 나를 바라보았다. 내가 고개를 끄덕이자 아내가 일어나 주방으로 들어갔다. 그가 식사를 마친 후에도 우리는 다시 차를 마시며 밤이 깊도록 이야기를 나누었다. 그는 몇 달후에 또 왔는데 돈을 갚으러 왔다고 했다. 난생처음 본 사람에게 밥과 차에 잠자리까지, 다음 날에는 아침밥을 먹여서 터미널에 태워주고 버스표까지 끊어준 게 얼마나 고마운지 하루라도 빨리 오고 싶어서 안달이 났었다고 했다. 이후로도 그는 일 이 년에 한 번 혹은 두 번쯤 찾아왔다. 때로는 누군가의 차를 얻어 타고서 때로는 버스를 타고 올 때도 있었는데, 걸

어올 때 가장 기분이 좋다고 했다. '여기에 찻집이 있는 까닭'
을 생각하면서 걷노라면 자신이 걷는 까닭을 생각하게 된다
고 했다.

"까닭이 뭐던가요?"

아내가 묻자 그는 골똘하게 생각하는 표정으로 수염을 만
지작거리며 대답했다.

"까닭…… 까닭이라…… 까닭이라는 게 참 까닭 없어서
리, 그 까닭을 생각하느라고 걷는 게 아닌지……"

그가 씨익 웃자 아내가 풋, 웃음을 터뜨리더니 깔깔거리며
웃었다. 아내는 원래 큰 소리로 잘 웃는 여자였다. 사람 좋아
하고 사람들 이야기에 귀 기울이며 온몸으로 반응하는 여자
였다. 리영광 씨가 처음 차를 마실 때 굳어 있던 표정이 풀리
고 말문이 터졌듯이, 나는 아내가 조금씩 자신의 모습을 회복
해가는 걸 느끼고 있었다. 아내는 리영광 씨가 들려주는 이야
기를 산신령 이야기보다 더 신기하고 흥미로워했다. 한반도
의 지붕이라고 배웠던 개마고원의 사계에 대해, 식물과 동물
에 대해, 압록강에서 잡히는 고기에 대해, 그의 가족들과 이
웃과 학교와 친구들과 삶에 대해 귀를 쫑긋 세웠다. 아내와
내가 국민학교에 다닐 때만 해도 북한 사람들은 얼굴이 새빨
갛고 머리에 뿔이 달린 괴물이라고 배웠던 것이다.

*

　"안녕하십네까. 반갑습네다. 평양의 별무리 식당에 가신 분들은 아시겠지만 위대하신 우리 장군님의 은혜로 이제 우리 나라에서도 피자를 먹을 수 있게 되지 않았습네까? 하지만 예약을 해야 됩네다. 피자를 먹는 게 보통 어려운 게 아닙네다." 북한 여성은 '하늘의 별 따기'인 이태리 레스토랑에 가는 대신 집에서 피자 만들어 먹는 법을 소개한다. 여성의 말투나 배경, 소품에서 메이드 인 북한 냄새가 물씬 풍긴다. "피자는 얇은 밀가루 지짐 위에 각종 남새, 토마토, 치즈를 올려 화덕에서 구운 이탈리아 빈대떡입니다." 여성은 필요한 재료들을 하나씩 보여주며 설명하다가 피망과 치즈를 구하기 어려울 경우 대체할 수 있는 팁도 알려준다. "피망이 없으면 요 고추로 대신해도 됩네다. 치즈는 염소고기 식당에서 구할 수 있지만 없으면 요 두부를 대신 사용하셔도 일없습네다." 여성은 프라이팬으로 피자 만드는 과정을 보여주고 나서 주의를 당부한다. "요거는 지짐판처럼 뒤집으면 안 됩네다. 뒤집으면 큰일납네다." 이제 완성된 피자를 식탁에 옮긴 후 남자 친구를 불러서 함께 시식을 한다. 기대에 부풀어서 한입 베어 문 여자는 풋, 웃음을 터뜨린다. 남자는 떨떠름한 표정을 지으며 "맛이 원래 이렇습네까?" 하더니 벌떡 일어나 고추장을 가져와서 바른다. 여성은 "야, 그만두라, 촌스럽다"

이러면서 자기도 고추장을 발라 먹는다. 카메라는 점점 멀어지면서 피자를 먹고 있는 두 사람을 부감 숏으로 보여준다. 꽃무늬 식탁보 위에 하얀 접시가 놓여 있고 거기에 별 모양의 피자가 올려져 있다.

이 작품의 제목은 '별 삐쟈'다. '별 삐쟈'는 영국왕립예술학교에 다니던 디자이너 김황이 제작한 졸업작품이다. 평양에 피자 레스토랑이 문을 열었다는 뉴스가 런던에서 화젯거리가 되었는데, 당 간부만 들어갈 수 있다는 말에 영감을 받은 김황은 '모두를 위한 피자' 프로젝트를 착안했다. 황학동과 미아리에서 탈북자들의 조언에 따라 구입한 소품으로 촬영장 세트를 꾸미고 동영상을 제작했다. 김황은 DVD 오백 장을 들고 중국 단둥으로 가서 암시장을 통해 북한으로 들여보냈다. 경로는 한류드라마의 배포 루트와 같았다. 그리고 얼마 후, 반응이 오기 시작했다. 피자를 만들어 먹고 아코디언으로 북한 가요를 들려주는 동영상 메일이 오는가 하면, DVD를 들고 있거나 직접 구운 피자 사진, '잘 먹었습네다' 같은 메모가 날아왔다. 요리 강습을 한 여배우에게 보내는 편지도 있었다.

'별 삐쟈' DVD를 들고 온 건 천은사 아래 시골집 하나를 얻어 작업실로 쓰고 있는 소설가 형이었다.

"형은, 이걸 어디서 구했다요? 형도 밀수꾼한테 구했소?"

"김황이 내가 아는 시인 아들 녀석이야. 재기발랄하지?"

"우리하고는 많이 다르네요."

"나는 이 젊은 감각에 홀딱 반했어."

"가벼운데 가볍지 않네요."

"이거 국가보안법 위반 아니야? 우리 세대는 이런 걱정부터 할 텐데."

"그런 금기를 예술로 가볍게 뛰어넘은 거네요."

"통일은 이런 세대가 이루어낼 거야. 이념? 그게 뭔 귀신 씨나락 까먹는 소리다요? 이러면서."

"어이, 동무, 우리 삐쟈나 한판 합세다, 이러면서 말이죠."

"이거 리영광 선생님 보여주면 좋아하시겠다."

아내는 자기가 아는 유일한 북한 사람을 떠올리며 설레는 표정을 지었다.

"리영광 선생이 누군데?"

"리영광 씨, 모르세요?"

*

리영광 씨를 생각하면 그가 걷고 있는 이미지가 따라오는데, 여러 이야기를 들었음에도 늘 떠오르는 배경은 비무장지대였다. 가족사진을 잃은 대신 목숨을 구한 그는 총알 세례를 피하기 위해 물안개 자욱한 강 상류 지역으로 기어가서 강을 건넜다. 다시 계곡을 따라 남쪽으로 걸어가자 철조망이 나타났다. 건드리면 지뢰가 터질 것 같아 물속으로 들어가 우회했다. 또다시 걷는데 졸음이 쏟아졌다. 갈대숲으로 들어가 눈을 붙이고 깨어났을 때는 먼동이 트고 있었다. 새로운 인생이 시작되고 있다는 강렬한 느낌이 온몸을 에워쌌는데, 그건 그거고 한기가 들어 죽을 것만 같아서 다시 걸었다. 미친 듯이 팔을 흔들며 걷는데 또다시 야릇한 기운에 휩싸였다. 투명하게 내리쬐는 가을볕은 마치 누군가의 커다란 손바닥처럼 따스하게 그를 어루만지는 듯했고 부드럽게 살랑거리는 바람결에서는 온갖 미묘한 향기가 실려와 정신을 혼미하게 했다. 이 부분에서 그는 "허기가 져서 그런지도 모르겠습네다만……"이라고 토를 달았다. 그는 걸음을 멈추고 푸른 하늘을 올려다보았는데 시작과 끝을 알 수 없이 적막한 가운데 깃털처럼 가볍게 붕 떠오르는 기분이었다. 그곳이 비무장지대였다.

그리고 다음 날 남쪽 철조망을 지나자 이내 총을 든 다섯 명의 군인과 맞닥뜨렸다. 평화라는 건 황홀하지만 황홀한 순간은 길면 제맛이 아니지 않더냐며, 리영광 씨는 흐흐 웃었다. 그가 비무장 상태라는 걸 확인한 군인들은 그를 막사 내무반으로 데려갔다. 그에게 새 옷을 주고 떡도 주었다. 평안도가 고향인 연대장은 특식이라며 닭도 삶아주었다. 리영광 씨는, 추석이지만 남쪽 사람들은 보리밥도 못 먹고 있을 거라는 소대장의 말을 떠올리며 떡과 닭을 먹은 후 사단으로 가서 헬기를 타고 서울로 갔다. 훗날 들은 바에 의하면, 사단장이 땅을 치며 한탄했다고 한다.

"나를 사살했으면 간첩 잡았다고 특진했을 건데, 사병들이 눈치도 없이 생포하는 바람에 특진을 놓쳤다는 겝니다."

리영광 씨가 귀순하고 오 년 후, 7·4 남북공동성명이 발표되었다. 그러자 몹시 낯설고 어색한 평화 무드가 조성되면서 간첩도 넘어오지 않게 되자 이러다가 밥줄 끊어지는 게 아닌가 슬그머니 걱정이 된 중앙정보부는 없으면 만들어서라도 한다는 투철한 직업의식으로 창의성을 발휘했다. 만들어진 간첩은 진짜 간첩보다 더 살벌한 형벌에 처해졌고, 만든 이들은 특진뿐 아니라 막대한 포상금까지 받았다. 그러나 리영광 씨가 넘어오던 때만 해도 떡도 주고 닭도 삶아주며 선전도구로 이용하는 게 더 수지타산이 맞던 때였으니, 리영광 씨는 억세게 운 좋은 사내임에 틀림없었다.

자유대한의 품에 안긴 그는 군대를 가지 않아도 되었고 한국전력에 취직도 할 수 있었지만 대신 그의 일거수일투족이 감시통제 아래 놓였다. 받는 게 있으면 주는 것도 있어야 하는 법, 선전도구의 역할도 주어졌다. 그러나 천성적으로 자유주의자인 그를 중앙정보부조차도 길들이지 못했다. 박정희나 김일성이나 똑같다는 식의 발언을 강연에서 하는 바람에 화들짝 놀란 중앙정보부는 그를 두 번 다시 부르지 않았다. 막걸리 반공법이 시퍼렇게 살아 있던 시절에 그가 잡혀가지 않은 걸 보면 제 발로 자유대한을 찾아온 그에게 올가미를 거는 건 아무래도 멋쩍었나 보다. 몇 년 후에는 술에 취한 채 자기 발로 용산경찰서 정보과로 걸어 들어가서는, 북한으로 돌려보내달라고 떼를 썼는데도 경찰들은 기가 막힌다며 웃기만 했단다. 하여간 운 좋은 사내다.

귀순자 주제에 하고 싶은 말 다 하고 사는 그는 동료들 사이에서 은근히 따돌림을 당하다가 외톨이가 되었다. 숨통이 막혀서 바람이라도 쐬러 가려고 하면, 어떻게 알았는지 담당 형사가 나타나 길을 막으며 같이 가자고 했다. 개마고원을 거칠 것 없이 쏘다니던 그가 자유대한의 품에서 자유를 잃어버린 것이다. 북한으로 돌아가겠다고 한 건 이런 이유들 때문만은 아니었다. 한국전력 주식의 대부분이 미국인 소유인데다 고문이 미국인이란 걸 알고 자존심이 상한 때문이었다. 하여간 대단한 자존심이다.

그가 내려오던 때만 해도 북한은 사는 형편이 크게 나쁘지 않았고 김씨 일가의 세습체제가 굳어지기 전이어서 사회주의에 대한 순정이 남아 있었던 탓에, 미제에 대한 반감이 크고 그만큼 경제관념도 없었는지 모른다. 다른 귀순자들이 남한 사회는 돈이 제일이라는 걸 재빨리 깨닫고 돈을 모으는 데 열심이며, 실제로 돈만 있으면 살기 좋은 곳이 남한이라는 걸 그도 모르지 않았다. 다만 그는 돈을 위해 살고 돈으로 세상을 살아갈 생각을 한 번도 해보지 않았을 뿐이었다. 그것은 지금도 달라지지 않았다. 자본주의 사회에서 산 세월이 북한에서 산 세월의 두 배를 훌쩍 넘기고 있는 시점에도 말이다.

하여간 대단한 옹고집이다.

복잡한 서울살이와 조직 생활에 염증이 난 그는 회사를 때려치웠다. 지금은 꿈의 직장이 된 한국전력을. 그리고 걷기 시작했다. 오랫동안 걷지 못한 그의 다리 근육은 퇴화한 듯했지만 이내 예전의 감각을 회복해서 모든 세포들이 기뻐서 아우성을 치듯이 탱탱해졌다. 어릴 때 살던 성진 바닷가가 그리워서 동해를 향해 걸었다. 병곡이란 곳에 도착해서 산골짜기에 들어가 하룻밤을 자고 나오니 누군가 경찰에 신고를 했다. 왜? 그때는 전봇대마다 표어가 넘쳐나던 시절이란 걸 상기하자. '자수하여 광명 찾자', '간첩 신고 너나없고, 간첩 자수 너나없다', '사랑하는 애인도 알고보니 간첩', '저기 가는 저 등산객, 간첩인가 다시 보자!', '의심나면 다시 보고, 수상하면 신고하자'. 수상한 사람 감별법도 친절하게 가르쳐주었다. '물건값을 잘 모르는 사람', '자주 얼굴 모습을 변장하는 사람', '남의 말을 엿듣는 사람', 그리고 '아침에 산에서 내려오는 사람'. 이것이었다. 아침에 산에서 내려오는 사람. 그는 딱 걸렸고 속절없이 영덕경찰서로 끌려갔고 서울에서 형사들이 급파되었는데, 작은아버지가 달려와서 신원보증을 해줘서 풀려났다. 일단 신고부터 하고 보는 거다. 아니면 말고.

그 후에도 여행만 가면 그런 일을 당했다. 번개 잦으면 비가 오게 마련이라더니, 한번은 제대로 걸렸는데, 1980년대 전두환 정권 시절이었다. 홍도가 아름답다는 소문을 들은 그는 우선 목포로 갔다. 오리발을 가지고 갔다. 왜? 헤엄치고 놀려고. 그렇다고 촌스럽게 오리발을? 오리발 빌려주는 데는 없으니까. 그는 오리발을 소중하게 들고 목포항으로 갔는데, 때마침 단체 효도관광이라도 왔는지 노인들이 바글바글했다. 사람 많은 걸 가장 질색하는 그는 곧바로 홍도행을 포기하고, 이리저리 떠돌다가 경기도 포천의 산정호수까지 갔다. 그런데 여관 주인이 그를 경찰에 신고했다. 왜? 오리발 때문에. 도대체 어떻게 들고 다녔길래? 설마 오리발을 펄럭거리며 신고 다녔단 말인가? 그런데 오리발이 어쨌다는 걸까? 하여간 투철한 신고 정신이다.

이번에는 진짜 간첩으로 몰릴 것 같았다. 오리발을 신고 북한으로 가려고 했다는 거였다. 사흘 동안 달달 볶으며 간첩으로 모는데, 꼼짝없이 담담 형사의 승진 제물로 바쳐질 운명이었다. 그런데 그에게는 아직도 운이 남아 있었다. 오리발은 함께 물놀이를 가자고 했던 친구가 사준 것인데 그 친구가 나타나 증언을 해주자 풀려난 것이다. 친구의 증언이 그토록 신빙성이 있었냐고 따지기 전에, 당시의 시대적 배경을 알게 되면 이 사내가 억세게 운 좋은 사내라는 것에 토를 달지 못할 것이다.

전두환 시절로 접어들면서부터는 간첩이 더욱 품귀 현상을 빚기 시작해서 그때부터는 조직의 사활을 걸고 창작에 몰두하는데 가장 만만한 표적이 재일동포들이었다. 조국을 느끼고 배우고 조국에 보탬이 되고 싶다며 한국으로 유학을 오는 재일동포 2세들은 한국말이 서툰데다 가족들이 일본에 있어 도움을 받기 어렵다는 게 치명적인 장점이었다. 학생운동과 교묘히 엮으면 대규모 간첩단 사건으로 확대해서 굴비처럼 줄줄이 엮을 수 있다는 점은 거부할 수 없는 매력이었다. 이런 호시절에 고작 오리발이라니, 쪼잔하기 이를 데 없는데다 리영광이란 자가 하도 제멋대로 살아온 터라 과대한 창의성이 요구되어 투자 대비 수익 구조가 빈약했던 것이다.

*

우리 과에도 일본에서 유학 온 친구가 있었다. 종수는 재일교포 2세였다. 녀석의 모든 것이 신기했다. 외국은 정부 고위층이나 재벌 같은 특권층이 오직 국익을 위해 애국적인 차원에서 가는 것이어서 서민들은 차마 꿈도 꾸지 못하던 시절, 가깝지만 절대로 갈 수 없는 경제대국 일본에서 온 녀석이 갖고 있는 볼펜 하나도 놀라웠다. 일제 볼펜은 어찌하여 똥도 없이 이리도 부드럽게 잘 나간단 말이냐. 모나미 볼펜은 한 문장을 쓰고 마침표를 찍을 때쯤이면 흥건하게 똥을 싸고 있었다. 볼펜뿐만 아니라 모든 면에서 한국과 일본은 모나미와 미츠비시의 차이만큼 결코 좁힐 수 없는 거리가 있는 것 같았다. 녀석의 어눌한 일본식 억양조차 이국적인 감상을 불러일으켰다. 나는 국문과 학생이면서도 퇴폐적인 일본 사소설에 더 심취해 있었다. 다자이 오사무의 냉소와 자의식, 허무주의가 서민적인 이태준보다 문학적으로 훨씬 세련되고 수준이 높다고 생각했다. 일본어도 수강했지만, 공부에 별 관심이 없는데다 데모 일수가 수업일수보다 더 많아서 시험 때가 되면 앞이 캄캄했는데, 녀석이 대리 시험을 쳐서 A학점을 받을 수 있었다.

한국말이 어눌한 종수를 위해 내가 대리 시험을 쳐준 적은 없었다. 일본에 돌아가면 한국어 선생이 되어서 교포들을 가르치겠다는 것이 녀석의 목표였으니까. 내가 녀석의 모든 것을 신기해할 때 녀석은 한국의 모든 것에 감동했다. 공부하고 밥 먹고 술 마시고 노래하고 어울려 다니는 것만으로도 흥분 상태였다. 남의 나라에서 눈칫밥을 먹다가 같은 민족끼리 지내니 그저 좋았겠지만, 그래도 나는 녀석을 이해할 수 없었다. 바리캉을 들고 머리를 밀어대는 미친개 같은 학생주임을 간신히 벗어났으나 군대 조직이나 다름없는 교련은 대학에 가서도 계속되었고, 독재자가 부하의 총에 맞아 죽고 총칼로 자국민을 도륙한 군인이 스스로 대통령이 되어 학교는 매일 데모였다. 이런 나라가 뭐가 좋아서 돈을 들여서 유학을 오는지, 나는 할 수만 있다면 녀석과 처지를 바꾸고 싶었다.

그런 한편, 우리는 대학가요제에 꽂혀 있었다. 고등학생 때부터 밴드 활동을 했다는 녀석의 기타 솜씨는 프로를 능가했는데, 그보다는 녀석이 전기기타를 한 개도 아니고 세 개나 가지고 있다는 데 우리는 완전히 기가 죽어버렸다. 우리는 수업만 마치면 학교 앞에 있는 녀석의 자취방으로 직행했다. 일제 럭키스트라이크를 물고 기타를 치면서, 이런 게 선진국의 향기라고 생각했다. 그러다가 대학가요제에 나가보자는 말이 나왔다. 드럼에 빠져서 막대기만 보면 리듬을 타던, 고씨 성덕분에 고드름이란 별명으로 유명했던 나의 고등학교 동창이 합류했고, 녀석이 신시사이저를 하는 친구를 데려왔다. 곡은 종수가 만들고 나는 가사를 쓰고 보컬을 맡았다. 우리 대학은 그동안 대학가요제에 한 번도 참가한 적이 없었기 때문에 연습실에는 우리를 응원하는 여학생들이 진을 쳤고 그중에서도 종수의 인기가 최고였다. 한때는 데이트 상대가 매일 바뀐 적도 있었다.

그러던 어느 날, 종수에게서 전화가 왔다.

"야, 가든호텔로 여섯시까지 나올래?"

"오늘?"

"응."

"알았어."

마포에 있는 가든호텔은 가끔 호사를 부릴 때 가던 곳이었다. 주로 녀석의 집에서 용돈이 올 때였다. 엔화의 위력은 대단해서 우리는 한껏 퇴폐적인 포즈로 양주잔을 기울이며 경제대국의 향기를 음미했다. 그런데 버스를 타고 가면서 생각

하니 어딘지 좀 이상했다. 그곳은 우리가 흥에 겨워서 우르
르 몰려가던 곳이지, 약속 장소로 이용한 적은 없었다. 그보
다 더 마음에 걸린 건, 녀석의 각 잡힌 목소리였다. 장난기로
가득한 개구쟁이가 갑자기 어른이라도 된 것처럼 착 가라앉
아 있었다. 그런데 마지막에 덧붙인 말은 너무 빠르고 불분명
해서 얼른 알아듣지도 못했다. "뭐라고?" 하고 되묻는 순간,
무슨 말인지 이해했고, 나는 "아니야, 나갈게" 하고 대답했는
데, 전화는 이미 끊어진 후였다.

　기껏 전화를 해서 나오라고 해놓고는, "나오기 싫으면 안
나와도 돼"라니. 그러고는 전화를 끊어버리다니. 마치 영화
속에서 스파이가 군중 사이로 스쳐 지나가면서 자기편에게
재빠르게 흘리는 암호 같지 않은가. 워낙 장난기 많은 녀석이
라 뭔가 수작을 꾸미는 걸지 모른다는 게 내가 생각할 수 있
는 한계치였다.

　호텔 문을 열고 라운지 쪽으로 걸어가니 구석에 녀석이 앉
아 있는 게 보였다. 마치 야단맞는 학생처럼 두 무릎을 붙이고
허리를 꼿꼿이 세우고 앉아 있는 게, 장난을 치는 게 분명했
다. 호텔같이 고급스러운 데라도 갈라치면 녀석은 재벌 2세라
도 되는 듯이 허세를 부리며 소파에서 곧 미끄러질 듯한 자세
로 반쯤 눕거나 다리를 잔뜩 꼬며 뻬딱하게 앉곤 했던 것이다.

　"이 새끼가" 하면서 녀석의 뒤통수를 치려고 오른팔을 들
었는데, 그 말이 채 끝나기도 전에 건장한 사내 둘이 나타나

내 양팔을 붙잡았다. 그리고 그대로 끌려가 승용차에 구겨 넣어졌으며 눈이 가려졌다. 내가 뒤로 질질 끌려갈 때 겁에 질린 채 안타까워하던 녀석의 눈빛만 눈앞에 또렷했다.

종수는 간첩죄로 십 년형을 선고받았다. 간첩이라니, 소가 웃을 일이다. 녀석이 간첩이 아니라는 건 매일 붙어 다닌 내가 누구보다 가장 잘 알고 있지만, 이미 짜 맞춰진 시나리오는 나 따위가 어찌해볼 수 있는 게 아니었다. 그날 가든호텔로 불려 나가서 차례대로 끌려간 나와 친구들은 녀석의 행적을 가장 잘 아는 결정적 증인들이었으므로, 대사의 토씨 하나만 틀려도 몽둥이가 날아왔다.

먼 훗날 어느 주간지에 실린 녀석의 인터뷰 기사를 보고 알게 된 것이지만, 녀석은 사십 일 가까이 온갖 고문을 당했다고 했다. 몽둥이찜질에 물고문은 기본이고 성기를 전깃줄로 감는 전기고문까지. 감기만 걸려도 엄살을 부리며 병원에 가서 주사를 맞는 녀석이 그런 고문을 사십 일이나 버텼다는 건, 녀석이 얼마나 필사적이었는가를 말해주는 것이었다. 감옥에서는 성폭행까지 당했고, 이삼십 년 넘게 감옥에 갇혀 있는 장기수들도 만났다고 했다. 대학에서보다 감옥에서 한국에 대해 더 많은 걸 배웠다고, 종수는 말하고 있었다.

나와 친구들은 녀석을 간첩으로 만드는 데 혁혁하게 기여했다. 일본에서 정기적으로 꽤 많은 자금이 송금되었으며 그 돈으로 학생들은 엄두도 내지 못할 호텔 바를 드나들고 값비싼 기타로 순진한 학생들의 환심을 샀으며 대학가요제에 참가하려던 건 다른 대학으로 활동 범위를 넓히려는 속셈이었던 것 같다고, 주어진 대사를 잘도 읊었다.

가든호텔 이후 우리는 재판정에서 비로소 만날 수 있었다. 그사이에 어떤 일이 있었는지 서로의 표정에서 고스란히 읽어낼 수 있었다. 맹수의 발톱 아래 놓인 설치류처럼 녀석은 잔뜩 겁에 질린 표정이었는데, 그것이 곧 나를 비추는 거울이라는 데 생각이 미쳤고 수치스러워서 혀를 깨물고 싶었다. 그러나 나는 혀를 깨물지도 않았고 내가 증언할 때 나를 뚫어져라 쳐다보는 녀석의 시선을 회피했으며, 그동안 연습한 것을 앵무새처럼 뇌까리고 있었다. 간절한 기대와 안타까움이 뒤엉킨 녀석의 시선은 보지 않아도 보였고 거미줄처럼 나를 칭칭 감고 놓아주지 않았다.

이후 우리들은 뿔뿔이 흩어져 연락도 하지 않았다. 팔 하나를 뚝 떼어서 늑대에게 던져주고 줄행랑을 치듯이 살아왔다. 던져버린 팔은 환상통이 되어 머리통을 옥죄었다. 나는 서울을 떠나 지방의 구석진 곳으로만 떠돌았다. 공사판을 따라다니면서 며칠간 지낼 만한 돈이 만들어지면 저수지나 강가를 찾아 곧은 낚싯대를 드리웠다.

녀석의 이름은 잊으려고 할수록 더욱 질기게 달라붙었지만, 결혼 후 생활에 쫓기기 시작하면서부터는 조금씩 희미해지고 있었다. 그렇게 사라질 거라고 생각했던 녀석의 이름이 어느 날 갑자기 망령처럼 튀어나왔다.

"이종수 씨 아시죠?"

숨이 턱 막혔다. 어디선가 각목이 날아와 명치를 후려친 것 같았다. 그토록 지우려고 진땀을 흘리며 도망 다녔는데, 전화 한 통이 순식간에 녀석의 눈동자 두 개를 또렷하게 불러냈다. 초점이 없는 녀석의 눈빛은 광활한 밤하늘처럼 아득해서 그 깊이를 가늠할 수 없었다. 삼십 년 전 가든호텔에서 보았던 그 눈빛인가 싶으면 애타게 바짓가랑이를 붙잡던 재판정의 눈빛처럼 보이다가, 어느 순간 원망과 비난, 조롱과 멸시가 담기기도 했다.

노무현 정부가 들어서고 과거사진상규명위원회가 꾸려진다는 보도를 보면서 제주 4·3이나 보도연맹, 5·18 같은 사건들이 제대로 파헤쳐지겠구나 생각하면서도, 재일동포 간첩단 사건은 까맣게 잊고 있었으니, 나의 망각은 성공적인 듯 보였으나 허약하기 짝이 없는 것이었다. 전화는 바로 그곳에서 걸려온 것이었다. 조사관은, 이종수가 당시의 수사가 고문과 강압에 의해 조작된 것이라며 재조사를 신청했는데 그에 따라 당시 증언대에 섰던 친구들이 다시 증언해줄 것을 부탁했다.

결국 녀석의 사건은 과거사위원회에 의해 조작 사건으로 결론이 났고 그에 따라 법원에 재심을 청구했으며, 몇 년에 걸쳐 재판이 이루어진 끝에 무죄가 선고되었다. 재판부는 "권위주의 통치 시대에 위법·부당한 공권력의 행사로 심대한 피해를 입은 이씨에게 국가가 범한 과오에 대해 진심으로 용서를 구한다"고 밝혔다.

*

　리영광 씨가 또 찾아왔다. 이번에는 혼자가 아니라 작고 가녀린 여자와 함께였는데, 아내라고 했다. 그는 아내를 꽃순이라고 불렀다. 나는 모르고 있었는데, 리영광 씨가 산골에 들어가서 사는 이야기가 알려지기 시작하자 어떤 방송국에서 다큐멘터리로 찍어 방영했다고 한다. 그 프로는, 이혼 후 살고 싶은 생각이 조금도 없던 여자에게 아직 살아야 할 이유 한 가지를 던져주었다. 비 내리는 숲길을 걸어가는 리영광 씨의 뒷모습을 보면서 세상에는 자기보다 더 외로운 사람도 있구나 싶어서 죽기 전에 꼭 한번 만나야겠다는 의욕이 솟구친 것이다. 물어물어 찾아간 정선에서 리영광 씨와 닷새를 함께 지낸 여자는, 당신 사는 곳으로 이사를 와도 되겠느냐고 물었다. 리영광 씨는 그러라고 고개를 끄덕이며 이사를 하려면 비용이 들겠다 싶어 돈을 주어서 보냈다. 여자를 배웅하고 돌아가던 리영광 씨는 꿈같이 흘러간 시간을 되새기며 걸었다. 여자가 정말 자신에게 올 것인지 생각해봤지만 자신이 없었다. 그렇게 걸어 어느 절에 들었는데 폭우가 쏟아졌다. 폭우 때문에 걸음을 멈추었고 이튿날이 되어서야 집으로 돌아갔다. 전화기가 울렸다. 여자였다. 여자였는데, 울고 있었다. 깜짝 놀라서 무슨 일이냐고 물으니, 강원도에 폭우가 쏟아진다는데 전화를 걸어도 받지 않으니 당신이 떠내려간 게 아닌가 싶어서 무서웠다고, 여자는 울면서 말했다. 가슴에서 뜨거운 것이 치받쳐서 아무 말도 못하는데, 여자가 또 울면서 말했다. 내가 당신 전 재산을 들고 갔는데 걱정도 안 되더냐고. 리영광 씨는 뜨거운 것을 간신히 누르며 말했다. 내 전 재산은 돈이 아니라고, 내 전 재산은 여기 있는 자연인데, 그건 누가 들고 갈 수 있는 게 아니라서 생전 도둑 걱정 같은 건 할 필요가 없다고. 두 사람은 그렇게 만나 리영광 씨의 전 재산 앞에서 정안수를 떠놓고 결혼식을 올렸다. 리영광 씨가 이야기를 하는 동안 꽃순이는 리영광 씨 옆에 꼭 붙어서 초승달 같은 눈매로 웃고 있었다.

리영광 씨는 이십 년 가까이 정들었던 정선을 떠나 무주로 이사를 했다고 말했다. 정선의 겨울이 너무 혹독해서 꽃순이가 살기 힘들어했는데 아는 신부님이 무주의 빈집을 소개해 줬다는 것이다. 꽃순이는 전에 살던 집보다 훨얼씬, 좋다며 꼭 한번 놀러 오라고 말했다. 뭐가 그렇게 좋으냐고 묻자, 마을에서 뚝 떨어져 있어서 허구한 날, 들로 산으로 손잡고 다니며 햇볕이나 쬐고 달 뜨면 달 보고 별 뜨면 별이나 보면서 사는 자기들을 이상하다고 손가락질하는 사람들이 없는 게 좋다고 했다.

나는 리영광 씨를 바라보며 물었다.

"오늘도 걸어오셨어요?"

리영광 씨는 고개를 절레절레 저었다.

"꽃순이가 걷는 걸 통 못해요. 아까도 천은사에 갔다가 여기 올 때 걸어오려고 했는데 꽃순이가 도저히 못 걷는다고 해서 택시를 타지 않았겠수."

"와, 택시를 다 타셨네요."

아내가 말하며 웃었다.

"어떻게 해볼 수가 없시요."

리영광 씨가 허허 웃으며 꽃순이를 바라보았다.

"어릴 때 내 소원이 세계 일주였는데, 이제는 이 여자가 내 세계예요."

두 사람이 자러 가고 난 후, 아내는 '별 삐쟈'를 보여주지 않았다며 아쉬운 표정을 지었다. "꽃순이 얘기 듣는다고 깜빡했네. 내일 떠나기 전에 들르실 거니까, 그때 보여드려야겠다." 아내는 혼잣말을 하며 DVD를 눈에 잘 띄는 다탁 위에 올려두었다. 리영광 씨는 산골에 파묻혀 만나는 사람도 없이 살면서도 올 때마다 풍성한 이야기보따리를 들고 왔다. 그래도 설마 아내를 데리고 올 거라고는 생각지도 못했다.

밖으로 나오니 하늘이 유난히 맑았다. 별빛만으로도 사위가 훤했다. 다원 마당을 서성거리며 별을 바라보던 나는 어느

새 걷고 있었다. 어디를 가겠다는 생각도 없이 무심히 걸었다. 우뚝 멈춰서 하늘을 쳐다보다가 다시 걷고 저수지에서 부서지는 별빛이 눈부셔 잠시 멈췄다가 다시 걸었다. 화엄사 쪽으로 방향을 잡을까 하다가 천은사 쪽으로 방향을 틀었다. 이밤, 형 집에 불이 켜져 있을지 갑자기 궁금해졌다.

DVD를 보던 날, 나는 형에게 물었다. '별 삐쟈' 재미는 있는데 그래서 뭘 말하고 싶은 거냐고.

"작가가 인터뷰한 걸 봤는데, 제도와 개인에 대한 문제의식에서 출발했다더라. 고착된 체제와 제도 때문에 남과 북으로 헤어진 가족들이 만나지도 못하고 살아야 하는 것, 잘못된 체제 때문에 피자도 먹지 못하는 것…… 그리고 우리의 사고마저 고착돼버린 거."

"형은 발도 넓으요."

그렇게 말한 건 '별 삐쟈' 때문이 아니었다. 종수 이야기를 전해준 게 바로 형이었던 것이다. 형은 내가 종수 친구였다는 걸 까맣게 모르고 종수 이야기를 내게 해주었다. 형에게는 재일동포 친구가 있는데 종수는 그 친구 때문에 알게 되었고 그 뒤로 몇 번 술을 마셨고 언젠가 종수가 한국에 왔을 때 형의 작업실에 놀러 온 적도 있다고 했다. 그러니까 바로 내 코앞까지 왔던 것이다.

"대학 때 친구랑 같이 왔더라. 대학가요제 나가려고 죽도록 연습했는데 그 사건 때문에 못 나갔다더군. 나가기만 했으면 금상은 따놓은 당상이었다나? 일제 기타에 곡이며 가사가 완벽했고, 보컬도 수준급이었다고. 그때 연습했던 곡을 둘이서 흥얼거리고 그 친구는 젓가락으로 드럼 리듬을 쳐대는데, 별명이 고드름이었다나. 과거사위원회랑 재판에 나가서 증언한게 그 친구 혼자였다더군. 다른 친구들은 종수 이름을 두 번다시 듣기도 싫다면서 증언을 거부했다는데 말이야. 종수는 고문 후유증도 심각했지만 감옥에서 보낸 세월, 그 공백으로 남은 세월을 누군가 물어볼 때마다 진땀을 흘리면서 도망치면서 살다 보니 결국 취직도 결혼도 못했다더군. 종수도 그렇지만 고드름이란 친구도 역시 결혼도 하지 않은 채, 정상적이랄까 그런 궤도에서 벗어난 삶을 살고 있더라. 그런데 그 친구, 어느 순간 사람을 좀 숙연하게 만들더라. 원망의 말은 고사하고 사소한 태도 어디에서도 그런 분위기가 느껴지지 않는 거야. 하긴 누굴 원망해야 하지? 두 사람, 내내 이 새끼야 저 새끼야 하면서 투닥거리는데, 예순이 가까운 남자들이 그러고 노는 걸 보고 있자니 두 사람의 삶이 그때 그 시절에 멈춰버린 것 같기도 하고, 그 시절로 다시 돌아가서 어긋나버린 것들을 고쳐보려는 몸부림 같기도 하고, 애잔하더라."

한밤중에 내가 별빛을 따라 걷고 있는 건, 종수가 내 둘도 없는 친구였다는 걸 말하고 싶어서일까, 그 이름 다시 듣고 싶지 않다고 했던 게 바로 나였다는 걸 말하고 싶은 걸까. 멀리 형의 집이 보였다.

베이비시터

어린 소녀야, 초콜릿을 먹어,
어서 초콜릿을 먹어!
봐, 세상에 초콜릿 이상의 형이상학은 없어.
모든 종교들은 제과점보다도 가르쳐주는 게 없단다.
—페르난두 페소아, 「담배 가게」

다 구워진 고등어를 프라이팬에서 접시로 옮기는데 대가리
가 똑, 떨어졌다. 우희는 뒤집개로 대가리를 몸통 쪽으로 밀
어붙여서 식탁에 올렸다. 기우가 보이지 않았다.

녀석은 등을 돌린 채 드럼세탁기 앞에 앉아 있었다. 유치원
버스에서 내린 기우를 데리고 집으로 가는 길, 그 사이에 마
치 트랩처럼 편의점이 있다. 기우는 그곳이 블랙홀인 듯 빨
려 들어갔다. 마구 쓸어 담은 초콜릿을 계산대에서 재빨리 치
웠지만 이미 초콜릿바 세 개가 녀석의 양손에 들어가 있었다.
두 개는 얼마나 힘을 주고 있는지 중간이 부러질 정도였고 한
개는 이미 껍질을 벗겨 입으로 들어간 상태였다. "기우야, 하
나만 먹고 이건 나 줄래?" 녀석은 들은 척도 하지 않았다. 열

개 정도는 앉은자리에서 순식간에 해치우는 녀석이었다. 한 번은 도대체 몇 개나 먹나 보자 하고 내버려뒀었다. 그건 먹는 게 아니었다. 초콜릿은 껍질을 벗기기 무섭게 입안에서 사라졌는데, 흡사 배 속에 어떤 괴물이 있어서 녀석의 식도를 빨대 삼아 초콜릿을 흡입하는 것 같았다. 우희는 무서워서 세기를 포기해버렸다. 길거리에서 가볍게 실랑이가 벌어졌다. 먹고 있는 건 포기하고 새 걸 뺏으려고 했지만, 녀석의 악력을 이기지 못했다. 초콜릿을 꽉 쥐고 있던 기우의 주먹이 우희의 복부를 가격했다. 우희가 어금니를 꽉 깨물고 녀석의 팔목을 잡아 비틀며 손가락을 펴려는데, 기우가 갑자기 땅바닥에 벌렁 눕더니 소리를 질렀다. 그 바람에 우희까지 엉덩방아를 찧으며 넘어졌다. 지나가던 사람들이 일제히 걸음을 멈추고 쳐다보았다.

기우는 초콜릿과 흙먼지가 묻은 티셔츠와 바지가 돌아가는 창을 뚫어지게 쳐다보고 있었다. 알록달록한 옷이 꼬리에 꼬리를 물고 맹렬하게 돌아가는 게 회오리 사탕처럼 보였다. 여차하면 녀석도 빨려 들어갈 것만 같았다. 도대체 무슨 생각을 하고 있을까. 우희와 뒹굴었던 건 까맣게 잊어버린 눈치였다.

기우를 구슬려 식탁 앞에 앉혔을 때는 고등어가 다 식어 있었다. 우희가 고등어 살점을 바르는데, 녀석이 숟가락으로 식탁을 툭툭 치며 말했다.

"눈."

밥 위에 고등어 눈알을 올려주었다. 기우는 숟가락으로 눈알만 떠서 입에 넣고 오물거렸다. 오물거리다가 용케 하얀 알맹이만 톡, 뱉어냈다. 파도에 떠밀려 온 물고기들은 제일 먼저 눈알을 파먹힌다지.

우희는 요즘 눈이 하나 더 생긴 기분이다. 제3의 눈이라고 할까. 달러 지폐에 그려져 있는 눈 같은 것 말이다. 눈은, 염증이 혈관을 타고 돌아다니듯 몸의 이곳저곳으로 옮겨 다녔다. 어떤 때는 뒤통수에, 어떤 때는 어깨, 어떤 때는 옆구리나 팔꿈치에서도 시각이 느껴졌다. 황반변성 때문에 사물이 휘거나 뿌옇게 번져 보이는 일이 잦았다. 마치 빗물이 번진 유리창을 통해서 세상을 보는 것 같았는데, 그래서 늘 울고 다니는 기분이 들곤 했다. 심해지면 실명할 수도 있다고 의사가 경고했는데 제3의 눈이라니, 나쁜 것만은 아니라고 우희는 생각했다.

집안 곳곳에 CCTV가 있다는 걸, 리사는 처음부터 알려주었다. CCTV가 리사의 스마트폰과 연동되어 있어서 언제 어디서든 집 안을 들여다볼 수 있다고 했다. "아이에게 무슨 짓을 하는지 몰래 찍어서 들이대는 거, 그게 제 목적이 아니거든요. 전, 그냥 아이가 궁금한 거예요. 그러니까 이걸 CCTV라고 생각하지 마시고, 그냥 제가 옆에서 보고 있다고 생각해 주세요. 의심하면서 말도 못하고 끙끙 앓는 것보다, 이게 있으면 피차 거리낄 게 없지 않겠어요? 정, 불쾌하시면 꺼놓을

게요."

조금도 불쾌하지 않았다.

리사는 우희의 첫 고용인이다. 쉰 중반을 넘어선 나이에 우
희는 난생처음 구직활동에 나섰다. 누군가는 팔자 좋은 여자
라고 비아냥댈지 몰랐다. 그러나 구인구직 사이트를 뒤지고
다니면서 우희는 자신이 세상과 절연된 존재라는 걸 깨달았
다. 경단녀 운운 이전에 내세울 경력이란 게 전무했다. 가만
히 있으면 벼락거지가 된다더니, 자신이 그 꼴이었다. 그러다
가 베이비시터 사이트를 알게 되었을 때는 광맥을 발견한 듯
기뻤다. 그것만큼은 자신 있었다. 몇몇 곳과 매칭이 되어 전화
면접이 이루어졌다. 그러나 차례로 '거부하셨습니다'는 문자
가 도착했다. 문자로 해고 통보를 받았다는 뉴스에 경악했던
게 언제였더라. 그런데 막상 그런 문자를 받고 보니, 면전에서
듣는 것보다는 차라리 낫다는 생각이 들었다. 어차피 거절당
할 거라면.

리사는 우희의 가치를 알아본 사람이었다.

"아이 넷을 키우시다니, 대단하셔요. 아동교육학 전공 대학
생도 있고 어린이집 경력이 오래된 분들도 있었지만, 저는 이모
님이 제일 끌리더라고요. 사회생활 경력이 없으신 게 저는 더
좋았어요. 아이들하고만 지내서 그런가, 인상도 좋으시고."

녀석은 한눈에 봐도 문제가 있어 보였다. 한 시간가량 면담

을 하는 동안 우희에게는 눈길 한 번 주지 않았다. 게임에만 몰두하고 있었는데, 그런 중에도 녀석의 안테나가 온통 우희에게 쏠려 있다는 느낌을 강하게 받았다. 시터맘 사이트에도 전화 면담 때도 그런 말은 없었다.

"좀 이상해 보이죠."

자신만만하던 리사의 표정에 그늘이 드리웠다.

"먼저 밝히지 않아서 죄송해요. 대신 시급을 좀 더 드릴게요. 하지만 큰애는 정상이에요. 중학생인데, 반에서 일등을 놓쳐본 적이 없어요. 걘 어차피 학원 때문에 밤늦게 오니까 신경 쓰실 일도 없을 거예요. 이모님이라면 이해해주시겠죠? 그러지 말아야지 하면서도 자제가 안 되고 성질을 내고, 그러면 아이한테 미안해져서 혼자 울고, 막상 아이는 무슨 일이냐는 듯이 태평하면 꼭 무슨 천벌을 받고 있는 기분이에요."

리사의 두 눈이 그렁그렁했다. 리사는 합리적이고 이성적인 여자였다. 능력도 있었다. 남편이 미국에서 유학하는 동안 그녀는 전공을 살려 미국의 유명 브랜드 디자이너에 도전했고 경력을 쌓았다. 남편이 한국의 대학에 교수로 임용되면서 어쩔 수 없이 돌아왔으나, 지금은 강남에 자신의 의류 브랜드를 론칭했다. 재테크에도 동물적인 감각을 가지고 있었다. 미국에 오랫동안 살았음에도 어느새 한국의 재개발 아파트와 상가건물에 투자를 해놓았다. "다 잘하려고 하는 거, 그거 오지랖이라고 마음을 굳혔어요. 죄책감으로 쩔쩔매는 거, 아이

한테 좋을 리 없잖아요. 그래서 저는 돈을 벌기로 했어요. 그래서 최고의 교육을 받을 수 있도록 뒷받침할 거예요. 이모님은 아시죠? 자기 아이 가르치는 게 얼마나 힘들어요. 남의 아이라면 저도 넓은 마음으로 다 이해할 수 있어요."

솔직한 리사가 우희는 마음에 들었다. 속였다는 생각은 들지 않았다. 차마 드러내지 못하는 그 마음이 오히려 안쓰러웠다. 하지만 자폐에 대해서는 아는 게 없었다.

"걱정하지 마세요. 그런 건 전문가들이 돌봐주고 있어요. 언어치료, 미술치료, 행동치료 클리닉에 다니거든요. 이모님은 그저 내 아이처럼 사랑으로 돌봐주시면 돼요." 그런 거라면 우희가 가장 잘할 수 있는 일이었다. 지금까지 우희의 삶은 아이들의 행복이 기준이고 구심점이었다. 집을 나오면서 보니 자신의 이름으로 된 통장 하나 없었다. 남편은 생활비를 꼭 현금으로 주었다. 필요한 항목을 조목조목 미리 적어야 하고 영수증도 챙겨야 했다. 아이가 넷이니 돈은 적지 않게 들었고 그때마다 우희는 고맙다고 말했다. 진심이었다.

면접을 마치고 집으로 돌아가는 버스 안에서 우희는 손등에 똑, 떨어진 액체가 눈물이란 걸 알고 깜짝 놀랐다. 다 늦은 나이에 돈을 벌겠다고 나선 자신이 한없이 구차하고 초라했고 허망했다. 그런데 그게 아니라고, 지금껏 헛산 게 아니라고 누군가 등을 토닥이는 것 같았다. 돈 몇 푼 벌려고 나선 게 아니라 꼭 필요한 사람이 된 것 같았다. 한 번도 속내를 거

침없이 표현해본 적 없는 우희는, 리사의 존재가 마치 자신이 살아보지 못한 삶처럼 경이로웠다. 우희는 친정엄마라도 된 듯 리사를 도와주리라 마음먹었다.

우희는 그날부터 자폐 스펙트럼에 대해 공부했다. 인터넷으로 검색을 하고 유튜브 영상을 찾아보면서 녀석을 이해해보려고 애썼다.

*

리사는 네 아이를 낳고 키운 우희가 존경스럽다고 했다.

존경까지야. 우희는 귓불이 달아올랐다. 우희는 아이들이 좋았다. 이십 년이 넘는 세월 동안 힘든 일 어려운 일 많았지만, 아이들 일이라면 저절로 힘이 솟았다. 아이들과 울고 웃은 시간이 가장 의미 있고 충만했다. 아이들이 커가면서 보여준 자잘한 재롱이나 조각상이 꼴을 갖춰가듯 각자의 개성이 다듬어지는 모습을 보는 것만으로 그동안의 수고는 감동으로 바뀌었다. 딸 둘을 낳고 아들을 낳았을 때는 시부모가 더 기뻐하면서 행운의 열쇠를 선물해주었다. 삼대독자 집안이라지만 딸을 낳았을 땐 반지, 목걸이더니 아들이라고 행운의 열쇠로 격상했다. 남편의 문제가 어디서 비롯되었는지 알 것 같았다. 돈으로 사람을 지배할 수 있다고 생각하는 게 이 집안의 가풍이었다. 우희가 집을 나왔을 때 방 한 칸이나마 마련

할 수 있었던 건, 그 금붙이들 덕이긴 했다. 그때까지 팔아치우지 않고 남아 있었던 건, 순전히 아이들 뒤치다꺼리에 정신이 없어서였다. 넷째가 생겼을 때는 조금 고민이 되었다. 친정 언니에게 털어놓으니 무슨 외계어냐는 얼굴로 쳐다보더니 매몰차게 말했다.

"떼라."

직장 일을 계속하느라 딸 하나만 낳은 언니였다. 무엇보다 철마다 한약을 달고 자랐던 우희의 어린 시절을 누구보다 잘 알고 있었다. 언니에게는 태어나지도 않은 조카보다 동생이 먼저겠지.

"주님의 선물이야."

기저귀 한 번 갈아본 적 없는 남편 선호의 말이었다. 언젠가부터 교회에 다니기 시작한 선호는 주님을 들먹이며 자신의 권위를 세우려 들었다.

똥오줌 가리면 그림책 읽어주고 기역니은 카드로 방을 도배하고 한글 떼면 에이비시 카드로 갈아타고, 하필 아이들이 세 살 터울이라 무슨 교육부 장관이라도 된 듯 초, 중, 고 입학식 졸업식 다 돌고 한시름 놓는가 했는데, 덜컥 아이가 들어선 것이다. 솔직히, 신물이 올라올 것 같았다. 그런데 그건 그거고, 말랑말랑한 살과 들큰한 젖 냄새가 그리웠다. 우희는 자신이 짐승이라도 된 것 같아 징그러웠지만, 차마 아이를 지울 수는 없었다. 넷째는 딸이었고, 선물은 더 이상 없었다.

단칼에 떼라고 했던 언니는 유독 막내를 예뻐했다.

"어린애가 어쩜 이렇게 시크하고 담백하지? 배 속에서부터 자존감을 장착하고 나왔나 봐. 아무래도 남씨 집안 피가 아닌 거 같아."

우희가 봐도 그랬다. 배 속에서 한 도를 트고 나온 듯, 툭툭 던지는 말이 애어른 같아서 주위를 웃음바다로 만들었고, 가족의 사랑을 독차지했다.

언니는 막내에게 용서를 빌고 싶다고 했다.

"작년 태풍 때 우리 동네 벚나무가 쓰러졌거든. 밑동 부분이 완전히 부러졌어. 그리고 한 달쯤 후엔가, 쓰러진 나무에서 갑자기 벚꽃이 퐁퐁 터지기 시작하더니 그 어느 때보다 흐드러지게 만개한 거야. 철도 아닌데. 살고 싶다, 살아야겠다, 꽃잎 하나하나가 그렇게 아우성치는 거 같은 게, 좀 으스스하더라. 그런데 막내를 보고 있으면 그 나무가 생각나. 배 속에서 꼭 내 얘기를 들은 것 같단 말이야."

시크한 막내가 고등학교 졸업을 앞두었을 때였다.

"엄마, 언제 이혼할 거야? 이혼 안 할 거면 내가 집 나갈 거야."

이혼, 그건 우희도 바라는 바였다. 숨이 막혀 죽을 지경이면 고양이에게 달려드는 쥐처럼 이혼하자고 소리친 적도 있었다. "이혼? 하참, 너는 그렇게 아무 생각 없이 살 수 있어서 참 좋겠다. 지금까지 돈 한 푼 안 벌고 편하게 살게 해줬더니, 고맙다고 절을 해도 모자랄 판에. 뭐? 이혼? 세상이 어떤지 알고나 하는 소리냐? 지금까지 애 키우고 밥하는 거 말고 니가 한 게 뭔데? 이혼하면, 뭐 해먹고 살 건데?" 틀린 말은 아니었다. 막상 집을 나가서 어떻게 살지 아무 대책도 없고, 솔직히 자신도 없었다. 네 아이는 선녀의 옷치고는 너무 무겁지 않은가.

"엄마, 이제 우리 다 컸으니까, 우리 핑계 대지 마."

우희는 정신이 번쩍 들었다. 핑계였나? 찬바람 부는 바깥 세상이 무서워 핑곗김에 아이를 주렁주렁 낳았나? 긴 꿈에서 깨어난 듯 개안이라도 한 듯, 눈앞이 환했다. 어차피 생각 없이 살아왔는데, 이혼인들 생각 없이 못하겠는가. 핑계 대지 말라는 말은, 우희를 생각해서 한 말이라는 걸 알면서도 서운했다. 저희들을 어떻게 키웠는데 이토록 당돌한가. 어쩔 수 없이 남씨 집안 피로구나 싶었지만, 그 당돌함이 우희에게 자유를 주었다고 고쳐 생각했다.

짐을 싸서 나갈 때 선호는 콧방귀를 꼈다. 그는 우희가 정말로 나갈 줄 몰랐을 것이다. "안 잡는다! 내가 잡을 줄 알고 그러나 본데, 절대 안 잡는다. 생각이라는 걸 할 줄 모르면 평생 고생이지. 밖이 얼마나 추운지, 한번 나가봐. 대신 다시 들어오겠다고 애걸복걸하기 없기."

선호는 섬세한 사람이었다. 귀하게 자라서 그런 줄 알았다.

술 마시고 사람 만나고 대화하는 걸 좋아했으며 친구가 많았다. 사교적이어서 그런 줄 알았다. 그 친구들은 지금 모두 그의 곁을 떠났다. 그 자리를 우희가 메웠다. 그의 말은 논리적이었고 듣고 있노라면 설득이 되었다. 처음에는 정말 설득되었고, 나중에는 설득되는 척했다. 그러지 않으면 끝도 없이 말꼬리를 잡고 늘어졌다. 그는 우희에게 감정적이고 충동적이며 비논리적이라고 했는데, 우희는 그 말을 부정하지 않았다. 그걸 자신의 단점이라고 생각해본 적이 없었으므로, 자신에 대한 비난으로 들리지 않았다. 그것이 고스란히 부메랑처럼 우희를 찌르고 공격하는 말로 돌아왔다.

선호는 첫아이가 돌이 지날 무렵 퇴사했다. 남 밑에서 일하는 게 적성에 맞지 않고 집안의 적지 않은 돈을 생각하면 굴욕적인 직장생활을 해야 할 이유가 없으며, 어차피 그 돈은 삼대독자인 자신의 돈이라고 생각했다. 이런저런 사업을 체험학습하듯 두루 섭렵했다. 학원을 차리기도 했고 영상 프로덕션과 출판업에도 뛰어들었다. 일관성이 없는 건 둘째치고, 자신은 잘 알지도 못하는 생소한 분야였다. 아이들이 학원에 다니는 걸 보고 무슨 광맥이라도 발견한 듯 학원 강사하던 친구를 끌어들였고, 방송국에서 퇴사한 친구의 매형과 프로덕션을 만들었고, 어느 술자리에 합석한 작가와 출판사를 차렸다. 그는 누군가를 만나면, 마치 생선이나 고기를 놓고 어떤 요리를 만들까 궁리하듯 사업을 구상했다. 본인은 경영을 책

임진다고 했지만, 책상머리에 앉아서 남을 부리려고만 드는 데 제대로 돌아갈 리가 없었다. 사업자금은 다 시부모로부터 나온 것이었다. 그 돈 다 털어먹고 부모님 집 한 채밖에 남지 않았을 때, 그는 어머니를 원망했다. "아들이 뭘 좀 해보려고 기를 쓰는데, 그걸 팍팍 밀어주지를 않아. 그래놓고 맨날 도와줬다고 공치사는 얼마나 하는지." 그는 지금까지 사업이 망한 게 다 사업자금을 찔끔찔끔 대준 때문이라고 했다. 문제가 생기면 그는 원인을 찾아 복기하는 대신 십자가에 매달 희생양을 찾았다. 잘못된 건 언제나 남 탓이었다. 남편이 어머니 탓을 하는 소리를 들으면 우희는 소름이 끼쳤다. 남 부려먹는 것밖에 해본 적 없는 그는 사회사업을 하겠노라며 아는 전도사가 있는 교회에 다니기 시작했다.

선호는 심심해서 저러나 싶을 정도로 하찮고 사소한 걸 꼬투리 잡고 꼬치꼬치 따졌다. 무슨 말만 하면 본질을 흐리지 말아라, 근본을 따져보자고 했다. 우희나 아이들의 사소한 실수를 일반화하고 침소봉대해서 뒤집어씌우는 건 그의 특기였다. 하찮은 얘기에 엉뚱한 논리를 갖다 붙이고, 엉뚱한 얘기에 하찮은 논리를 들이댔다. 하도 시시해서 대꾸도 하고 싶지 않았다. 섬세하고 꼼꼼하다고 생각했던 면들이 알고 보니 좀스럽기 짝이 없었다.

집에 틀어박히면서부터는 더욱 시시해졌다. "너, 나 무시하냐? 내가 집에 있으니까 만만해 보이지? 돈이나 갖다 줘야 굽신거리고, 사람이 어쩨 그렇게 속물이냐?" 그의 말대로, 만만하고 한심해 보였다. 그가 좋아하는 본질을 들여다보자면, 그는 잔뜩 겁먹은 침팬지 같았다. 어깨를 잔뜩 부풀리고 허세를 부렸지만, 딱 우희 앞에서뿐이었다.

그 세월이 이십 년이었다. 선호는 병적으로 집요해졌고 우희의 자존감은 바닥을 쳤다. 아이들이 나가고 둘만 집에 있노라면, 가슴이 두근거리고 식은땀이 흘렀다. 어느 순간 그가 뒤에서 목이라도 조를 것 같았다. 할 줄 아는 것도 없고 생각도 없는 여자라는, 남편의 비난에 갇혀버렸다. 감정이 충동적으로 널을 뛰면 어느 순간 베란다에서 뛰어내릴 것 같았다. 안수집사가 된 남편은 말끝마다 용서를 빌라고 했다. 그까짓 게 뭐 대수라고, 우희는 용서를 빌었다. 아이들까지 끌어들여 몇 시간씩 붙잡혀 있는 걸 보느니 그게 쉬웠다. 우희가 용서를 빌면 집안이 조용해졌다.

"그런 걸 가스라이팅이라고 하는 거야."

막내가 답답하다는 듯 자기 가슴팍을 팡팡, 치면서 소리쳤다. 선호가 자기 분에 겨워 주먹을 휘두를 때 경찰서에 신고한 것도 막내였다. 막내는 그걸 휴대폰 카메라로 다 찍어놓았다.

"증거를 남겨놔야 돼."

*

　녀석은 동그란 걸 좋아한다. 동그란 단추, 공, 깊이를 알 수 없는 맨홀 구멍, 바퀴처럼 굴러가는 것도 좋아한다. 물이 빨려 내려가는 욕조나 세면대 구멍, 빗물받이도 좋아하고 비도 좋아한다. 좋아한다는 건 우희의 생각일 뿐, 녀석이 어떤 의미로 그걸 쳐다보는지는 알 수 없다. 녀석이 홀린 듯 온 정신을 빼앗기는 걸 지켜보노라면, 거기에 우주의 비밀이라도 숨어 있는 것 같았다.

　녀석은 길게 그림자를 드리우며 우희 집까지 따라온다. 우희는 집에서 세탁기를 돌리다가도 믹서기를 돌리다가도 문득 녀석으로 빙의했다. 빨래는 왜 믹서기 속 주스처럼 뒤섞이지 않는 걸까. 밥을 먹노라면, 미역국과 생선 살과 김치와 시금치가 위에서 소용돌이치며 돌아가는 게 보이는 것 같았다. 뒤섞인 음식물은 착즙기를 통과하듯 양분만 짜내고 찌꺼기는 대장을 타고 항문으로 나온다. 결국 인간도 원통이었다. 세상은 온통 원과 원통, 구멍으로 이루어진 것 같았다. 생각 없이 산다고 구박하던 선호가 떠올랐다. 오늘도 어떤 말로 우희를 지배할까 궁리 중일 선호는 우희가 이토록 우주적인 생각을 하고 있는 걸 꿈에도 모를 터였다. 가출이 이렇게 길어질지도.

　가출이 아니고 출가야, 선호야. 선호는 자기가 한 말이 있으니 차마 돌아오라는 말은 못하고 온갖 성경 구절을 문자로 보내고 있었다.

   아내들이여, 남편에게 복종하기를 주께 하듯 하라,
   이는 남편이 아내의 머리 됨과 같음이니 그가 바로 몸의 구주시니라,
   그러므로 교회가 그리스도에게 하듯 아내들도 범사에 자기 남편에게 복종할지니라.

말미에는 회개하면 용서하겠노라는 말을 덧붙였다. 우희는 한 번도 대꾸하지 않았다. 그러자 아이들에게 온갖 찌질한 짓거리를 하고 있었다. 아버지 식사 한번 차려줄 줄 모르는 버르장머리는 어디서 배운 거냐며 일장 훈시를 하다가, 네 엄마가 우리들 사이를 이렇게 갈라놓았다면서 억지 치맥파티를 하고, 몸살이 났다, 열이 난다, 약 좀 사오라며 동정심 유발 작전도 썼다. 그럼에도 아이들이 데면데면 굴자, 네 엄마는 도대체 무슨 돈으로 먹고사느냐, 남자가 있는 게 아니냐며 소리치는 바람에 하는 수 없이 베이비시터 일을 하고 있다고 털어놓았다고 아이들이 알려줬다. 조만간 용서를 빌면서 무릎 꿇을 줄 알았던 우희가 돈을 벌고 있다는 게 충격이었을 것이다. 그날 곧바로 문자가 날아왔다.

고작 남의 집 애나 봐주려고 자기 자식들 내팽개치고 나갔냐?

그러고도 니가 엄마냐?

도저히 용서할 수가 없다. 그 집 어디야? 당장 주소 찍어.

자존심이 보통이 아닌 녀석이었다. 타인에게 무심한 듯 보이지만 자기를 놀리는 것만큼은 예민하게 감지했다. 녀석의 발음이 어눌해서 우희가 알아듣지 못하는 때가 종종 있었다. 우희는 발음을 교정해주려는 마음으로 한 글자씩 또박또박 말해주었다. 그러면 녀석은 못 들은 척 쌩하고 몸을 돌려버리고는, 우희가 그 일을 다 잊어버릴 즈음 갑자기 우희 귀에 대고 큰 소리로 말했다. 녀석이 뭔가 물어볼 때도 마음속에는 이미 원하는 답이 정해져 있었다. 그 대답이 나오지 않으면 녀석은 짜증을 냈다. 녀석이 원하는 대답은, 그러니까 녀석의 희망 사항이었다. 그것은 대체로 현실과 어긋났다. "비 온다." "어디? 안 오는데?" "아니야, 와." "비 오면 좋겠어? 어디 보자. 어머, 비 오는 것 같네." 녀석이 짠해서 희망 사항에 맞춰주면 녀석은 갑자기 "비, 안 와!" 소리쳤다. 이런 말장난을 할 때면 녀석이 몹시 영리할지 모른단 생각이 들었다.

짜증이 폭발하면 발작하듯이 울어댔다. 울기 시작하면, 마치 허들 경기를 하는 것 같았다. 낮은 단계의 허들에서 최고 높이까지 올라가야 다시 내려왔다. 털썩 주저앉아서 발버둥을 치면 다리의 진동이 몸으로 전달되어 상체도 벌렁 나자빠졌다. 그런 자세가 되면 두 다리는 마치 윈도브러시처럼 움직였다. 이슬비에서 소낙비의 속도로 옮겨가면서 빨라졌다.

그러나 집 밖으로 나가면 해삼처럼 쪼그라들면서 소심해졌다. 잔뜩 겁을 먹고 긴장했다. 길거리에서 녀석이 관심을 보이는 건 사람이 아니었다. 녀석은 동그란 형태의 사물 외에도 빨간 동그라미에 빗금이나 엑스자가 그려진 표지판을 주목했다. 그것이 금지를 뜻한다는 걸 녀석은 직관적으로 이해했다. 그리고 그걸 지키려고 애썼다. 언젠가 지름길로 가려고 우희가 잔디밭 쪽으로 들어갔을 때였다. "안 돼, 안 돼." 녀석이 발을 동동 굴렀다. 녀석이 우희를 끌고 가서 손가락으로 가리킨 것은 잔디밭에 들어가지 말라는 표지판이었다. 각종 금지 표지판을 지나칠 때면 녀석은 혼잣말로 웅얼거렸다. "담배 금지." "강아지 금지." "자전거 금지." "자동차 금지." "빵빵 금지." 어린 나이에 벌써 세상의 금지가 내면화된 것인가. "이거 모야?" "기대지 마시오." "기대지 마." "이건 모야?" "손대지 마시오." "손대지 마." 녀석은 따라 하는 것도 좋아하는데, 꼭 반말이었다. 우희가 녀석의 어깨를 붙잡고 말했다. "반말 금지." "어디?" "이모한테 반말하지 말라고." 녀석은 못 들은 척 다른 표지판을 가리켰다. "이건 모야?" "CCTV 촬영 중." "모야?" "사진 찍고 있다고." 녀석은 표지판에 그려진 동그랗고 붉은 눈 그림을 가리키며 말했다. "보지 마!"

　우희는 녀석을 관찰하며 궁금한 걸 기억해뒀다가 클리닉에
갈 때 그곳 선생님들에게 물어보았다. 그들은 방어기제니 회
피심리, 인지장애 따위의 용어를 써가며 장황하게 설명했지
만 대체로 두루뭉술했고, 우희도 충분히 짐작할 수 있는 내용
이었다. 석박사 학위는 있는지 모르겠지만 아이를 키워보지
는 않은 것 같았다. 기우의 행동 패턴은 단순하고 강렬했다.
그래서 패턴 파악이 어렵지 않지만, 파악했다 싶으면 럭비공
처럼 예상치 못한 곳으로 튀었다. 패턴이 없는 게 녀석의 패
턴 같았다. 어떤 지점에서는 지나치게 예민하고 어떤 지점에
서는 급격히 의기소침해졌다. 보고 싶은 것만 보고 듣고 싶
은 것만 들으려고 했다. 원하는 것이 좌절되면 분노 게이지
가 급격히 치솟았다. 자존심처럼 보였던 것들은 단순한 이기
심인지도 몰랐다. 시간이 지날수록 녀석이 점점 더 낯설어졌
다. 채널을 아무리 돌려도 주파수가 잡히지 않는 라디오를 붙
잡고 씨름하는 것 같았다. 그럴 때면 우희는 기이한 느낌에
휩싸였다. 세상이 통째로 낯설어졌다. 아이 넷을 낳고 살았던
지난 삶 자체가 다 거짓말 같았고 허무해서 헛구역질이 났다.
쳇바퀴에 걸린 채 헛발질을 무한반복하고 있는 것 같았다.

*

　어긋난 주파수의 극단에 야가 있다. 야는 갈색 털이 고불고불한 푸들 이름이다. 처음 리사가 안고 들어올 때 얼마나 작고 예쁜지 우희는 장난감인 줄 알았다. 행동치료 선생님이 아이 정서에 좋다는 말에 사 온 거라고 했다. 기우가 눈을 반짝이며 관심을 보였다. 리사가 털실 뭉치만 한 녀석을 거실 바닥에 내려놓으며 예쁜 이름을 지어보라고 했다. 푸들은 가느다란 다리를 부들부들 떨고 있었다. 푸들을 뚫어지게 쳐다보던 기우가 대뜸 야, 하고 소리쳤다. 화들짝 놀란 푸들이 도망가려고 몸을 돌리다가 마루에서 미끄러지면서 헛발질을 했다. 그렇게 이름이 정해졌다. 야!

　기우는 사료통에서 사료를 덜어 그릇에 담았다. 기우가 그릇을 들고 돌아서자 야는 소파 밑으로 기어 들어가버렸다. 어둠 속에서 야의 까만 눈알만 반들거렸다. 기우는 그릇을 탁탁, 내리쳤다. 한 번씩 칠 때마다 야는 꽁무니를 뒤로 뺐다.

　야! 야!

　야가 움츠릴수록 기우의 목소리는 더욱 커졌고, 그럴수록 야는 더욱 꽁무니를 뺐다. 기우는 소파 밑의 야를 기어코 끌어냈다. 끌려 나온 야는 공처럼 몸을 움츠렸다. 기우는 야를 꼭 끌어안고 쓰다듬다가 털을 잡아 뜯었다. 예쁘다는 표현이었다. 야가 끙끙거리자 찰싹찰싹 때렸다. 사랑해줄 테니 가만 있으라는 의미였다. 발버둥 치던 야의 몸이 절반 정도 빠져나가자, 기우는 양손에 뒷다리를 하나씩 잡고 바닥에 눕히더니 좌우로 벌렸다. 다리 찢기, 다리 찢기, 녀석은 그렇게 웅얼거리며 어떤 게임에서 본 장면을 따라 했다. 잠시 후, 그대로 일어나 회전그네처럼 야를 돌리기 시작했다. 그렇게 몇 바퀴 돌리다가 소파로 집어 던졌다. 소파로 패대기쳐진 야가 반동으로 바닥에 떨어졌고 기우는 얼른 꼬리를 밟았다. 이 모든 게 놀이였다. 야가 달리기 시작했다. 쫓고 쫓기는 추격전이 시작되었다. 야는 짧은 다리로 필사적으로 도망쳤고, 기우는 즐거워서 하하 웃었다. 사료 그릇이 뒤집히고 장난감 상자가 엎어졌다. 어항 속처럼 고여 있던 공기가 토네이도처럼 회오리쳤다. 어쩌면 둘에게는 그 어느 때보다 온몸의 세포가 팽팽하게 당겨진 활시위처럼 살아 있음을 느끼는 순간일지 몰랐다. 맹렬하게 달리다 보면 쫓고 쫓기는 역할이 뒤바뀌기도 했다. 달리는 동안 야의 DNA 어딘가에 잠복해 있던 야성이 조금씩 활성화되다가 쫓기는 게 아니라 쫓고 있다는 걸 깨닫는 순간, 반짝 눈을 떴다. 야는 이빨을 드러내며 으르렁거리다가 컹, 짖었다. 안타깝게도 성대가 거세된 목에서는 소리가 나오지 않았다.

우희는 흩어진 사료를 주워 담았다. 이것은 한동안 계속될 루틴일 것이다. 야가 살아 있다면 말이다. 그때까지는 베이비시터에 도그시터 노릇까지 해야 되는 것이다. 이것이 리사가 말하는 정서 함양인가? 폭력도 정서의 일종일 테지. 야는 살아 움직이는 장난감이다. 처음부터 그것이 야의 존재 이유였다. 야는 강아지 주제에 세상 가장 우울한 표정을 하고 있었다.

우희는 먹이사슬이란 말을 떠올렸다. 야가 제일 밑바닥에 있는 줄 알았는데, 어쩌면 우희가 더 밑인지도 몰랐다. 야는 기우 아래 있고 기우는 리사 아래 있다. 리사는 사회활동을 하지 않으면 우울증에 걸릴 것 같아서 우희를 고용했고, 야를 사 왔다. 각 분야의 클리닉을 섭렵하는 건, 내년에 기우를 일반 사립학교에 보내기 위해서였다. 특수학교는 기우의 상태를 고착화시킬지 모른다는 게 리사의 생각이었다. 긴 세월을 두고 보면 리사의 말이 맞을지 몰랐다.

리사가 기우의 스트레스에 대해 얼마나 알고 있는지 우희는 궁금했다. 유치원에서 돌아왔을 때 기우의 스트레스는 최고점을 찍었다. 또래 아이들의 놀림과 몰이해, 해맑은 잔인함 같은 것들이 기우 얼굴에 얼룩처럼 드리워 있었다. 기우에게 자존심은 테티스가 잡고 있던 아킬레스의 발목 같은 거였다. 잔혹한 세상에서 자존심은 상처만 덧나게 할 뿐이었다. 차라리 야의 성대처럼 제거할 수 있다면 어땠을까.

리사는 초콜릿과 티브이, 게임을 통제해달라고 특별히 당부했다. 하지만 초콜릿 하나로 마음이 평온해진다면 그걸 꼭 금지해야 할까. 기우의 초콜릿을 뺏을 때마다, 시들어가는 야를 볼 때마다 우희는 존재론적인 슬픔에 짓눌렸다. 다들 살려고 발버둥 치는 것이다. 언니가 말했던 쓰러진 벚나무처럼, 살려고 아우성치는 것이다. 리사 역시.

그때 남편이 불쑥 끼어들었다. 그래. 선호 너도.

선호도 처음부터 폭력적인 사람은 아니었으리라. 삼대독자로 태어나는 순간부터 차곡차곡 쌓이고 쟁여진 것이 터져 나온 것일 뿐. 자신을 한껏 떠받들던 그것이 자신을 잡아먹는 괴물이 되어버린 것이다. 그 괴물이 물건을 집어 던지고 우희의 팔을 꺾고 목을 조른 것이다. 언젠가는 그런 자신에게 소스라치게 놀란 선호가 우희 앞에 엎어져서 울었다. "우희야, 제발, 나를 좀 존경해주면 안 되겠니?" 세상에, 존경을 구걸하다니. 우희는 그가 너무나 가련했다. "나, 다른 사람은 필요 없어. 너만 있으면 돼. 그런데 니가 내 진심을 제일 몰라줘." 그럴 때 보면 선호는 자신의 진심을 철석같이 믿는 것 같았다. 우희도 그의 진심을 믿었다. 지독히 이기적인 생의 의지를.

*

클리닉 가는 길, 우희의 손을 잡고 있는 기우의 손이 축축했다. 이마에도 진땀이 배어 있었다. 날씨가 덥다고 해도 녀석은 막무가내로 패딩 점퍼를 꺼내 입었다. 겨울은 끝날 듯 끝나지 않더니 봄은 오는지도 모르게 여름에게 자리를 내어 준 모양이었다. 한낮에는 초여름 날씨였다. 봄꽃도 뒤죽박죽이었다. 아파트 화단에는 철쭉과 목련이 피어 있었고 초등학교 울타리에는 개나리가 피어 있었다. 꽃망울이 맺히는가 싶었던 벚나무는 어느새 활짝 만개했다. 벤치에 듬성듬성 앉아 있는 노인들은 묵시록 속 예언자들처럼 하얀 마스크 위로 퀭한 눈만 끔벅거렸다. 그들 머리 위로 아기 손톱 같은 꽃잎 몇 개가 날리고 있었다.

주머니 속 휴대폰이 부르르 진동했다.

예수님께서 이르시되, 내가 심판하려고 이 세상에 왔으니 이것은 보지 못하는 자들은 보게 하고 보는 자들은 눈멀게 하려 함이라

"미친놈."

얼음물을 확 뒤집어쓴 것 같았다.

"미친년." 이번 욕설은 우희 자신을 향한 것이었다. 잠깐이나마 남편을 연민했던 자신에게 뺨이라도 한 대 올려붙이고 싶었다. 미쳤지, 미쳤어. 누가 누굴 동정한다는 거야. 집 나온 지 얼마나 됐다고. 너나 잘하세요. 우희는 스스로에게 염증이 일었다. 타인에 대한 이해와 공감, 배려심을 우희는 자신의 미덕이라고 생각했었다. 그런데 어째서 타인을 이해하려고 하면 할수록 자신은 점점 지워지는지, 불가사의했다.

　우희가 문자를 보는 사이 기우는 편의점으로 빨려들 듯 사라졌다. 계산대에는 벌써 초콜릿이 수북했다. 기우는 행여 뺏길세라 바코드를 찍는 동시에 주머니에 쓸어 담고 있었다. 우희는 한쪽 입술을 비틀며 피식 웃었다. 패딩을 꺼내 입을 때 녀석은 이미 계획이 있었던 것이다. 영리한 녀석.

　우희는 초콜릿을 계산하며 계산대 뒤편의 CCTV를 쳐다보았다. CCTV 앞에서 우희의 시선은 기우를 닮아가고 있었다. 기우 집에서 처음 CCTV와 눈이 마주쳤을 때의 당황스러움을 우희는 잊지 못했다. 리사는 CCTV를 자기라고 생각하라고 했지만, CCTV 너머의 리사는 상상이 되지 않았다.

　기우의 냉담은 가공할 만했다. 녀석은 낯선 사람과 절대로 눈을 마주치지 않았다. 우희와 눈을 마주치며 짧은 말이라도 주고받기 시작한 게 불과 며칠 전이었다. 녀석의 눈동자는 우희를 미끄러져 그 옆이나 뒤의 어딘가를 향했다. 얼굴을 맞대고 있어도 녀석의 시선은 엑스레이처럼 우희를 투과했다. 스마일, 우희는 CCTV를 향해 웃어주고 밖으로 나왔다.

　기우가 보이지 않았다. 녀석은 우희의 허방을 무서우리만치 금방 알아챘다. 우희가 잠깐 한눈을 팔면 미꾸라지처럼 빠져나갔다. 우희는 허둥지둥 주위를 둘러보았다. 이런. 눈이 또 말썽이었다. 눈앞의 세상이 어안렌즈로 보듯이 휘어졌다. 온 세상이 물속에 잠긴 것 같았다. 빌딩도 휘어지고 길도 휘어졌다. 마스크를 낀 사람들이 허리를 구부정하게 구부리고 걸어가는 모습이 마치 물음표처럼 보였다. 물음표가 콩나물 시루처럼 거리를 가득 메우고 있었다. 곡면의 가장자리에 녀석이 위태롭게 걸려 있었다.

기우는 공벌레처럼 몸을 말고 앉아 있었다. 빌딩 옆 에어컨 실외기 앞이었다. 클리닉에 도착해야 할 시간이 지났다. 녀석은 클리닉에 가고 싶지 않은 것이다. 도대체 거기에 뭐가 있단 말이냐. 우희도 녀석 옆에 앉았다. 순간, 찌릿한 전율이 꼬챙이를 꿰듯 몸을 관통했다. 녀석에게서 이상한 자력 같은 게 느껴졌다. 그건 끌어당기는 인력이 아니라, 동일한 전극끼리 밀어내는 척력 같은 거였다. 그때 문득, 녀석의 자폐는 녀석의 선택이며 의지일지 모른단 생각이 스쳤다. 기우는 자신의 성문을 스스로 닫아건 것이다. 그러자 조금 슬퍼졌는데, 그건 녀석의 자폐 때문이 아니라 일정한 거리를 두고 공전하는 행성처럼 끝내 녀석에게 다가갈 수 없을 거란 상실감 같은 거였다. 리사를 향하던 우희의 경외감은 날이 갈수록 기우 쪽으로 기울고 있었다.

녀석이 뭐라고 웅얼거리며 일어섰다. 우희가 따라 일어서자 우희의 손을 슬그머니 잡았다. 젤리처럼 말랑말랑하고 따뜻한 손이 어쩔 수 없이 연민을 불러일으켰다. 툭하면 연민으로 기우는 우희의 습관은 기우의 성만큼이나 견고했다.

"기우야, 오늘 클리닉에 가지 말까?"

기우는 묵묵히 걷기만 했다. 잠시 후 녀석의 손이 움찔거리는 게 느껴졌다. 녀석의 응답인가? 우희는 한 손에 쏙 들어오는 녀석의 손을 몇 번 꼭 쥐었다 놓았다. 마치 모스부호처럼. 잠시 후 기우가 갑자기 손을 빼며 몸을 획 돌렸을 때는 신호가 끊어진 듯 허전했다.

동시에 거대한 굉음이 울렸다. 자동차 사고였다. 승용차 한 대가 인도로 달려들어 가로수와 편의점을 들이받으며 멈췄다. 우희 코앞에서 벌어진 일이었다. 기우를 붙잡으려고 몸을 돌리지 않았다면 우희가 그대로 날아갔을 거였다. 우희는 그자리에 엉덩방아를 찧었고 앉은 채로 부들부들 떨며 뒷걸음질 쳤다. 편의점에서 막 나오던 아이 하나가 하늘로 붕 떠오르는가 싶더니 자동차 위로 낙엽처럼 힘없이 떨어지는 걸, 뒷걸음질 치면서 보았다.

"기우야!"

우희는 새된 비명을 지르며 주위를 두리번거렸다. 그 소리는 행인들의 비명 소리에 묻혔다. 우희는 심장이 튀어나올 것처럼 할딱거리는 가슴을 쥐어뜯으며 엉금엉금 기었다. 누군가 우희의 등을 톡톡 두드렸다. 기우였다. 우희는 앉은 채 옆에 서 있는 기우를 끌어안았다. 기우는 꼼짝 않고 선 채 사고 현장을 뚫어지게 쳐다보고 있었다. 그 표정이 너무 담담해서 어린 예지자 같았다. 우희는 감동인지 안도인지 모를 눈물을 쏟으며 기우를 더욱 끌어안았다. 그때 우희의 가슴으로 뜨거운 무언가가 흘러내렸다. 놀라서 앞가슴을 보니 흥건하게 젖어 있었다. 같은 위치의 기우 바지 앞섶도 펑 젖어 있었다. 우희가 깜짝 놀라며 기우를 밀쳤다. 뒤로 자빠진 기우가 악을 쓰며 발버둥 치기 시작했다. 소란스럽게 우왕좌왕하는 사람들과 멀리서 다가오는 사이렌 소리가 뒤섞여 기우의 발작은 아무런 눈길도 끌지 못했다.

자동차에서는 시커먼 연기가 매캐한 냄새를 풍기며 피어올랐다. 구조대원들이 찌그러진 앞문을 열고 운전자를 끌어내고 있었다. 우희는 비틀거리며 끌려 나오는 운전자를 바라보았다. 그와 눈이 마주쳤다. 우희를 발견한 그가 갑자기 사람들을 뿌리치더니 우희에게 달려들었다. 시커먼 연기 사이로 한낮의 태양이 이글거리고 있었다. 우희의 동공이 점점 커졌다. 순간, 우희의 두 눈이 멀어버렸다.

삼합닭곰집에서

1

　그는 우두커니 선 채 식당 간판을 올려다보았다.

　삼합하고도 닭곰집이었다. 한글 옆에는 간자체로 '三合土
鷄店'이라고 쓰여 있고, 암탉 세 마리가 삼각형 구도를 이루
며 그려져 있었다. 하얀 아크릴로 만든, 단순 소박한 간판이
었다. 실크스크린으로 출력한 음식사진을 덕지덕지 붙여놓은
남한의 식당과 비교하면, 무심타법에 가까웠다. 그나마 강바
람과 햇빛이 착실하게 지워가는 중이어서 순백의 아크릴 상
태로 돌아갈 날이 머지않아 보였다. 어쩐지 색조 화장을 지운
여인의 맨얼굴을 떠올리게 했는데, 깨끗하다기보다는 지쳐

보이는 쪽에 가까웠다.

식당이라고는 사실 이곳 한 곳뿐이었고, 그나마 가정집을 개조한 곳이었다. 경쟁적으로 간판을 내걸 이유가 없었다. 유동인구라고 할 만한 게 있을 리 만무했다.

두만강 변의 식당이었다. 강 건너가 북한이었다. 그곳에는 높은 산이 병풍처럼 일렬로 늘어서 있었는데, 견고한 장벽 같은 산이 늘어서 있기에는 맞춤한 위치였다. 산자락을 따라 지붕 낮은 집들이 납작 엎드려 있었다. 그곳까지 거리가 얼마나 될까. 일 킬로가 될까 말까? 심리적인 거리를 생각하면 충격적일 만큼 가까웠다.

인기척이 전혀 느껴지지 않아 마치 세트장처럼 보였다. 한겨울의 두만강은 수량이 부쩍 줄어든데다 꽁꽁 얼어붙어 있었다. 어렸을 때 그가 썰매를 타고 놀던 마을 앞의 강과 다르지 않았다. 그러나 이곳은 그렇게 노는 곳이 아니었다. 공연히 으스스해져야 하는 곳이었으나, 사실은 별로 그렇지도 않았다.

이래도 되나 싶을 만큼 긴장감이나 경계심이 느껴지지 않았다. 북한이다, 생각하고 봐서 그렇지 눈을 가리고 데려와서 풀어놓았다면 강원도 산골짜기라고 해도 믿을 것 같았다.

일행들이 미니버스를 타고 온 길은 두만강을 따라 죽 이어진 비포장도로였다. 길은 텅 비어 있었다. 자동차는 물론이고 사람도 개새끼 한 마리도 보이지 않았다. 총을 든 경비병도 없었다. 물론 이쪽은 중국 연변에 속한 지역이니까 그렇다고 해도 강 건너에도 경비병이나 초소는 눈에 띄지 않았다. 그의 눈에 보이지 않는다고 없다고 할 수는 없었다. 어디에선가는 이쪽을 지켜보는 눈이 있을 터였다.

삼합은 이곳 지명인 듯했다. 삼합이라…… 세 가지가 합쳐진다, 그게 뭘까.

"실향민도 아니면서, 웬 감상이십니까? 들어가시죠. 얼어 죽겠어요."

화장실에 다녀온 김 기자가 몸을 부르르 떨면서 집 안으로 들어갔다. 고향 후배인 김 기자는 신문사를 퇴사한 후 여행사 일을 도와주며 밥을 먹고 있었다. 북한 관련 기사를 전담했던 터라 이쪽으로 발이 넓었다. 조선족 가이드와도 오래 묵은 인연 같았다.

조금 전만 해도 여기저기 흩어져 두만강 건너를 살펴보던 일행들은 어느새 모두 안으로 들어가고 그만 혼자 마당에 남아 있었다.

그가 옷깃을 여미며 몸을 돌리는데 무슨 소리가 들렸다. 흠칫 놀라 뒤를 돌아보았다. 을씨년스런 좀 전의 풍경 그대로였다. 꽁꽁 얼어붙은 들판에 누가 있다고…… 거기 누가 있어 그를 부르겠는가. 그러나 그는 선뜻 안으로 들어가지 못하고 자꾸만 뒤를 돌아보았다.

2

김 기자가 바람이나 쐬고 오자며 여행을 권했을 때 그 자리에서 모바일뱅킹으로 경비를 입금시킨 건 순전히 홧김이었다. 그는 잔뜩 화가 나 있었다. 억울하고 답답했다. 온 세상이 그에게 등을 돌린 것 같았다. 물론 세상은 그에게 호의를 보여준 적도 없었다. 부모는 무학의 무능력자였고 형제들은 그가 고학으로 딴 대학 간판이 대단한 백이나 되는 줄 알고 뭐라도 뜯어가려고 덤볐다. 흙수저의 전형이었다. 그래도 실낱같은 거라도 조상에게 물려받은 게 있지 않을까. 샅샅이 뒤진 끝에 찾아낸 건, 눈치 하나는 빠르다는 것! 비정할 정도로 가진 것 없는 집안 장남으로 태어나, 이 정도나마 살 수 있었던 건 다 그 덕이라고, 그것 빼고는 설명이 안 된다고 그는 생각했다. 아는 사람보다 모르는 사람이 더 많은 경제단체지만 출판부서장을 지냈고, 관련 신문사로 자리를 옮겨 논설위원 타이틀도 달았다. 신도시에 중형 아파트를 장만했고 하나 있는 딸도 남부럽지 않게 키웠다. 눈에 넣어도 아프지 않은 딸이었다. 허접한 것들 눈치 보며 굽신거린 건 다 가족들 때문이었다. 딸만큼은 자기 같은 모멸감을 겪지 않고 살기를 바랐다. 그런데 그 딸이 그에게 무슨 짓을 한 것인가. 사랑하는 것이 아프게 한다고 했던가.

처음에는 딸이 상처를 입었다고 생각했다. 얼굴 보기도 힘든 딸이었다. 인터넷 신문사에 취직한 후로는 자정 전에 귀가하는 날이 손에 꼽을 정도였고, 주말 저녁에 세 가족이 오붓하게 식사 한 번 못했다. 그런데 며칠 전부터 딸에게서 시베리아 냉기가 끼쳤다. 욕실이나 냉장고 앞에서 마주칠 때, 밥은 챙겨 먹고 다니느냐, 힘든 일은 없냐, 진상 선배는 없냐, 그는 세상 가장 다정한 표정과 목소리로 딸에게 물었으나 돌아오는 대답은 짧디짧았다. 네, 아니요, 걱정 마세요. 신경 쓰지 마세요. 욱하고 치밀어 오르는 걸 그는 꾸욱, 눌렀다. 눈에 넣어도 아프지 않을 나이는 아무래도 지난 것 같았다. 그럼에도 세상에서 가장 사랑하는 존재였다. 신문기자 초년병이면 한창 오만할 나이였다. 세상 정의가 자기 손에 달린 것처럼 착각할 때였다. 하지만 세상이 호락호락하지 않다는 걸 느끼는 건 그리 오래 걸리지 않을 터였다. 그럴 때 딸의 울타리가 되어줄 사람이 자신밖에 더 있겠는가.

그런 날이 정말 왔다. 현관 앞에 떨어진 조간신문을 가져오는데 가느다랗게 울음소리가 들렸다. 딸 방에서 나는 소리였다.

아내도 소리를 들었는지, 주방에서 아침 준비하던 걸 멈추고 고개를 빼꼼 내밀었다. 아내는 분명히 뭔가 아는 것 같은데 입을 꾹 다물고 있었다. 딸이 머리가 굵어지면서부터 그와 대화 시간이 줄어든 건 그렇다고 치자. 아내까지 덩달아 못마땅한 표정으로 뚱하고 있는 건 참을 수가 없었다.

"내 말이 말 같지 않아?"

그는 밥숟가락을 탁, 소리가 나게 내려놨다. 밥그릇이 팽이처럼 떼구르르 돌았다. 식탁 유리가 쩽 소리를 냈으나 깨지지는 않았다. 아내는 겁먹은 얼굴로 어깨를 움츠렸다. 유세를 하듯이 입을 꾹 다물 땐 언제고 피해자연하며 눈치를 보는 건 또 뭔가. 짜증이 머리끝까지 솟구쳤다. 그는 아내의 팔을 휘어잡고 방으로 끌고 갔다.

아내는 고개를 외로 꼬고 코를 훌쩍거리며 말했다.

"댓글인가 뭔가 때문에……"

댓글? 그도 댓글이 뭔지 안다. 지금은 명퇴를 했지만 신문사 논설위원 시절 출근하면 인터넷으로 신문 보는 게 일과의 시작이었다. 처음에는 도무지 익숙해지지가 않더니, 댓글이라는 걸 보게 된 후부터는 댓글 보는 재미로 인터넷신문에 익숙해졌다. 톡톡 튀는 감각과 재기가 놀라웠다. 어떤 댓글은 기사보다 더 촌철살인일 때도 적지 않았다. 옮겨 적고 싶을 만큼 인상적이고 재치가 넘치는 것도 많았지만, 무섭게 적대적이고 공격적인 글도 적지 않았다. 쌍욕과 조롱, 비하가 뒤섞인 인신공격성 댓글을 보노라면, 글자 하나하나가 비수처럼 보였다.

"자네, 요즘 글 중에 공포와 스릴이 압도적인 장르가 뭔지 아나?"

"미스터리 추리소설이요?"

"노노, 댓글 장르라네."

동료들과 이런 농담을 주고받기도 했다. 그런데 딸이 댓글 공격을 당하고 있다는 거였다. 아버지이기 전에 기자 선배로서 딸을 방어하고 보호하고 격려와 위로를 해줘야 한다는 책임감이 불끈 솟았다. 그는 딸의 기사를 검색해보았다. 문제의 기사는 페미니즘 관련 기사였다. 강남역 살인 사건에서부터 홍대 누드모델 몰카 사건, 그리고 혜화역 시위에 이르기까지 이즈음 페미니즘 운동의 흐름을 짚은 후, 지나치게 젠더 갈등으로 몰아갈 경우 한 단계 진보하려는 한국 페미니즘의 흐름에 오히려 역풍이 불 수도 있다는 진단을 내리는 기획기사였다. 역사적으로 남녀평등의 진전을 이루어낸 것은 마녀사냥에도 굴하지 않고 헌신적으로 투쟁했던 선각자들 덕인 것이 사실이나 남성과 여성은 서로 싸우고 공격해야 할 대상이 아니라 조화를 이루어나갈 방안을 찾아야 하며, 정작 싸워야 할 상대는 고정관념과 편견으로 가득한 가부장적이고 기득권적인 가치라는 게 기사의 결론이었다.

솔직히 딸의 기사는 그가 쓴 것과는 비교가 되지 않게 격조가 있었다. 한낱 이권단체의 기관지 비슷한 신문에 쓰는 논설이라는 건, 집단 이익을 대변하는 억지 논리가 대부분이었다. 그런 허접한 글에 댓글을 다는 사람은, 물론 없었다. 그런데 딸의 기사에 달린 댓글들이 너무나 악의적이었다. 토론이나 반론의 분위기는 아예 씨가 말랐고 인신공격성 글이 대부분이었다. 현실을 제대로 알지도 못하는 온실 속 공주병 환자라느니, 피시주의자라느니, 너 같은 년 때문에 페미들이 공격당한다는 식이었다.

온갖 욕설도 흥미진진하게 읽곤 하던 그였지만 화살이 딸에게로 향하자 걷잡을 수 없이 분노가 솟구쳤다. 처음 분노가 향한 곳은 딸이었다. 그는 딸의 사회생활을 반대했었다. 사회라는 건 진흙탕 같은 정글이므로 여성들은 가능하면 발을 들이밀지 않을수록 좋다는 게 그의 믿음이었다. 그가 사회생활을 하면서 만난 여성들도 차마 대놓고 말하지 못해서 그렇지, 그들이 진짜 바라는 건 돈 잘 버는 남편 만나 편하게 사는 것이었다. 말처럼 쉬운 일이 아니어서 그렇지, 그게 현명한 생각이었다. 페미니스트들이 아무리 깃발을 높이 들어봐야 남녀가 평등한 세상은 이상이고 꿈일 뿐이었다. 사회가 돌아가는 방식은 공명정대가 아니고 네트워크였다. 학연, 혈연, 지연, 솔직히 거기에는 남녀가 따로 없었다.

그렇다고 그가 여성들의 사회생활을 무조건 반대하는, 그렇게 꽉 막힌 사람은 아니었다. 여자도 사회생활을 좀 해봐야 남자들이 처자식들 먹여 살리기 위해서 어떤 굴욕을 감수하는지, 이해의 폭도 넓어질 테니 말이다. 아내가 그랬다. 직장생활이란 걸 해본 적 없는 아내는 남자들의 세상을 조금도 이해하지 못했다. 상사들이 부르면 주말에도 달려가야 하고 여자들 있는 룸살롱에서 난잡하게 노는 게, 좋아서 하는 짓이 아니라는 걸 몰랐다. 그 자리에 불러주지 않는 순간, 금 밖으로 밀려났다는 의미라는 걸 말이다.

딸은 신문사 기자질을 좀 하더니 제법 말에 가시가 돋기 시작했다. 그가 무심결에 아내를 무시하는 발언을 하면 딸은 그 자리에서 자신을 비판했다.

"아버지는 엄마를 가사 도우미로 생각하나 봐요."

"엄마도 의견이 있으실 건데, 들어보세요."

전에 없이 아내가 동창들과 일박이일 여행을 다녀오겠다는 말을 할 때는 딸을 앞세웠다. 그가 마지못해, 허락한다고 말했더니 딸은 그것마저 비판했다.

"허락이라뇨. 아버지는 어디 갈 때 엄마한테 허락받은 적 있어요?"

그게 다 기자질 초기 증세라고, 그는 선배 기자로서 격려 차원에서 어여쁘게 봐주었다. 한편으로는 물론 서운했다. 가족을 보호하려는 마음은 헤아리지 못하고 페미니즘에 대해서는 아무것도 모르는 가부장주의에 찌든 꼴보수라고 생각하는 것 같았다. 딸이 아닌 다른 누가 그런 말을 했다면 못 참았을 것이다. 하지만 딸이었다. 쥐면 꺼질까 불면 날아갈까 애지중지하던 무남독녀 외동딸이었다.

그런데 댓글 뒤쪽으로 가면서 이상한 글들이 눈에 띄기 시작했다.

"알고 봤더니 아버지가 종편 보수꼴통 막말주자더군."

"그 아버지에 그 딸이구나."

"탈북녀를 포르노 배우로 몰아붙였던 그 작자 딸이군."

"딸이랑 같이 포르노를 보는 아주 평등한 집안일지도……"

"헐, 탈북자를 간첩으로 몰아붙였던 그 꼴통?"

"아버지가 꼴통 종편 패널이라는 걸 세탁하려고 딸은 진보 신문사로?"

네티즌 수사대들이 신상을 털면 꼼짝 못한다더니, 자신이 그렇게 당하고 있는 줄은 꿈에도 몰랐다. 꼴통 종편 패널이라니, 참을 수 없는 모욕이었다. 딸이 자신을 비난하는 것과 이것은 완전히 별개의 문제였다. 게다가 자신은 정작 딸과 대화한번 제대로 못했는데, 딸과 자신을 이렇게 굴비처럼 엮어서 동시에 비난을 하다니, 이거야말로 빨갱이들 식의 인민재판 아닌가. 부모에 대한 모욕이 자신이 당하는 모욕보다 더 치욕적이라는 걸 알고 하는 짓이었다. 비열하기 짝이 없는 놈들이었다.

오죽했으면 당차기만 하던 딸이 방에 틀어박혀서 울고 있겠는가. 그는 악의적인 댓글러들을 모조리 싸잡아서 명예훼손으로 고소해야겠다고 작정했다. 그러나 그보다는 딸을 위로하는 게 먼저였다. 아버지로서보다는 선배 기자로서. 그런데 딸은 걸어 잠근 방문을 열지 않았다.

그리고 며칠 후 딸의 방이 휑하니 비어 있었다. 추궁하는 그에게 아내가 더듬거리며 말했다.

"이제는 자기도 성인이라고…… 돈도 벌고, 회사까지 멀기도 하고……"

"그래서?"

"그래서 방을 얻어서 독립을 한다고……"

그날 김 기자를 불러내 술을 마셨다.

3

인천공항에 모인 일행은 열대여섯 명쯤 되었다. 중국항공 카운터 부근에서 김 기자를 발견하고 걸어가던 그는 실망감을 감출 수 없었다. 일행 대부분이 여자들이었고, 남자는 김 기자 주변에 서성이는 서너 명이 다인 것 같았다. 명퇴 후에 느끼는 건, 우리나라 여자들처럼 팔자 좋은 여자들도 없다는 거였다. 남편 출근하고 아이들 학교 가고 나면, 수영과 헬스로 몸단장을 하고는 브런치 카페에 모여서 수다를 떨었다. 점심시간에 이태리 식당에 한번 갔다가 남자라고는 오직 그 혼자뿐인 걸 발견한 후 다시는 그런 데 가지 않았다. 예술의 전당에서는 유한마담들을 위해서 대낮에 실내악단 연주와 콘서트 등을 기획했다. 해외여행을 나가봐도 여성 천국이었다. 그 생각을 하자, 또다시 모녀에 대한 적개심이 불타올랐다.

패키지 단체여행은 처음이었다. 술에 취해서 홧김에 질러

버린 여행이었다. 낯선 사람들과 섞여서 닷새나 함께 지낼 생각을 하니 숨이 막혔다. 그러나 그동안 온갖 모멸을 감수하며 먹여 살린 공도 없이 자신을 따돌리는 모녀를 생각하면 더더욱 숨이 막혔다. 명퇴 후 몇 개월 동안 쏠쏠하게 용돈 벌이를 했던 종편 출연 섭외도 끊어진 마당에 자신도 자유를 만끽하고 싶었다. 가방을 싸는데, 아내가 물었다.

"어디 가세요?"

그는 대답도 하지 않고 보란 듯이 집을 나왔는데, 공항에 도착할 때까지 아내로부터 전화 한 통 오지 않았다. 혹시 신호를 놓쳤는지 몇 번이나 확인하다가 진동모드를 해제했지만, 전화는 오지 않았다.

중년 여인들만 우글거리는 걸 보자 다시 집으로 돌아가고 싶어졌다. 그와 김 기자를 포함해서 다섯 남자들은, 성긴 머리숱에 흰머리가 절반이고 자기 관리가 뭔지도 모르는 술배 불룩한, 고만고만한 중년 사내들이었다. 해외여행 간다고 선글라스를 머리에 꽂고 어떤 이는 중절모도 쓰고 있었지만, 등산복 바지만큼은 포기하지 못하는 후줄근한 중년일 뿐이었다. 어쨌거나 그들도 사회의 중심에서 떨려 나온 자들일 터였다. 그들 중에 탈북자도 끼어 있었다. 일행들을 한 명씩 소개하던 김 기자는 유독 그에 대해서는 소개말이 길었다.

"여기 최용성 선생님은 고향이 함경북도 청진입니다. 네, 맞습니다. 탈북하신 분입니다. 벌써 십오 년쯤 되셨죠? 이제는 탈북민이라는 말을 쓰기도 좀 거시기하지만, 이번 여행 컨셉이 '탈북 루트를 가다' 아닙니까? 그래서 제가 특별히 모셨습니다. 여행 중간에 최 선생님이 탈북 때 에피소드를 간간이 들려주실 겁니다. 우리 여행이 한층 더 실감 나고 남과 북이 서로를 이해하는 데 도움이 될 거라고 생각합니다."

탈북 루트를 가다? 그는 처음 듣는 말이었다. 연변 여행을 간다는 말에 따라나선 길이었다. 여행 계획서를 보니 두만강과 도문 지역도 일정에 포함되어 있었다. 다른 사람은 몰라도 최 선생은 자신이 종편 패널이었다는 걸 알아볼 것 같았다. 그러자 더더욱 여행에서 빠지고 싶어졌다. 유일하게 의지할 수 있는 김 기자는 인솔자라서 사람들을 챙기느라 바빴다.

최 선생이 인사를 하자 여인네들의 박수 소리가 유난히 컸다. 고난의 행군 시기 전에 태어난 덕인지 집안 내력인지, 키가 그보다 머리 하나는 크고 숯검댕이 눈썹에 높은 콧날, 선이 분명한 입매가 젊을 때는 여인네깨나 후렸을 인상이었다. 결정적으로 입담이 좋았다.

그 자신이 은근히 따돌림당하고 있다는 걸 느낀 건 여행이 사흘째로 접어들 무렵이었다. 사실은 그가 먼저 원한 것이었다. 그는 문학소녀 취향의 중년 여인들과 노닥거릴 기분이 아니었다. 그들을 볼 때마다 아내와 딸이 떠올랐고 간신히 눌러 놓은 울화가 도졌다. 그러나 자신이 원해서 겉도는 것과 타의에 의해 당하는 건 다른 것이다. 여정이 하루 이틀 지나면서 최씨 주변으로 사람들이 모여들었다. 식당에 가도 그가 앉은 테이블의 자리가 먼저 찼고, 버스 옆자리는 언제나 누군가 앉아서 대화에 열을 올리고 있었다. 탈북 스토리가 뭐 대단하다고 그가 말할 때마다 중년의 문학소녀들은 눈물을 그렁거리며 감동하고 연민 가득한 표정으로 그를 바라보았다. 하얼빈 빙등 축제에서도 그는 이 사람 저 사람과 돌아가며 사진을 찍느라고 바빴다. 영하 사십 도까지 내려가는 추위였다. 코와 귀가 떨어져 나갈 것 같아서 커피숍을 찾아 들어갔는데, 일행들이 왁자하게 떠들며 커피를 마시고 있었다. 그쪽으로 가려고 보니 그들 중심에 그자가 있었다.

열이 확 오르고 짜증이 일었다. 그는 그들 눈에 뜨이고 싶지 않아서 커피를 들고 기둥 뒤쪽 자리를 찾아 앉았으나, 말소리는 거기까지 들려왔다.

"김일성 생일날 노래극을 준비했단 말입니다. 그때 찬양 시를 썼는데, 우리의 태양은 하나밖에 없다, 이 말이 수령을 물건에 비유했다고 해서 사상 검증을 받았단 말입니다. 그 일 때문에 입당은 포기했어요. 먹고살 길을 찾다가 우연히 CD 장사를 시작했는데 그때 한류드라마를 처음 봤어요. 아주 푹 빠져버렸어요. 식량은 없어도 드라마는 못 놓친다고 할 정도였으니까, 말 다했지. 인권이라는 거, 한국 드라마 보면서 배웠어요. 그전에는 그런 개념도 몰랐어요."

그는 자기도 모르게 그의 말에 귀 기울이고 있었다. 북한에서 시인이었다고 했다. 북한 정권에 대해 비판적인 시 몇 편을 썼고 그걸 감춰두고 있다가, 어느 날인가 술에 취해서 가장 친한 친구에게 보여줬는데 친구가 그걸 밀고하는 바람에 수용소에 끌려가서 치도곤을 치렀고, 그 후에 탈북했다고 말했다. 여인들은 마치 자신들이 수용소에 끌려가기라도 한 듯 온몸을 부르르 떨었다.

솔직히 고백하자면, 그도 인정했다. 최씨 말을 듣고 있노라면 그도 빠져들었다. 전 세계를 손안에 놓고 속속들이 들여다보는 요즘 같은 세상에 유일한 금단의 지역이 북한 아닌가. 게다가 그는 목숨을 걸고 그곳을 탈출한 사람이었다. 거기에다 말재주까지 뛰어났다.

탈북자들이 출연하는 프로그램을 보고 있노라면 말 못하는 사람은 하나도 없었다. 물론 말 잘하는 사람들을 가려 뽑았으니 그렇겠지만, 요는 말맛이었다. 북한 말은 어딘지 모르게 잊고 있던, 혹은 퇴화해버린 정서를 묘하게 건드리는 지점이 있었다. 너무 리얼하고 노골적이어서 얼굴이 화끈거리는 말도 곱씹어보면 오히려 구수한 정감이 느껴지는 거였다. 투박하고 거칠지만 속정이 느껴졌다. 예의와 세련된 교양미로 연마된 남한 말에서는 더 이상 느낄 수 없는 정서였다. 게다가 그들의 말솜씨는 매일 총화 시간에 자아비판을 하며 다져진 것이었다.

그런 점에서 그는 경각심을 느꼈다. 탈북자들에 비하면 남한 사람들은 너무 수동적이고 나약했다. 탈북자들 숫자가 많아지고 세력이 커지면 그 기세에 눌릴 게 뻔했다. 이렇게 심각한 문제를 지적하는 사람이 아무도 없다는 게 더 심각했다. 지금도 보라. 최씨의 말솜씨에 여인네들이 녹아내리고 있지 않은가 말이다.

그렇게 생각하니 또 화가 치밀었다. 젠더 감수성이나 인권의식은 고사하고, 인간 존재에 대해 최소한의 예의조차 없다고 했던가? 허락은커녕 그에게 인사조차 하지 않고 방을 얻어서 나간 딸이 보내온 장문의 메시지 속 문장이었다. 댓글 사건 이후 딸은 그가 출연했던 종편방송을 찾아본 것 같았다. 이런 사람이 자기 아버지라는 게 너무 충격적이었다고, 딸은 쓰고 있었다. 그건 그가 할 말이었다. 평생을 살아오면서 이렇게 충격적인 비난은 들어본 기억이 없었다. 다른 누구도 아닌 딸로부터 이런 비난을 들을 줄은 꿈에서도 상상하지 못한 일이었다.

4

오수정을 처음 본 건 탈북자들이 나오는 티브이 토크쇼에서였다. 얼굴도 예쁘장한데다 애교와 끼가 철철 넘쳤다. 4차원 소녀처럼 엉뚱하고 발랄한 그녀는 방송에 최적화된 캐릭터였다. 북한처럼 억압적인 사회에서 어떻게 그녀처럼 구김살 없는 성격이 형성될 수 있는지, 의심스러울 지경이었다. 그런 매력 덕분에 탈북녀들 중에서도 아이돌급 인기를 누리고 있었다. 잘생긴 남자 연예인과 가상 부부로 출연하는 다큐예능프로에도 출연했고, 팬카페까지 생겼다.

그도 그녀와 같은 프로그램에 출연한 적이 딱 한 번 있었다. 예능 포맷의 토크 프로그램이었다. 북한 여성들의 소비생활이 주제였는데, 그녀는 톡톡 튀는 찰진 북한말로 좌중을 휘어잡았다. 평양 여성들의 명품에 대한 욕망, 수단과 방법을 가리지 않고 온갖 꾀를 다 짜내어 그걸 손에 넣는 여성들에 대한 조롱. 고위급 인사 자녀들의 도가 넘는 사치스러운 소비생활 대부분이 불법이라고 할 만한 것들이지만, 법망이라는 것 자체가 없어서 처벌도 하지 못하는 사례들. 그녀는 북한 사람 특유의 신랄한 화법으로 큰 웃음을 자아냈다. 그날 그에게 주어진 역할은 어리버리한 남한의 중년 남성이었다. 오수정의 말에 경악해서 입을 헤벌리거나 진저리를 치면서 고개를 절레절레 흔들고 한심하다는 듯 깊은 한숨을 내쉬는 리액션을 과장되게 연기하면 되었다.

어차피 오수정의 말에는 신빙성이 없었다. 고위급 자녀도 아닌데 그들 생활을 들여다보듯 말하는 것 자체가 모순이었다. 그러나 예능 포맷에서 진위 따위는 중요하지 않았다. 자극적인 언어와 표정으로 북한을 무시하고 한심한 독재정권으로 몰아가는 거, 쉽고도 지겨운 일이었다. 뻔한 이야기가 반복되는 짜증스런 구도의 포맷에서 그녀는 상큼발랄한 향수처럼 프로에 생기를 불어넣었다.

그녀가 톡톡 튈수록 그는 후줄근한 꼴보수 중년 아재의 전형처럼 보였다. 그녀의 주가가 한창 상종가를 치고 있을 때였으므로 뒤풀이 자리에서도 그녀는 단연 화제의 중심에 있었다. 그러나 세상살이에 노회한 그의 눈에는 눈웃음과 손동작 하나도 제작진들에게 잘 보이고 눈도장을 찍으려는, 철저히 계산된 행동으로 보였다. 누군들 그걸 비난할 수 있겠는가. 혈혈단신 탈북한 그녀가 누굴 믿고 의지할 수 있을까. 그도 처음 서울에 올라왔을 때 얼마나 막막했던가. 그런 감상에 젖어 안주나 축내면서 술을 마시고 있는데, 그녀가 술병을 들고 그에게 다가왔다.

"오늘 수고 많으셨습니다."

그는 깜짝 놀라서 엉거주춤 자리에서 일어나 술을 받았다.

"아이참, 이러지 마십시오. 제가 너무 송구스럽습니다."

스튜디오에서 고무공처럼 톡톡 튀던 것과 달리 그녀는 예의 바르고 겸손했다. 제작진이나 패널들을 대하는 태도에 관한 한 그와는 비교도 되지 않는 고수였지만, 그게 허물일 수는 없었다. 그런 정도의 생존본능도 없었다면 사선을 넘을 수도 없었을 테니까. 그에게 다가와 술을 따른 것은 테이블을

한 바퀴 돌던 중 그의 차례가 되었기 때문이고 대화라고는 딱
두 마디가 전부였음에도, 그녀에 대한 인상은 호감으로 바뀌
어 있었다.

그런 그녀가 어느 날 잠적했다. 물론 그녀는 대한민국의 국
민으로서 거주 이동의 자유가 있으니, 잠수를 타든 비행기를
타든 그녀의 자유였다. 그녀의 잠적 사실을 처음 인지한 건
가까운 지인이나 방송 관계자 정도였다. 잠적이 월북이었다는
게 밝혀진 건 대남방송 '우리민족끼리'를 통해서였다. 내용은
충격적이었다. 그녀가 남한의 방송에서 북한을 비난하도록 강
요받았으며 그게 죽을 만큼 괴로웠다는 것, 조국이 베풀어준
은혜를 배신하고 적에게 이용당하는 현실이 너무 고통스러워
어떠한 벌도 달게 받겠다는 각오로 다시 월북했다는 것이었
다. 두만강 푸른 물에 젖은 몸을 오들오들 떨고 있을 때 그녀
를 발견한 경비대원이 담요로 그녀를 감싸주고 삶은 감자를
주었는데, 그때 비로소 조국의 따뜻한 품에 다시 안겼다는 것
에 안도하고 감격해서 눈물을 흘렸다고, 그녀는 말했다. 화면
에 비친 그녀는 한국에서 보던 그녀가 아니었다. 흰 저고리를
입고 머리는 짧게 잘랐으며, 무엇보다 어색한 건 신파극의 배
우처럼 코와 눈의 음영을 짙게 강조한 화장이었다.
방송의 충격파는 일파만파 번져갔다. 온갖 추측과 추리와
과장이 분석과 해석이라는 그럴듯한 말로 포장되었다. 그녀

가 살던 강남의 오피스텔에 가보니 월북을 염두에 둔 듯 중요
한 짐은 모두 챙겨가고 쓸모없는 소품들만 남아 있더라, 오피
스텔이란 곳은 어차피 보증금이 별로 없기 때문에 방을 뺀다
는 말을 할 필요도 없었을 것이다. 남양주에 살던 그녀가 어
떻게 강남으로 이사를 갔을까, 방송에서 뜨면서 돈을 꽤 많이
벌었으며 외제 차를 타고 다녔다고 하더라……

　모두 확인할 수 없는 말들이었다. 유명세와 미모는 민들레
홀씨만 한 의혹만 따라붙어도 눈사태가 날 만큼 부풀리기 좋
은 밑밥이었다. 그즈음 어느 여성 BJ가 음란 방송을 하다가
수사망에 걸렸다는 보도가 나왔다. 곧바로 그녀가 오수정이
란 추측이 난무했다. 이미 그녀가 월북했다는 영상이 나온 후
였으나, 그런 건 신경도 쓰지 않았다. 한국에 입국하기 전 그
녀가 중국에서 포르노 영상을 찍었다는 소문이 돌고 있을 때
였으므로, 여성 BJ에 대한 확인 절차도 없이 오수정이 한국에
서 음란 방송까지 했다더라고 낙인찍어버렸다.

　그는 오수정이 중국에서 찍었다고 알려진 포르노 영상을
제작 회의 때 제작진, 패널들과 함께 보았다. 영상 속 여자는
얼굴을 정면으로 돌리지 않았으므로 오수정이라고 특정하기
는 곤란했으나, 통통하고 아담한 몸집과 버선코처럼 오뚝한
콧날이 그녀와 무척 닮아 보이기는 했다.

　"똑같은데 뭐. 오수정 맞네."

　누군가 그렇게 말하자, 다른 사람들도 아니라고 하지는 못

하겠다고 입을 모았다. 다들 그렇다고 하니, 그도 그녀인가 보다 했다.

"그런데 스튜디오에서 볼 때랑 완전 다른데?"

"색기가 장난 아니네요."

"팔색조 같은 여자야."

소위 북한 전문가라고 하는 패널들은 세상 가장 심각한 표정으로 팔짱을 끼고 포르노 영상을 감별했다.

"중국에 조선족 애인이 있다면서요? 한 달에 한 번 이상 중국에 갔다더라구요."

"그게 정말 애인인지, 직업적인 브로커인지?"

"애인 겸 브로커 아니겠어?"

"보위부 소속일지 모른다는 분석도 있어요."

"합리적인 의심이죠. 애인이라면 왜 한국에 데리고 와서 같이 살지 않았을까?"

"월북인지 납북인지, 그 조선족이 기획한 건지도 모르죠."

그렇게 말하는 그의 머릿속에 금발의 고혹적인 미녀 얼굴이 떠올랐다. 포르노의 고전 「엠마누엘 부인」의 전설적인 섹스 심벌 실비아 크리스텔, 그리고 그녀가 주인공으로 나왔던 영화 「마타하리」. 일차대전을 배경으로 독일과 프랑스 남자를 동시에 사랑한 여자가 이중간첩 활동을 하다가 발각되어 처형당하는 비극적인 스토리인데, 그 여주인공이 실존 인물이라는 소문으로 인해 신비함을 더했었다.

"마타하리가 생각나지 않아요?"

그 말을 들은 피디가 귀를 쫑긋 세우며 그를 돌아보았다.

"그렇죠? 나도 방금 그 생각을 하던 참이었는데."

피디가 그렇게 눈을 빛내며 그를 바라본 건 처음이었다. 지금껏 그는 한 번도 귀가 번쩍 뜨일 만한 쇼킹한 의견을 내본 적이 없었다. 패널들의 현란한 말솜씨를 따라잡는 건 그의 능력 밖의 일이었다. 그나마 전직 논설위원이란 타이틀 덕분에 구색 맞추기용으로 버티고 있을 뿐이었다. 마침내 그에게도 기회가 온 것 같았다. 그는 한마디 더 보탰다.

"우리 정부가 탈북자들을 제대로 관리하고 있는 겁니까? 이런 일이 자꾸 터지니까 이 정부가 불안하다고 하는 겁니다."

"맞아요. 그 점을 반드시 짚어야 돼요."

"「마타하리」란 영화가 괜히 나왔겠어요? 가능성을 배제하면 안 되죠. 이중간첩!"

눈앞이 환해졌다. 이런 걸 두고 개안이라고 하던가. 이른바 방송 감각이라는 게 두 손 가득 뿌듯하게 잡히는 걸 그는 분명히 느꼈다.

그날의 방송은 그가 주도하다시피 끌어나갔다. 이중간첩, 마타하리가 키워드였다. 그걸 뒷받침하는 유일한 근거는, 중국을 자주 들락거렸다는 것과 중국에 애인이 있으며 그가 조선족일 거라는, 아무런 증거를 댈 수 없는 추측이 다였다. 조선족 애인이 보위부원일지 모른다는 추리의 근거는 영화「마타하리」였다. 실비아 크리스텔이 등장하자 이중간첩설은 슬 그머니 사라지고 섹스 심벌, 포르노, 음란 방송 등으로 마구 번져나갔다. 말이 좋아서 시사토론 프로그램이지, 누구도 근거나 팩트를 따지지 않았다. 방송 목표는 시청률을 일 프로라도 높이는 것이었다.

거기에서 인권을 얘기하는 사람은 아무도 없었다. 어차피 그녀는 여기 없는 사람이었다. 그녀가 다시 돌아온다? 차라리 죽은 사람을 기다리는 게 빠를 것이다. 패널들이 아무 말이나 마구 던질 수 있는 건 그런 생각이 깔려 있기 때문일 터였다. 그들 중 가장 고무된 건 그였다. 마침내 그도 종편의 고삐를 쥐게 된 것이다. 그러자 말의 고삐가 풀렸는지, 생각도 하기 전에 말이 술술 흘러나왔다.

그는 뒤풀이 자리에서 스치듯 술 한 잔 받은 걸, 그녀가 술로 유혹했으며 신문사에 근무할 때 일을 자꾸 물어보더라며 말을 부풀렸다. 그리고 훗날, 그의 딸이 비수처럼 그를 찌르게 될 결정적 한마디를 던졌다.

"탈북녀들이 한국에 안착할 때까지, 무슨 일이 있었는지 그걸 어떻게 압니까? 탈북자들 중에 왜 여자들이 압도적으로 많겠습니까? 이 점을 곰곰이 따져봐야 합니다."

그는 과감하게 한발 더 나아가, 이제 그녀는 이미 써먹은 카드이므로 곧 용도 폐기될 거라는 예언까지 보탰다. 그러나 민망하게도 바로 다음 날 그녀의 두번째 영상이 공개되었다.

영상 속 그녀는 지난날의 과오를 용서받고 조국의 품 안에서 다시 명랑하고 밝은 예전의 모습으로 부모님과 즐겁게 여행을 하고 있었다.

탈북녀는 인권도 없느냐, 막말이나 해대는 쓰레기 패널, 집에 가서 마누라 감시나 잘해라, 니 딸이라도 그렇게 말할 수 있겠냐? 니 딸도 해외여행 가서 무슨 짓 하는지 누가 알겠냐…… 프로그램 게시판에 비난 여론이 일자, 고삐를 쥔 줄 알았던 패널에서 곧바로 제외되었다.

그건 상관없었다. 혹시라도 아내와 딸이 게시판을 보게 될까 봐 그게 제일 걱정스러웠다. 다행히도 종편이야 으레 그러려니 해서인지 비난 여론이 오래가지는 않았다. 그렇게 끝난 줄 알았던 짱돌이 딸을 향해 날아갈 거라고는 생각지도 못한 일이었다. 그가 오수정을 향해 퍼부은 막말이 고스란히 딸에게로 향하고 있었다.

그리고 그게 다시 부메랑이 되어 그에게로 날아온 것이다. 다른 누구도 아닌 딸로부터.

5

일행들은 커다랗고 둥그런 포마이카 상 세 개에 나눠 앉아 밥을 먹고 있었다. 고사리, 더덕무침, 김치, 콩장, 마늘장아

찌, 찹쌀순대와 삶은 달걀, 닭백숙까지, 어린 시절 시골집 잔 칫상을 그대로 옮겨놓은 듯했다. 가이드가 밥상에 술도 한 병씩 올려놓았다.

"된장술입니다. 우리 조선족들이 된장에서 추출한 걸로 만든 술인데, 된장으로 만들어서 그런가 다음 날 숙취도 별로 없고 좋습니다."

"된장술이요? 그 말 들으니까 된장녀가 떠오르네."

일행 중 한 여자가 그렇게 말하자 조선족 가이드가 고개를 갸웃거리며 물었다.

"된장녀가 무슨 말입니까?"

"가이드님은 잘 모르시는구나. 겉멋이 잔뜩 들어서 명품 좋아하고 비싼 커피숍이나 가는 여자들, 알고 보면 된장찌개나 먹는 허접한 여자라는 말이에요. 한국 여자들을 비하하는 말이죠."

"된장찌개 먹는 여자가 허접하다는 겁니까?"

조선족 가이드가 그 말을 이해하지 못하자 여자들이 큰 소리로 웃었다.

그사이에 식당 여인들이 밥을 내왔다. 닭 삶은 물로 지은 밥이라고 했다. 기름기가 자르르 흐르는 닭밥의 고소한 풍미가 은은했다.

그제야 그는 방 안을 둘러보았다. 구조가 독특했다. 아궁이와 부엌, 방이 한 공간에 공존하고 있었다. 장판이 깔린 곳이

방이고 타일이 깔린 곳이 부엌 겸 아궁이였다. 타일 위에 무쇠솥이 두 개 걸려 있었고 그 앞을 덮고 있는 나무 널빤지를 열면 바닥으로 내려가서 아궁이에 불을 넣을 수 있게 되어 있었다. 꼭 한 사람이 들어앉을 정도의 공간이었다. 조선족 여인들이 그곳에서 밥을 퍼서 밥상으로 날랐다. 여인들은 말없이 움직였다. 오랫동안 손발을 맞춰온 듯 큰 소리 한번 내지 않고 조용했다. 그의 어머니도 그런 여자였다. 먹고살기가 힘든 시절 어머니가 그들 형제를 어떻게 키웠는지 그는 누구보다 잘 알고 있었다. 그러나 바쁘다는 핑계로 어머니의 임종도 지키지 못했다.

그는 옆 식탁에 앉아 있는 최용성 씨를 곁눈질로 보았다. 그와는 의례적인 인사말 외에 제대로 말을 섞은 적이 없었다. 뭔가 둘 사이를 가로막는 어색한 기운이 있었는데 아무래도 최씨가 그를 알아봤기 때문일 거라고 혼자 지레짐작하고 있었다. 오수정 사건은 탈북자들 사이에서 모르는 사람들이 없을 테고, 그렇다면 그의 막말에 대해서도 모를 리가 없을 것이다.

최 선생은 북한 인민들의 자유와 인권이 얼마나 형편없는 수준인가에 대해 이야기하는 중이었다. 된장술을 한두 잔씩 마신 여성들의 눈가가 촉촉했다. 그도 닭밥을 안주로 술잔을 기울이며 그의 말에 귀를 기울이고 있었다. 한 여인이 질문했다.

"그런데 말이죠, 태어날 때부터 자유나 인권 같은 건 아예 모르고 평생 세뇌를 당하면서 살아오신 거잖아요."

"그렇죠."

"그런데 어떻게 알지요?"

"뭘 말입니까?"

"자유가 뭔지 어떻게 아냐고요? 뭔지도 모르는 자유를 위해서 목숨까지 건다는 게 이해가 잘 안 돼요."

"그런 건 본능이죠. 가르치고 배우는 게 아닙니다. 캄캄한 동굴 속에서는 바늘구멍만 한 빛이 있어도 반짝하지 않습니까? 그러면 사람은 빛을 향해 나가게 됩니다. 설사 그게 죽음으로 향하는 길이라도 말입니다. 그게 인간입니다."

여인들은 깊이 고개를 끄덕였다. 조선족 여인들은 부엌 벽에 기대서서 일행들이 떠드는 걸 바라보고 있었다.

술기운이 오르는지 후텁지근하고 가슴이 답답했다. 그는 슬그머니 자리에서 일어나 밖으로 나갔다. 현관 계단에 쪼그려 앉은 그는 두만강 건너를 무연히 바라보았다. 삼합닭곰집 간판이 눈에 걸렸다. 삼합이라, 무엇 세 가지가 합쳐진다는 것이냐. 그는 딱히 누구에게랄 것도 없이 혼자 그렇게 중얼거렸다. 두만강을 달려온 강바람이 그의 뺨을 세차게 갈겼다. 된장술로 홧홧해진 얼굴이 얼얼했다.

부재와 오인, 그리고 연결의 상상력

정홍수(문학평론가)

1

이번 소설집의 표제작 「유대인 극장」은 작가 레지던스 프로그램으로 폴란드 바르샤바에 머물고 있는 화자 '나'가 그곳에서 관람하는 연극의 제목이기도 하다. 유대인의 골렘 신화에 기반한 홀로코스트 실험극이라는 최소한의 사전 정보만 가지고 보게 된 연극은 '나'를 충격과 혼란에 빠트리고 망각 속에 묻어둔 어두운 개인적 기억의 뿌리를 건드린다. 딱히 이 연극이 아니더라도 나치의 유대인 학살이 대규모로 자행된 폴란드 땅은 '나'에게 고통스러운 역사의 화석층을 곳곳에서 드러내고 있었다. "석 달의 레지던스 기간 중 두 달가량이 지날 무렵부터는 공기 중에 시취가 떠도는 것 같았다"(14쪽)

고 토로하고 있기도 하거니와, '나'는 바르샤바 거리 곳곳에서 학살의 시간을 기억하고 추모하는 기념물들과 마주친다. 마침 폴란드 독립 백 주년을 맞아 학살 관련 사진전이나 설치 작품들도 쉽게 접할 수 있는 상황이다. "브리스톨 호텔 옆 광장에는 유대인을 태우고 아우슈비츠로 향하던 기차를 상징하는 철로를 형상화한 작품이 전시 중이었는데, 언제나 초와 꽃이 놓여 있었다."(14쪽) 그런데 놀라운 것은 추모의 분위기만 있는 게 아니라, 극우단체의 유대인 혐오 시위나 혐오 발언 또한 끊이지 않는다는 사실이었다. 심지어 '나'는 동양인으로서 '인종 혐오'를 직접 겪기도 한다. 길에서 우연히 마주친 한 폴란드 할머니가 '나'를 향해 급습하듯 내보인 '혐오'란 도대체 어디에서 연원한 것일까.

할머니는 내가 미처 인사를 건네기도 전에 무슨 말인가를 하고는 빠르게 나를 스쳐 지나갔다. 동시에 나의 온몸이 차갑게 식어 내렸다. 나는 폴란드 말을 알아듣지 못했다. 하지만 그게 인종차별적 발언이라는 걸 단박에 알아챘다. 그건 말을 걸었다기보다는 투척하는 것에 가까웠다. 휙, 스쳐 지나가는 짧은 순간 할머니의 작은 몸에서 독기가 뿜어져 나오는 듯했다. 단지 몇 마디 말일 뿐이었지만, 순식간에 피가 빠져나가는 듯 다리가 풀렸다.(15쪽)

'독기가 뿜어져 나오는 듯했다'는 표현이 섬뜩하다. 홀로코스트가 처절한 역사적 반성의 거울로 존재하는 곳에도 여전히 남아 있는 저 혐오와 증오의 뿌리는 무엇인가. 아마도 여기에는 하나의 가지런한 설명으로 환원되지 않는 복합적이고 중층적인 역사와 정치의 질곡, 타자에 대한 억압과 배제, 원한에 갇힌 폭력의 시간 등등 숱한 이유가 얽히고설킨 채 자리 잡고 있을 것이다. 어쨌든 그것은 낯선 도시에 잠깐 머무는 방문객으로서는 도저히 그 뿌리를 헤아릴 수 없는 압도적인 무정형의 공포일 수밖에 없다. '순식간에 피가 빠져나가는 듯 다리가 풀렸다'는 대목에서 '나'의 공포와 무력감은 간신히 짐작된다. 그런데 소설 「유대인 극장」은 갑자기 바르샤바를 찾아온 언니의 이야기를 들려주는 와중에 '나'가 그날 이후 계속 이 공포와 무력감을 곱씹어왔다는 사실을 알려준다. 무대와 객석의 구분 없이 실험극 형태로 진행되는 연극 '유대인 극장'의 난해하고 종잡을 수 없는 전개 한편에서 유독 '나'의 눈길을 사로잡은 존재들이 있었는데, 그들은 머리부터 발끝까지 하얀 방제복을 입고 사람들의 귀에 뭔가를 속삭이며 돌아다닌다.

속삭임을 들은 이들이 마치 감염이라도 된 듯 방제복을 입은 이들과 똑같은 짓을 하는 모습은 내게 혐오 발언을 했던 폴란드 할머니를 떠올리게 했다. 뱀의 혀처럼 날름거리는 그들의 혀에서 독기가 뿜어져 나오는 것 같았다.(38쪽)

'하얀 방제복'을 입은 존재들은 혐오를 조장하고 퍼뜨리는 데서 이익을 구하는 세력이 있다는 점을 분명히 드러낸다. 혐오의 뿌리가 복합적이고 중층적인 역사적 맥락을 갖고 있다는 사실과 혐오를 불가지의 어둠 속에 놓아두는 것은 구분되어야 한다. 후자는 자칫 혐오를 자연화하면서 혐오와의 싸움을 마치 절대악과의 투쟁처럼 추상화하고 관념화할 수 있다. 그리고 이 점은 『가마우지는 왜 바다로 갔을까』(2015), 『밤이여 오라』(2021)의 두 근작 장편에서 작가 이성아가 힘주어 밝히고 있는 폭넓고 강렬한 문학적 진실이기도 하다. 대한민국 정부의 무관심 속에 일본과 북한 모두에서 버림받고 배제된 북송 재일교포의 이야기를 풀어낸 『가마우지는 왜 바다로 갔을까』는 단단하고 밀도 높은 리얼리즘으로 경계인들이 겪은 처절하고 고통스러운 수난을 정밀하게 복원하는 가운데 읽는 이로 하여금 끊임없이 국가권력의 존재 이유를 되묻게 한다. 인종청소의 참혹한 내전이 벌어졌던 발칸반도의 이야기를 배경 서사로 하면서 조작된 유학생 간첩단 사건에 연루된 인물의 화해를 향한 힘든 여정을 제주 4·3의 아픈 가족사에까지 연결시킨 역작 『밤이여 오라』 역시 문제를 역사의 폭력이나 횡포와 같은 추상적 차원에 놓으려 하지 않는다. 우리는 그 이야기에서 제주와 마르부르크, 자그레브와 서울을 넘나들며 이름 없는 개인들의 삶을 짓밟고 파괴하는 독단적인 국가권력의 폭력들을 계속해서 의식하게 된다. 말하자면 혐오의 피해든, 개인적 삶의 파괴든 이성아 소설은 그 배제와 억압, 죽임의 역사를 반복하지 않기 위해 '하얀 방제복'으로 표상되는 폭력의 구체적이고 현실적인 좌표를 망각해서는 안 된다고 말해왔다. 물론 이 좌표의 선명함은 피해/가해 구도의 도식적 이분법과는 거리가 멀다. '하얀 방제복'의 속삭임에 감염될 가능성은 누구에게나 있기 때문이다. 그리고 '하얀 방제복'의 자리 역시 고정되어 있는 것이 아니라, 움직이는 역사현실 속에서나 우리 각자의 일상에서 끊임없이 재발견되어야하는 것이기 때문이다.

가령 폴란드 할머니의 혐오 발언과는 전혀 무관한 곳에 놓여 있는 듯 보이는 '나'와 언니의 갈등이 「유대인 극장」의 기이한 연극 속에서 재발견되는 소설적 맥락을 살펴보자. 아버지의 편애를 받은 언니에 대해 '나'는 어린 시절 일종의 피해자 의식을 느낀 것도 사실이나 전체적으로는 부모와 가족에 대한 일정한 거리두기에 성공하면서 상대적으로 자유롭게 성장했다고도 할 수 있다. "나는 아버지의 편애로 괴로워하던 시기를 진작에 지나 순종적인 언니를 비웃거나 가여워하던 시절도 지나, 그즈음에는 차라리 고마워하고 있었다."(22쪽) 말하자면 '나'는 자신의 사회적 위신을 위해 언니의 음악적 재능을 착취한 아버지의 가부장적 폭력과 그런 아버지를 방관한 어머니의 무신경을 증오했을지언정 언니에 대해서는 스스로를 '죄 없는' 자의 자리에 놓아두고 있었다. 그러나 이 거리두기는 자신의 어두운 진실을 봉합한 심리적 방편이 아니었을까. 이혼 뒤 시향 지휘자와의 성 추문, 해고, 지휘자의 지속적인 괴롭힘과 폭력으로 이어진 힘겨운 시간을 뒤로하고 동생을 찾아 바르샤바까지 온 언니에게 '나'가 보인 반듯한 무심함에 답이 있을 수도 있다. 여기서 '반듯한 무심함'은 '나'가 언니와의 관계에서 그어놓은 심리적인 경계선이라 할 수 있을 텐데, 자기중심적인 자리에 고착된 채 언니의 고통에 대한 이해와 배려의 마음을 결하고 있었다는 것이 드러난다. 두 가지 사건을 지적할 수 있겠다. 한국에서 밑반찬을 가져와(그러나 항공사에서 짐 가방을 분실하면서 언니가 바르샤바를 떠난 뒤에야 냄새 나는 가방이 도착한다) 동생에게 음식을 해주고 함께 밥을 먹고 싶어 한 언니의 마음을(이것은 언니가 내민 화해의 손길이었을 것이다) 불편해한 것이 하나라면, 다른 하나는 좀 더 결정적인 사건으로 둘 사이의 어두운 기억을 건드린다. '나'는 언니에게 줄 일종의 '서프라이즈 선물'로 바르샤바에서 공연하는 한국인 피아니스트의 연주회 티켓을 예매해두는데, 언니는 공연장 앞에서 공포에 질린 채 등을 돌린다. "피아노가 무서워."(28쪽) 언니가 교향악단에서 안 좋게 해고된 사실을 알고 있는 터라 마음을 썼어야 할 일이다. 그보다 사실 '나'는 언니의 피아노 연주회에 한 번도 간 적이 없지 않은가. 그리고 언니는 악보가 온통 면도칼로 그어져 있던 자신의 첫 콩쿠르 연주의 기억을 꺼낸다. 나는 자문한다. "악보에 면도날을 그은 게 정말 나라는 거야? 아무리 돌이켜봐도 내 기억 속에는 없는 일이었다."(33쪽) 이것은 조금은 흔한 자매간 트라우마에 관한 이야기일 수 있고, 억압된 무의식의 상처와 관련된 정신분석학적 심리 소설의 방향을 예상해 볼 수도 있다. 그러나 이성아의 「유대인 극장」은 그런 쪽으로 소설을 이끌지 않는다.

연극을 보는 내내 그 가방이(항공사에서 뒤늦게 도착한 언니의 짐 가방—인용자) 머릿속에서 떠나지 않았다. 실은 언니 생각으로 가득했다. 저기 서 있는 여자가 언니 같았고, 엎드려서 울고 있는 여자가 언니 같았고, 벽을 타고 오르는 미친 여자가 언니 같아서, 마치 조리돌림이라도 당하듯이 이 여자 저 여자를 쫓아다녔다. 방제복을 입은 이들이 출현했을 때는 숨이 턱 막혔다. 폴란드 할머니를 떠올린 순간 내가 폴란드 할머니와 무엇이 다른가 싶은 자책이 명치를 찔러댔다.(39~40쪽)

트라우마와 관련된 무의식의 이야기는 인간에 대한 이해에 깊이를 더하고 인간 상호간 관용의 지대를 넓히기도 한다. 그러나 대개는 일종의 '가족 로만스'의 프레임 안에 머물기 쉽다. 아버지의 가부장적 억압과 폭력을 가운데 둔 '나'와 언니의 문제가 폴란드 할머니의 인종 혐오 발언 속에서 재발견되는 소설의 맥락이 신선하고 특별해 보이는 것은 그 때문이다.

이것은 인간의 연약함을 개개인의 무의식적 차원보다 더 넓은 지평에서 이해하려는 시선의 확장이다. 인종 혐오의 뿌리에는 사회 역사적 연원 못지않게 개인적 연원이 뒤얽혀 있을 공산이 높다. 마찬가지로 어린 시절 언니의 악보에 그은 면도날과 폴란드 할머니의 무차별적 폭언은 생각만큼 멀리 떨어져 있지 않을 수도 있다. 더군다나 '하얀 방제복'을 입은 세력이 지속적으로 혐오를 조장하고 퍼뜨리는 세상이라면. "그건 진실일까? 언니의 악보에 면도날을 그어댄 게 정말로 나였을까? 그게 사실이라면 어린 나는 무엇에 감염되었던 걸까."(40쪽) 세상의 고통과 모순을 응시하는 이성아 소설의 리얼리즘은 섬세하게 이 질문을 마련함으로써 한결 복합적이고 웅숭깊은 인간 이해와 성찰의 자리로 나아가고 있는 것 같다.

2

이번 소설집에는 '탈북자'를 다룬 소설이 여러 편 수록되어 있다. 「천국의 난민」, 「그림자 그리기」, 「리영광 씨가 오늘도 걷는 까닭은」, 「삼합닭곰집에서」가 그러한데, 근작 장편인 『가마우지는 왜 바다로 갔을까』와 『밤이여 오라』에서도 집중적으로 그려진 것처럼 한국 현대사 속 경계인들의 삶은 이즈음 작가의 주된 문학적 관심사인 듯하다. 편편의 면모는 다양한데,

사회로부터 이중 삼중으로 배제된 채 폭력적 현실에 거의 무방비로 노출된 경계인들의 아픔을 작가는 여러 각도에서 촘촘하게 조망하고 있다. 그중 「리영광 씨가 오늘도 걷는 까닭은」은 대학 시절 조작된 재일교포 유학생 간첩 사건에 연루된 소설 화자의 어두운 기억을 주조음으로 하면서도, 1967년 군인 신분으로 '기적적'으로 군사분계선을 넘어온 리영광이라는 인물의 독특한 경계 넘기와 이후의 개성적 삶을 '탈북자'라는 고착된 얼굴 너머에서 이해하게 만든다. 그런가 하면 「그림자 그리기」는 탈북자와 관련된 현재의 이야기에서 가장 어둡고 참혹한 현실에 소설의 시선을 드리운다. 중국과 한국에서 탈북자 모자가 겪어야 했던 참상은 아들인 소년의 '미술 치료' 과정을 배경으로 하나하나 모습을 드러내는데, 소년의 생부인 중국인 아버지와 그 가족, 계부 격인 한국인 아버지가 저지르는 전방위의 폭력은 경제적 착취를 이유로 어머니의 처참한 죽음 이후에도 잔혹하게 이어질 태세다. 소년은 학교에서는 주변 아이들의 멸시와 괴롭힘 탓에 그림자가 되고 보이지 않는 투명인간이 되어야만 했다. "고작 열다섯 해를 살아오는 동안 사람이 겪을 수 있는 온갖 종류의 감정을 겪은 너는, 상처 그 자체가 되어버렸다. 상처에 먹혀버린 존재는 아픈 줄도 모른다"(152쪽)는 소설 속 진술은 지옥도와도 같은 이들 모자의 현실을 너무도 아프게 환기한다. 소년을 '너'라는 이인칭 화자로 설정한 화법도 소설 속 이야기로부터 손쉬운 거리두기를 허용하지 않으면서 참담한 현실과의 대면을 끈질기게 요청한다. 「삼합닭곰집에서」는 탈북자 문제가 분단 체제의 모순과 얽혀 있는 지점을 복합적으로 탐사하는 가운데 여성 혐오와 손을 맞잡은 남성 가부장제의 위선과 폭력이 철 지난 수구 보수 이데올로기의 또 다른 얼굴이기도 하다는 것을 날카롭게 해부한다.

한편 「천국의 난민」은 1960년대 재일교포 북송사업까지 거슬러 올라 한반도를 둘러싼 경계인들이 겪고 있는 수난을 그려낸 작품으로(자연스럽게 『가마우지는 왜 바다로 갔을까』의 연장선에서 읽게 된다), 역사적 시간의 정밀한 복원을 넘어 이성아 소설이 도달한 인간 이해의 깊이와 폭을 음미하게 한다. 서사의 한복판에 놓여 있는 오인(誤認)의 모티브는 인물이 겪어온 원한과 상처의 세월을 아이러니하게 가리키면서 소설의 세련된 기품을 지지하게 해준다. 국가 폭력과 이데올로기의 피해자들이기도 한 무력한 개인들의 자리에서 화해와 용서의 국면은 소설의 주인공이 과도를 움켜쥐며 피를 흘리는 장면을 건너뛰고는 이루어질 수 없으리라. 소설의 주인공은 재일교포 2세로(아버지는 한국인, 어머니는 일본인) 1963년 열다섯 살 때 가족과 함께 만경봉호를 타고 북한으로 '귀국'하게 된다. 이후 북한에서 온갖 고초를 겪다가 1990년대에 중국을 거쳐 기적적으로 탈북에 성공한다. 지금은 아버지의 고향 마을에 내려와 생의 마지막 '평온한' 시간을 살아가고 있다. 소설의 현재는 북에 두고 온 어머니의 열다섯번째 기일이다. 그런데 그날 우연히 그의 집을 찾아온 어떤 여성으로 인해 도쿄 올림픽 수영 선수 출전을 꿈꾸던 열다섯 살 시절의 아픈 기억이 찾아온다. 아버지의 강권에도 북송을 거부하고 있던 그는 하루코라는 총련계 재일동포 여성 활동가의 설득으로 마음을 바꾸게 되는데, 와세다대 대학생 하루코에 대한 이성으로서의 선망이 결정적인 이유가 되었다는 사실이 인상적인 인간적인 진실의 지대로 비정한 상황에 대비된다.

"누나는 언제 갈 거예요?"
"나도 금방 갈 거야. 가면 꼭 너를 찾아갈게."
하루코와 북한에서 다시 만난다, 나는 이걸 눈곱만큼도 의심하지 않았다.(110쪽)

선전 구호 속의 '지상 천국' 대신 하루코라는 '마음의 천국'을 찾아간 북한에서 그와 가족의 삶은 철저히 짓밟혔다. 하루코는 다시 만날 수 없었고, "한번 뿌리 뽑힌 삶은 다시 복원할 수 없었다."(107쪽) 그리고 강제수용소와 탈북으로 이어지는 육십 년 가까운 세월이 흘렀다. 이성아의 소설은 여기서 대담하고 놀라운 상상력으로 '불가능한' 상황 속으로 이야기를 이끌어간다. 그가 '하루코'로 오인한 재일교포 여성의 느닷없는 방문이 그것이다. 한국으로 돌아간 생부의 본적지 주소를 들고 그의 집을 찾아온 재일교포 여성. 처음엔 얼핏 돌아가신 어머니인 줄 착각했던 여인. 그러나 말투에 사향처럼 진하게 배어 있는 일본어 억양과 함께 여인은 순식간에 하루코의 모습으로 그와 마주하고 있었다. 반세기를 넘어 이루어진 이 불가능한 우연과 오인을 그가 어떻게 받아들이고 있는지 이성아 소설의 진술을 따라가보자.

기억 속의 하루코는 조금도 나이를 먹지 않았으나 세월이 그녀를 비켜 가지 않았다면, 하고 상상하던 모습과 크게 다르지 않았다. 충격적이지는 않았다. 충격에 무디어진 자신을 확인하는 것이 더 씁쓸했다. 이런 식으로 만나게 될 거라고는 상상도 하지 못한 일이었으니, 하루코가 그를 알아보지 못하는 것도 당연했다. 그가 남한에서, 그것도 하루코 아버지의 본적지에 살고 있을 거라고 상상이나 했겠는가. 그러나 세상에 일어나지 못할 일은 아무것도 없다. 그의 삶이 그 증거였다.(114쪽)

'세상에 일어나지 못할 일은 아무것도 없다. 그의 삶이 그 증거였다'는 진술은 그를 포함해서 경계인들의 삶에 일어난 현실의 비극적 참상에 대한 이성아 소설의 이해와 무력감을 압축적으로 전해준다. 불가능할 법한 우연과 오인의 상상력은 인물의 헤아릴 길 없는 고통과 회한에 대한 소설의 속 깊은 공감과 연대로부터 자라난 것이다. 비극적 현실은 돌이킬

수 없는 것이긴 하나, 소설의 열린 상상력은 고착된 현실의 모습을 다르게 비추어낼 수도 있다. 그의 귀국을 설득한 하루코의 마음은 "순수한 애국심"(103쪽)에 기반한 진심이었을 가능성이 높으며, 이후의 상황을 예상 못한 그녀의 맹목은 개인적인 것이라기보다는 '역사적'인 것이었다. 하루코 역시 일본과 남북한 국가권력의 희생자였다. 하루코가 특정한 한 개인의 이름에 그칠 수 없는 이유다. 하루코의 삶 역시 역사적 차원에서 '우연'과 '오인'의 폭력에 기반한 것이었다고 할 수 있다. 그런 만큼 그가 자신의 집을 찾은 재일교포 여인을 하루코로 오인한 데에는 원한의 감정을 넘어서는 화해와 치유의 계기 또한 존재하며, 바로 여기에 「천국의 난민」이 보여주는 특별한 소설적 상상력의 개가(凱歌)가 있는 것 같다. 생부의 흔적을 찾아온 재일교포 여성 '하루코'의 기구한 이야기를 듣고 있던 그가 회한과 분노에 차서 자신도 모르게 과도를 움켜쥐게 되고 손에서는 피가 뚝뚝 떨어지는 상황이 발생한다. 이후 그와 '하루코' 사이에 오가는 대화를 보자.

"왜 이제야 왔소?"
"미안합니다."
"할 말이 그것밖에 없소?"
"너무나, 미안합니다."
그는 천천히 고개를 들어 하루코를 빤히 쳐다보았다. 하루코는

무릎을 꿇고 머리를 깊이 숙였다.(120쪽)

　이것은 가슴 아픈 '오인의 연극'이지만, 그와 하루코 모두 스스로를 복수화(複數化)하고 역사 속 무명(無名)의 수난의 자리로 기꺼이 건너감으로써만 가능했던 '화해의 연극'이기도 하다. 그것은 가해와 피해의 경계를 그들 바깥으로 옮기는 각성의 순간이다. 폭력적 국가권력과 이데올로기가 짓밟고 거부한 지점에서 두 사람이 기적처럼 실행하는 화해의 연극은 아름답다. 이때 '그'가 혼자가 아닌 것처럼, '하루코'도 혼자가 아니다. 그렇다면 이것은 연극이 아니라 수영 대표선수를 꿈꾸던 열다섯 살 재일동포 소년과 그 소년을 북한으로 보낸 재일동포 여대생 하루코의 육십여 년 만의 (불가능한) 실제의 만남일 수도 있다.

　「천국의 난민」의 소설적 상상력은 이 점에 자각적이다. 안타까운 오인의 가능성과는 별개로 그는 그녀가 하루코가 아니라는 사실을 알고 있었기 때문이다. 문제는 그녀가 하루코가 아니고 '하나코'(『가마우지는 왜 바다로 갔을까』의 주인공 화자(花子, 하나코)와 이름이 같다. 이들은 역사 속에서 복수(複數)의 존재들이다)라고 하더라도 두 사람의 삶은 크게 다르지 않다는 점이다. 하나코 역시 하루코처럼 북송을 권유하는 총련의 활동가로 살았고, 이후 북송된 사람들을 돕고 속죄하기 위해 생활물자와 돈을 가지고 북한에 다녀오는 일을 계속해오고 있었던 것이다.

「천국의 난민」은 가해와 피해의 강요된 경계에서 살아온 무명(無名)의 존재들에게 절실하고 담대한 소설적 상상력을 부여함으로써 화해와 용서의 가능성을 타진한다. 이때 국가 권력의 폭력 아래 현실의 역사가 거부한 자리는 상상력의 힘으로 변화하며 불가능한 틈을 연다. 하나코가 하루코의 잘못과 회한을 자신의 것으로 품어 안고 "너무나, 미안합니다"라고 고개를 숙이는 장면이 깊은 소설적 감동으로 이어지는 것은 그 때문이다. 소설이 현실을 다시 쓰고 재창조할 수 있다고 한다면, 아마도 이와 같은 순간을 이르는 것이리라.

3

굴곡진 현대사를 배경으로 한 난민, 경계인의 이야기이든 혐오의 뿌리를 자신의 안팎에서 함께 질문하려는 인물의 이야기이든 이성아 소설은 그 인물들과 우리가 연결되어 있으며, 그들의 문제가 우리 삶의 역사와 현재를 이룬다는 사실을 차분하게 설득한다. 마음과 마음의 파편적 단절과 고립에 훨씬 더 많이 익숙한 세상에서 이 같은 진득하고 끈질긴 연결의 시야는 한층 귀하게 다가온다. 그런데 코로나 팬데믹의 재난을 배경으로 한 「스와니강」을 읽으면, 인간과 인간을 잇고,

마음과 마음의 접점을 모색하는 연결의 상상력이 이성아 소설의 근원에 있다는 사실을 새삼 감동적으로 확인하게 된다.

「스와니강」의 화자 '나'는 여든을 넘은 노모가 박 선생이라는 분과 함께 살게 되면서 새로운 가족을 얻게 된다. 두 사람은 육십여 년 전, 고향의 산골 초등학교에서 초임 교사로 부임하여 이십대를 함께 보낸 사이이기도 하다. 소설은 전 세계적으로 코로나가 걷잡을 수 없게 확산되던 시기를 배경으로 하고 있는데, 미국에 사는 박 선생의 딸이 코로나에 희생되는 가슴 아픈 사연을 중심으로 전개된다. '나'는 박 선생의 딸이 귀국했을 때 만나지는 못했으나 이혼 후 혼자 딸을 키우며 미국 뉴욕에서 살아온 그녀에게 각별한 마음을 가지고 있었다. '나' 역시 비슷한 처지로, "그 무렵, 나는 그녀를 나의 분신처럼 느끼고 있었다"(75쪽). 그런 와중에 한국의 가족과 연락이 되지 않던 뉴욕의 그녀는 코로나로 격리된 집 안에서 시신으로 발견되고 제대로 된 장례도 치르지 못한 채 세상을 떠난다. 자매가 될 수도 있는 새로운 가족에 대한 기대와 설렘은 코로나 참사로 한순간에 비극의 이야기로 급전한다. '나'는 뉴욕으로 그녀를 만나러 갈 날을 꿈꾸었으나 이룰 수 없는 일이 되었다. 두 사람은 단 한 번도 만나지 못한다. 북송 교포의 역사적 수난이든 코로나와 같은 재해이든 개개인에게 닥친 비극의 무게를 재는 일은 무망한 것일 테다. 이성아의 소설은 이 비극적 이야기와 나란히 박 선생의 집에 육십 년 넘게 보관되어온 풍금의 이야기를 펼친다. 오래된 풍금은 사별한 부인이 젊은 시절 치던 것으로, 뉴욕의 그녀도 어린 시절 엄마에게서 풍금을 배우며 자랐다(손녀인 은지도 할머니에게 풍금을 배웠다). 풍금이 불러일으키는 기억은 더 있다. 박 선생의 이야기에 따르면 '나'의 엄마도 초임 교사 시절 풍금을 치며 박 선생의 음악 시간을 대신 맡아주었다. 초등학교 졸업 무렵 '나' 역시 어머니의 손에 이끌려 잠시 피아노를 배운 적이 있다. '나'가 오래전 감각으로 박 선생의 풍금에 앉자 자신도 모르게 어떤 멜로디가 떠오르고 손가락이 움직인다. 포스터의 명곡 「스와니강」. 풍금을 둘러싼 사연은 그렇게 그녀와 '나'(그리고 어머니)의 시간 양쪽에 일부 겹치기도 하지만 그것은 기실 희미하고 우연적인 것이기도 하다. 우리는 묻게 된다. 희미한 추억의 사물은 어떻게 비극과 맞서 그녀를 기억하는 힘이 될 수 있을까.

스와니강이 어딘지도 모르면서 그립다고 노래를 부르던 시절이 있었다. 피아노 소곡집에 있던 곡이었다. 까마득히 오래전에 쳤던 곡을 어떻게 기억하고 있다가 풍금 앞에 앉자마자 그걸 쳤는지 신기했다. 이 곡을 만든 포스터도 스와니강을 한 번도 가보지 않았다고 한다. (……) 가보지 않아도, 어쩌면 가보지 않아서 더욱 이미지가 풍부해지는지도 모른다. 스와니강은 드넓은 초원과 잡목숲을 가르며 잔잔하게 흐르고 있을 것 같다. 거기, 한두

마리 백조도 떠 있을 것이다.(83~84쪽)

 '나'의 이 진술을 한 번도 만난 적 없는 그녀의 존재에 대한 안타까움과 그리움으로 겹쳐 읽는다면, 박 선생의 집에서 '나'의 작업실 별채로 옮겨온 풍금은 좀 더 특별한 사물의 자리를 얻게 되는 것 같다. 말하자면 풍금은 나와 그녀 사이, 서로가 서로를 모른 채 자라온 우연한 시간의 흐름까지 사후적(事後的)으로 품고 기억하는 사물이 된다. 여기서 두 사람의 연결 혹은 인연이 서로를 알지 못하는 미지의 우연에 더 많이 열려 있었다는 사실이 중요하며, 그 희미한 연결 안에서 인간 존재의 의미를 찾으려는 '나'의 마음이 풍금이라는 사물을 기억의 공유지로 만들어간다. 그리고 그 기억은 포스터의 스와니강처럼 부재의 형식을 통해 역설적으로 충만해진다. '나'가 아침 마당의 햇살에서 뉴욕, 그녀의 빈 아파트를 밝히고 온 태양빛과 함께 그녀의 마지막을 온몸으로 느낄 수 있다면 그 때문이리라.

 이 순간 나는 나의 영혼보다 그녀의 영혼을 더욱 뜨겁게 느낀다. 사무치도록 외로웠을 그녀의 마지막 순간을. 꺼져가는 생명의 빛, 거칠게 몰아쉬는 숨결, 블랙홀로 빨려 들어가는 엄마를 부르며 착란에 빠져버린 딸, 차마 감지 못한 두 눈. 만약 그녀의 손을 잡을 수만 있었다면, 그녀와 나누었을 말을 나는 생각한다.(87쪽)

'나'의 상념은 이어진다. "단 한 번도 본 적 없지만 보지 않았다고 모르는 건 아니라고, 모른다고 없는 건 아니라고./하여 그녀는, 그녀의 지워지지 않는 숫자 1은, 우리 모두라고."
(87쪽)

생각해보면 작가가 이번 소설집에서 1960년대 북송 재일교포, 어제와 오늘의 탈북자들을 비롯 코로나와 현실의 어두운 그늘에서 찾아낸 이야기들은 바로 이 연결의 상상력, 그들이 곧 '나'이고 '우리'라는 간절한 마음의 지평에서 가능했을 것이다. 이성아 소설은 역사와 시간의 망각 속에 내던져지고, 세상의 어둠 속에 묻혀 있는 존재들을 불러내어 그들과 우리를 잇고, 그들과 우리가 함께 있다는 사실을 끊임없이 환기한다. 동시에 이성아 소설은 그 연결을 좌절시키는 현실의 폭력적 힘과 고립된 개인의 무력함을 잊지 않는다. 「유대인 극장」의 자매가 서로에게 준 상처는 쉽게 봉합되지 않을 것이고, 「베이비시터」에서 비열한 가부장 남편의 폭력에 시달려온 오십대 여성 우희와 그녀가 돌보는 자폐아 기우 사이에는 세상의 잔인한 '먹이사슬'이 놓여 있을 가능성이 높다. 우희의 두 눈이 멀어버리는 이 작품의 결말에는 손쉬운 연민과 감상을 끊는 차가운 단호함이 있다. 세상의 비참과 잔혹에도 불구하고 연결을 상상하는 이성아의 견고한 리얼리즘이 깊고 실다운 온기를 품고 있다면 그래서일 것이다.

삶은 얼마나 위태로운가. 아니, 얼마나 견고하던가. 삶은,
위태로우면서도 질기게 견고하다.

그 삶이 경계에 서 있다면?

난민에 대한 기사는 더 이상 충격적이지 않다. 디아스포
라는 말을 처음 들었을 때의 먹먹함, 생경함 같은 건 점점 희
미해지고 있다. 난민이 일상이 되었다는 의미인가, 관심 밖이
라는 의미일까.

지금 내게 낯설고 새롭고 생경한 것은 장벽이다. 선을 넘지
말라는 섬뜩한 경고.

"금 밟으면 죽는다."

너와 내가 모여 우리가 된다는 건, 우리끼리의 애기다. 우

리 너머는 너희, 너희는 우리가 될 수 없다.

그보다 더 무서운 건, 보이지 않는 선, 우리들 내면에 세워진 장벽이리라.

이 글을 쓰는 지금 나는, 북아일랜드 벨파스트에 와 있다. 소설집의 막바지 작업을 마치고 출국, '작가의 말'을 넘겨야 하는데, 이곳에 와서 쓰려던 내용이 바뀌었다. 이번 작품집에 장편소설 『가마우지는 왜 바다로 갔을까』를 쓰면서 만났던 탈북자들에 대한 단편이 몇 편 수록된 탓에, 아일랜드 분단의 현장에 오니 착잡한 심정이 더욱 복잡해진다.

1998년 벨파스트 평화협정 이후 아일랜드와 북아일랜드를 나누던 국경선은 없어졌다. 검문도 없다. 사람들은 아무런 제재 없이 자유롭게 오고 간다. 부럽다.

그러나 막상 내부로 들어가자, 서로를 나누고 배제하는 선이 선명하다. 여행자는 알 수 없는, 협정문 따위로는 해결할 수 없는, 거주자들 사이의 해묵은 앙금은 현재진행형이었다. 차도에 그어져 있던 노란 차선은 북아일랜드 구역으로 들어가자 흰색으로 바뀌었고, 마을의 영국인 거주 섹션에는 영국기를 의미하는 빨강, 파랑, 하양의 점선이 그어져 있다. 영국계와 아일랜드계가 첨예하게 대립했던 샨킬로드와 폴스로드 사이에는 육중한 이중 철문이 여전히 존재하고 밤이면 자물쇠로 굳게 잠긴다.

아일랜드 사회 분위기를 '마비(paralysis)'라는 관점에서 묘사한 『더블린 사람들』 때문에 송사가 그치지 않았던 제임스 조이스는 아일랜드를 떠난 후, 다시 돌아가지 않았다. 그럼에도 줄기차게 조국 아일랜드에 대해 쓰고 아일랜드를 사랑했던 제임스 조이스. 이제 아일랜드는 그의 존재를 빼놓고 얘기할 수 없게 되었다.

이탈리아, 스위스 등을 난민처럼 떠돌았던 제임스 조이스는 자신을 '자발적 망명자'라고 했다. 지금 이곳 벨파스트에서, 나는 제임스 조이스에게서 힌트를 얻는다.

'자발적 망명 정신'.

어쩌면 지금 우리에게 필요한 것은 바로 이것이 아닐지.

망명자의 시선으로 바라본다면, 나도 망명자가 될 수 있다는 생각을 한다면 우리는 조금 더 가까워질 수 있지 않을까.

> 그대가 친절이라는 상냥한 중력을 배우려면
> 흰 판초를 입은 인디언이
> 길가에 죽어 누운 곳을 여행해봐야 한다.
> 그가 어쩌면 그대일 수도 있었다는 것을 알아야 한다.
> 어쩌면 그도 나름의 계획과 그저 목숨을 부지하는
> 호흡으로 밤새워 여행한 사람이었다.
>
> ―나오미 쉬하브 나이, 「친절」 부분

내게 남은 날들을 생각하곤 한다. 맑은 머리, 꼿꼿한 정신으로 쓸 수 있는 날이 얼마나 남아 있을까. 비관적이지만은 않다. 젊은 날의 들뜬 욕망이 차분하게 가라앉으니, 마치 메이크업을 지운 연극배우처럼 말갛고 담백한 느낌이 나쁘지 않다. 해서 어쩌면 이제야 제대로 된 글을 쓸 수 있을 것 같다는 생각마저 든다. '자발적 망명 정신'으로, 자유롭게.

표지 속 작은 화분과 선물 꾸러미를 든 여인은 누구에게 가는 걸까. 많은 이야기를 품고 있는 가브리엘르 뮌터의 그림을 골라준 민병일 시인, 바쁜 시간을 쪼개 추천사를 써준 류근 시인, 소설에 온기를 불어넣어준 정홍수 평론가에게 두루 빚을 졌다. 책 한 권 펴내는 일의 무게가 새삼 만만치 않다고 느낀다. 빨간 꽃 화분을 든 여인이 문 두드리면 따뜻하게 맞아주리라.

2024년 3월 아일랜드를 떠나며

이성아

수록 작품 발표 지면

유대인 극장 _『선량하고 무해한 휴일 저녁의 그들』(강, 2023) 제14회 현진건문학상 추천작

소울 키친 _『새들의 안부』 2020년

스와니강 _『동리목월』 2020년 가을호

천국의 난민 _『망명북한작가 PEN문학』 2016년호

그림자 그리기 _『금덩이 이야기』(예옥, 2017) 제3회 이태준문학상 수상작

리영광 씨가 오늘도 걷는 까닭은 _『동리목월』 2016년 가을호

베이비시터 _『울산펜문학』 2021년호

삼합닭곰집에서 _『단군릉 이야기』(예옥, 2019)

유대인 극장

© 이성아

1판 1쇄 발행 　|　 2024년 3월 21일

지은이 　|　 이성아
펴낸이 　|　 정홍수
편집 　|　 김현숙 이명주
펴낸곳 　|　 (주)도서출판 강
출판등록 　|　 2000년 8월 9일(제2000-185호)

주소 　|　 서울시 마포구 동교로17안길 21 (우 04002)
전화 　|　 02-325-9566
팩시밀리 　|　 02-325-8486
전자우편 　|　 gangpub@hanmail.net

값 14,000원
ISBN 978-89-8218-339-3　　03810

* 이 도서는 2023년도 한국문화예술위원회 아르코문학창작기금 발간지원 사업에 선정되어
  발간되었습니다.